中華文化思想叢書

開啟中華文明的管鑰
——漢字的釋讀與探索
上冊

黃德寬　著

目次

中編　考辨・闡釋

方法與實踐──古文字釋讀

下冊

拾遺覓踪──古文字與文獻考索

漢字的文化闡釋

下編　規範・研究

漢字規範與語文生活

漢字研究的過去與未來

後記

開啟中華文明的管鑰
——黃德寬教授訪談錄（代序）

　　趙月華（以下簡稱趙）： 黃老師，很高興您能就您的學術研究安排這次訪談。首先我想問您一個問題：在許多人看來，文字學是一門很古老的學術，似乎不是主流學科，而且還非常的繁難，您是怎麼看這個問題的？

　　黃德寬（以下簡稱黃）： 這個問題你不是第一個問我，不少人對文字學研究的情況其實不是很瞭解。中國文字學研究的主要物件就是漢字，研究漢字的形成、構造、發展演變規律，以及漢字的應用和語文政策等問題。中國是一個歷史悠久的文明古國，漢字是世界上唯一的來源古老且持續使用的文字體系。漢字是記錄和傳承中華文明的最重要的載體，如果對漢字沒有深入的研究，就不可能真正認識和理解古老的中華文明；漢字也是海內外華人日常使用的交流工具，如果對它沒有深入的研究和認知，就會直接影響到現代許多人的語文生活。因此，文字學雖然古老，但是它可不是過時的學問。它內涵深邃豐富，不僅關係到我們對中華民族文明歷史的認識，而且關係到中華民族文明的未來發展，也與我們的現實生活聯繫密切，與使用漢語漢字的每個人都休戚相關。

　　趙： 確是如此，平時我們學習漢字，使用漢字，但是，對絕大多數中國人來說，漢字是怎麼來的，每個方塊字意味著什麼，為什麼不像西方文字那樣用簡單的字母拼寫等問題，都不甚了然，甚至習以為常，漠不關心。可是，當二〇〇九年教育部公佈《通用規範漢字表

（徵求意見稿）》時，卻引起了社會的廣泛關注，對少數字的調整，許多網友發表了十分尖銳的批評意見。那麼，您是何時認識到漢字研究的重要性，從而選擇了這門學科作為自己的事業呢？

黃： 我選擇這門學科，走上文字學研究的道路，是被我的老師們領進門的。在學習和研究過程中，我才逐步認識到這門學科的重要性，領悟到對漢字的深入研究具有重要的理論價值和實踐意義。

趙： 請談談您的學術歷程，讓對文字學感興趣的讀者能更加瞭解您，或許還能有所啟發，加入到漢字研究的隊伍中來？

黃： 一九七七年國家恢復高考，我有幸趕上了這個不僅對青年人而且對整個中國社會發展也具有重大意義的事件。參加高考時，因為喜歡文學，毫不猶豫地選擇報考了中文系。到大學二年級，隨著視野的開闊，閱讀興趣從文學擴大到語言學、歷史學和哲學等方面，開始閱讀郭沫若的一些歷史學著作。那時國家的學術事業尚處於「文化大革命」浩劫後的重建初期，大學圖書館裡，學術著作寥寥無幾，但是郭沫若的書比較容易借到。郭沫若在中國歷史研究和古文字研究方面都是代表人物，影響很大。正是從讀他的史學著作和古文字著作開始，我接觸到甲骨文和金文，初步認識到古文字學是一個博大精深而且很有趣的學術領域。大學畢業時，我已讀完圖書館能借到的這方面的主要著作，並且將今後的學術發展方向定位在古代語言文字的研究方面。從那時起，就這樣在文字學和古文字學研究和教學的道路上一直走到今天。

趙： 您剛才說過，是老師們將您逐步引進文字學研究領域的，能不能具體說說？

黃： 我讀研究生的南京大學中文系，有著深厚的學術傳統，名師薈萃。我不僅受到徐家婷、侯鏡昶諸位先生的教誨，而且還得到南京師範大學徐復等先生的指導。他們既具有現代語言文字學的學術背

景，還都深受章太炎、黃侃先生的學術影響，很重視學術的傳承和發揚，形成了一個很純正的學術氛圍。正是在這種氛圍中，我對中國傳統學術和語言文字學的研究才得以略窺門徑。尤其幸運的是，一九八三年，南京大學送我參加吉林大學于省吾先生舉辦的古文字研究進修班的學習。當時，古文字研究後繼乏人，被稱為「絕學」，國家文物局、教育部請于先生辦一個進修班，加快培養這方面的專門人才。班上的十來名學員主要來自全國文物考古單位和高校，都是從事相關研究和教學的骨幹。這個進修班不僅有于先生的指導，還有姚孝遂、林澐、陳世輝、何琳儀等先生的系統授課。于省吾先生是一代古文字學研究大師，其他授課先生都是他培養出來的在當時就很有影響的古文字學專家。這次學習經歷對我的學

術發展方向有著重要影響。後來，我又師從姚孝遂先生攻讀博士學位，在古文字學研究領域進一步接受系統嚴格的訓練。

　　趙：您真是很幸運，能受到那麼多著名學者的教育！您在文字學和古文字研究方面卓有建樹，能不能介紹一下您的研究情況？

　　黃：我確實很幸運，在求學過程中能得到這麼多一流學者的指導。與老一代的期待和學問相比，我感到自己的差距還是巨大的。我的研究工作，深受所受教育的影響，逐步體會到文字學的研究要取得新的成就和突破，必須在繼承前人研究的基礎上，努力做到「三個結合」，即傳統學術的發揚與現代學術的創新相結合，地下出土古文字材料與傳世文獻文字材料的運用相結合，個體漢字的考證釋讀與漢字體系的理論探索相結合。

　　趙：您說的這「三個結合」，從一般意義上看顯然是重要的，也是容易理解的。對文字學研究而言，這「三個結合」意味著什麼？能否進一步闡述一下？

　　黃：所謂「傳統學術的發揚與現代學術的創新相結合」，主要是

學術傳承與發展問題。文字學是中國地道的土生土長的學問，早在漢代就已經形成。作為「國學」的根基，傳統語言文字學隸屬於經學，形成了自己的研究物件、方式和傳統，歷代學者對漢字研究積累了豐碩的成果，研究文字學不能無視其深厚悠久的傳統。西方現代學術尤其是現代語言學傳入後，使中國學者開拓了學術視野，深受西方現代學術研究範式和理論的影響，一個時期內一些學者比較重視西方學術而對文字學自身的學術傳統不以為意。我們認為，當代學者研究中國文字如果僅僅停留在繼承傳統學術的層面，那是不可能取得大的成績的；如果過於迷信西方學術，那就會脫離漢語言文字的實際，也難以真正獲得學術上的創新。只有既重視學術傳統，繼承和發揚傳統學術的精華，又從西方現代學術中汲取營養，將二者結合好才能帶來古老的文字學的不斷創新。

所謂「地下出土古文字材料與傳世文獻文字材料的運用相結合」，主要是關於文字學研究材料的應用問題。以前研究漢字，最重要的材料是《說文解字》保存的小篆和少量古文、籀文，對漢代之後的隸書和楷書材料都不是很重視。而《說文解字》所使用的篆文主要是秦系文字，是漢字經歷漫長發展歷史後整理規範的形體，是古文字的終結形態，雖然籀文和古文來源於春秋戰國，但多是輾轉抄寫，訛誤甚多。依據這些材料，研究來源古老的漢字體系，局限性不言而喻。隨著清光緒二十五年（1899）殷商甲骨文重見天日和近代以來西方科學考古學傳入中國，一百多年來，先秦乃至秦漢魏晉各個時期的原始文字資料大量發現，展示了漢字不同歷史時期發展演變的基本線索，使今人有幸重新看到殷商以來歷代漢字的真實面貌和使用情況。將傳世的歷代文字資料與地下新發現的文字資料結合起來研究，就可以澄清漢字研究的許多懸而未決的問題，揭示漢字構造和發展演變的基本規律，更準確科學地認識漢字。這是第二個結合給文字學研究帶來的必然進步。

　　至於強調「個體漢字的考證釋讀與漢字體系的理論探索相結合」，可以說是對傳統文字學和當前漢字研究傾向的糾偏。傳統文字學主要是為解讀儒家經典服務的，「以字解經」「以經解字」，形成了以單個漢字的分析解讀為中心的研究傳統，這方面的成果積累也尤為豐厚。只是這種「只見樹木，不見森林」的研究傳統，一直影響到當代的文字學和古文字學研究。長期以來，漢字研究的傳統是關注個體考據，忽視理論總結和規律揭示，其結果是漢字的理論研究至今依然顯得很薄弱，這又制約了這門古老而重要的學科的發展，直接影響文字學研究科學水準的提高，使得文字學對世界語言文字研究的學術貢獻沒能充分體現出來。

　　所謂「三個結合」不僅是我們在研究文字學中逐步明晰的一些認識，而且也是近百年來文字學研究給我們的有益啟示。

　　趙：您對「三個結合」的闡述非常明確而深刻。您曾說過，在中國傳統學術中，文字學是實現現代轉型最成功的學科之一。能否認為，這「三個結合」是促成中國文字學由傳統學術成功向現代轉型的主要原因所在？

　　黃：確實如此。如果沒有對學術傳統的繼承和創新，沒有西方學術營養的補充，沒有大量考古新資料的發現，作為一門有悠久歷史傳統的學科，很難出現現在的繁榮局面。

　　趙：在文字學研究領域，您帶領的團隊近年來取得一系列研究成果，已出版的《漢語文字學史》《古文字譜系疏證》《新出楚簡文字考》和《漢字理論叢稿》等著作，曾獲得教育部人文社會科學優秀成果一等獎等重要獎勵。是否可以說正是因為對文字學研究具有清醒的理性認識，才使得你們的研究成就斐然？

　　黃：從研究中形成一些理論認識，再到實踐中有意識地堅持，這是一個過程。雖然在實際研究工作中體現了我們對「三個結合」的認

識和追求，但還是很初步的。你提到的這些著作，大體上反映了我們的學術研究情況。這些年來我們的研究主要集中在文字學學術史、古文字考釋和出土文獻研究、漢字的構形和發展理論研究等方面。此外，在總結傳統學術研究經驗的過程中，我們注意到漢字的闡釋與中國文化傳統獨特而深層的聯繫，從這個角度可以解釋歷代許多漢字研究的現象，並且對當代的漢字闡釋具有啟迪作用，也蘊涵著重要的理論價值，因此，我們還開展了漢字闡釋與文化傳統關係的研究。這本論文集所收錄的有關論文，基本反映了我在相關領域的部分研究工作。

趙： 據我們所知，您在進行這些研究工作的同時，還比較關注現代漢字的使用和規範，重視對外漢語漢字教學和漢字知識的普及等問題。在這些方面您是怎麼考慮的？

黃： 我想，這應該是文字學研究者應盡的責任吧。現代漢字的規範化工作與漢字規範的研製關係重大。目前，世界範圍內漢字使用存在繁簡分歧，實際形成繁簡漢字並存的二元格局。研究現代漢字的規範，涉及的問題重要而複雜，已經不單是大陸方面的語文政策問題了。作為文字學研究者，不能不關注並研究這些問題，為國家語文政策的制定和調整建言獻策。改革開放以來，隨著中國傳統文化熱的興起和海外漢語教育的拓展，各種介紹漢字與中國文化的讀物大量出版。但是，這些讀物良莠不齊，有許多傳播漢字知識的讀物錯謬百出，因此文字學學者應該盡可能做一些漢字知識的普及工作。

趙： 聽您這麼一說，真是感到這些工作很有必要。能否展望一下文字學研究未來的走向，並且說說你們將要開展的研究計畫？

黃： 中國文字學有許多問題需要研究，而且已經具有很好的基礎條件，所以我始終認為二十一世紀文字學的研究大有可為。例如，我國至今尚沒有一部《漢字發展通史》，要完成這項工作需要開展好前期一系列的相關課題研究。這些年來，我們為此也做了很多必要的準

備工作，但是這是一項工程浩大、難度很大的研究。今後一個時期，我們將繼續努力，爭取能完成這項研究任務。

　　趙：我們期待您的新成果早日問世，謝謝您！

　　黃：謝謝！

上篇
構形・演進

漢字構形方式：

一個歷時態演進的系統*

　　分析漢字的構成，實際上涉及兩個有著密切聯繫又有一定區別的概念：構形方式與結構類型。構形方式是漢字形體符號的生成方式，結構類型則是對用不同構形方式構成的漢字進行共時的、靜態的分析歸納的結果。

　　長期以來，文字學研究偏重漢字個體結構的分析，將不同歷史階段產生的漢字置於同一歷史平面作類型性概括，而較少重視對構形方式及其歷時發展的探討，故而在漢字構形理論的研究方面，得出許多似是而非的結論。這些結論不僅關係到文字學理論建設，而且也直接影響對漢字發展的估價、語文政策的制定和漢字的教學。本文通過漢字基本結構類型及其消長變化的研究，試揭示漢字構形方式系統的歷時態演進的實際面貌。

　　漢字構形方式是一個隨著漢字體系的發展而發展的動態演進的系統。在漢字發展的不同歷史層面，構形方式系統也有著相應的發展和調整。這種發展反映在漢字體系中，即是不同結構類型的漢字分佈情況的消長變化。

　　我們採用統計方法考察和揭示漢字結構類型的分佈情況。對漢字按結構類型予以統計是一件十分複雜的工作。首先，用作統計分析的材料要有代表性，能反映漢字構形的實際發展；其次，對同一時期所

---

* 原載《安徽大學學報》1994年第3期。

有的漢字進行結構分析，需要作大量細緻的工作，而且，由於漢字形體的長期發展，產生了大量的省簡、訛混現象，加之有些漢字的構形原理還無法找到有力的證據予以說明，所以對不同時期的漢字作窮盡性結構分析難免有不精確之處；再次，對同一結構的漢字，往往眾說紛紜，不同學者對其分析標準未必一樣。因此，這種統計分析只能反映構形方式發展的基本趨勢，所得數值也並非絕對精確無誤。鑒於此，我們以代表漢字形成體系後的殷商時期的甲骨文（下限時間為公元前1027年）[1]、《說文解字》記載的古文字終結時期的小篆（下限時間為公元100年）[2]和鄭樵《六書略》為代表的定型楷書（下限時間為公元1160年左右）作為統計對象。這三個時期代表了漢字發展的不同階段，具有一定的典型性，而且李孝定、朱駿聲、鄭樵作過的結構分析可資借鑒。[3]不過他們都是按傳統「六書」來分類的，在具體字的歸類上也存在不少分歧。為了反映不同結構類型漢字的分佈的變化，按照我們對漢字基本結構類型的認識，在三位元學者分類的基礎上，我們對具體字用統一的標準重新調整歸類，剔去重出字形，這樣統計的結果就大不相同了。[4]統計情況見表一。

---

1 陳夢家：《殷虛卜辭綜述》（北京市：中華書局，1988年），頁34、80。

2 黃德寬等：《漢語文字學史》（合肥市：安徽教育出版社，1990年），頁24-25。

3 李孝定：〈從六書的觀點看甲骨文字〉，《南洋大學學報》1968年第2期；朱駿聲：〈說文解字六書爻列〉，見丁福保編纂：《說文解字詁林》，冊1；鄭樵：《通志》卷31〈六書略〉。

4 如李氏統計中一二九個假借字已歸於四種基本結構，不應重出；七十個「未詳」字中有六十一個可以重新歸類，實際歸類字數應為一○八七個，這與甲骨文單字數相差甚遠。《六書爻列》中轉注、假借不應計入總數，會意兼聲大部分應併入形聲類，這樣有單字九三五三個，與《說文》所載相合。《六書略》收字原載二四二三五個，但轉注、假借實為重出字形，加之部分重出的其它字，刪除後實際字為二三二六六個。

表一

字體	分佈情況＼類型	指事	象形	會意	形聲	總計
甲骨文	字數／個	47	310	411	319	1087
	比例／％	4.32	28.52	37.81	29.35	100
小篆	字數／個	117	347	819	8070	9353
	比例／％	1.25	3.71	8.75	86.29	100
楷書	字數／個	123	481	821	21841	23266
	比例／％	0.53	2.07	3.53	93.87	100

　　從表一反映的結果看，在以甲骨文為代表的早期漢字中，指事、象形、會意結構類型的漢字所佔比例為百分之七十多，形聲結構漢字所佔比例不足百分之三十；實際上未識字中的大部分屬指事、象形、會意結構，形聲結構的比例還要打一個較大的折扣。此外，由於對具體材料的處理和統計方法的不同，結果也會很不一樣。我們曾將已識形聲字與甲骨文單字總字數相比，得出甲骨文中的形聲字約占百分之十；將古文字中全部的形聲字進行分期統計，甲骨文時期的形聲字約占百分之十八。[5]儘管如此，表一的統計數字仍足以說明，甲骨文時期形聲結構不是主要的構形方式，指事、象形和會意等構形方式還佔有絕對優勢。殷商甲骨文是原始漢字長期積累和發展的結果，這種優勢，反映出漢字形成過程中表意類的構形方式所佔有的地位。如果對二百餘年甲骨文的發展作進一步的考察，可知道「武丁以後到帝乙、帝辛，主要的發展是形聲字的逐漸加多起來」。[6]形聲結構在甲骨文時

5　參見本書所收〈形聲結構的動態分析〉、〈形聲結構的聲符〉二文。
6　陳夢家：《殷虛卜辭綜述》，頁34、80。

期雖然不是最主要的構形方式，但已經呈現出發展趨勢。《說文解字》反映的小篆文字系統，是古文字千餘年來發展的自然結果。小篆終結於秦，隸書的出現和小篆的終結在時間上存在著一個交叉階段。到許慎撰《說文解字》之時（約公元83-100年），小篆早已退出了日常使用領域，但在某些場合仍有一定的使用價值。因此，就分析漢字構形而言，《說文》所載小篆也基本上反映了當時漢字體系的情況。《說文》中的指事、象形、會意結構類型的漢字不足百分之十四，形聲結構的漢字超過百分之八十六，這反映不同類型構形方式的構字功能發生了根本性的變化，象形、指事、會意等表意類的構形方式構字功能衰退，形聲構形方式蓬勃發展，佔據了絕對優勢。到楷書早已定型的宋代，指事、象形、會意結構的漢字比例降至百分之六左右，而形聲結構類型的漢字高達百分九十四左右。這一事實表明，表意類型的構形方式實際上已不再具備構形能力，形聲已成為唯一的構形方式。

如果我們進一步統計各種構形方式生成新字的情況及不同類型漢字在漢字體系中所佔比例的消長，問題表現得就更加明顯（見表二）。

表二

字體 \ 變化情況 \ 類型		指事	象形	會意	形聲
甲骨文	字數／個	47	310	411	319
	比例／%	4.32	28.52	37.81	29.35
小篆	字數／個	+70	+37	+408	+7751
	比例／%	−3.07	−24.81	−29.06	+56.94
楷書	字數／個	+6	+134	+2	+13771
	比例／%	−0.72	−1.64	−5.22	+7.58

　　指事字在小篆和楷書中分別增加到一一七個和一二三個，而在漢字體系中的比例卻從占百分之四點三二降到百分之一點二五，再降到百分之〇點五三；象形字分別增加到三四七個和四八一個，所佔比例卻由百分之二十八點五二降到百分之三點七一，再降到百分之二點〇七；會意字分別增加到八一九個和八二一個，所佔比例卻從百分之三十七點八一降到百分之八點七五，再降到百分之三點五三。因此，在表二中一方面它們的絕對數量有緩慢增加；另一方面在漢字體系中的比例卻大幅度降低，一正一負對比鮮明，只有形聲一類，絕對數字大幅度增長（分別超過二十四倍和二點七倍多），所佔比例也快速上陞。表二統計的每一類型的字數顯然不是十分準確的，但是，四種結構類型漢字分佈的消長變化，基本是合乎實際的，這種變化的實質，即反映了漢字構形的基本方式發生了重大調整，指事、象形、會意等早期形成的構形方式逐步喪失構字能力，漢字構形方式趨於單一化。

　　上述統計，時間跨度大，涉及整個漢字體系，其統計結果的可靠性程度自然會令人質疑。下面我們再隨機抽取「口、日、魚」三個部首的漢字，以《甲骨文編》（中華書局，1965）、《金文編》（中華書局，1985）、《說文解字》（大徐本）、《玉篇》（宋本）等收錄不同時期漢字的字書為據作窮盡性統計分析予以驗證。在統計時不計古文重複者，《說文》他部字，在《玉篇》中有列入以上三部者予以剔除；為保證分析的精確性，凡結構類型不明或有疑義的另列「未詳」一欄。統計結果見表三。

表三

字體 ＼ 分佈情況 ＼ 類型		指事	象形	會意	形聲	未詳	總計
甲骨文編	字數／個	1	5	15	9	41	71
	比例／%	1.41	7.04	21.12	12.68	57.75	100
金文編	字數／個	1	3	18	27	10	59
	比例／%	1.69	5.09	30.51	45.76	16.95	100
說文解字	字數／個	1	3	32	320	0	356
	比例／%	0.28	0.84	8.99	89.89	0	100
玉篇	字數／個	1	3	39	999	14	1056
	比例／%	0.10	0.28	3.69	94.60	1.33	100

　　表三反映的資料與前兩表相比，似乎更能說明問題。以《甲骨文編》收字為基礎統計甲骨文中這三部字的情況，因增加比重達百分之五十七點七五的「未詳」字一欄，指事、象形、會意等結構類型的漢字只占百分之二十九點五七，形聲結構的字占百分之十二點六八，整個比例較表一的統計明顯下降。但是如果用表一的統計辦法將「未詳」字從總數中減去，計算的結果，指事、象形、會意字的比例達百分之七十，形聲字占百分之三十，兩表的結果就極為一致了。在《說文》代表的小篆之前，增加了《金文編》所反映的兩周文字，其分佈情況表明，兩周時期指事、象形、會意字所佔的比例已下降到百分之三十七點二九，形聲字的比例上陞到四十五點七六，表意類型的漢字由占絕對優勢轉為劣勢，形聲類型的漢字則開始佔據優勢。這一環節的加入，使我們對以《說文》為代表的小篆進行統計分析所得到的結果更易理解。表三反映的《說文》、《玉篇》中形聲、會意字的比例與

表一的情況基本一致，指事、象形所佔的比例則下降得更多，因此，表三的統計完全可以驗證表一、表二統計結果的可靠性。

通過考察「口、日、魚」三部具體字的增長情況，我們發現，指事字自甲骨文以後未增加一個新字。甲骨文時期的「量」「周」本為象形結構，其後發展為形聲結構，這樣三部中象形字反而減少兩個，會意字的增長也是十分有限的，與《甲骨文編》的收字相比，《金文編》收新增的會意字七個，《說文》收新增的會意字十二個，《玉篇》收新增的會意字十個，共計不足三十個新字。與此相比，形聲字則以幾倍、十幾倍的速度劇增。這一事實，與上文得到的結論也完全吻合。

綜上所述，漢字構形方式系統自殷商時期已開始發生內部的調整，指事、象形兩種基本構形方式殷商以後構字功能逐步喪失，會意構形方式只有微弱的構字能力，自西周以後形聲這一構形方式迅速發展成為最重要的構形方式。運用共時的、靜態的方法歸納漢字基本結構類型，只是漢字體系經數千年積纍下來的漢字結構類型的分佈情況，並不能反映漢字構形方式系統的實際面貌。漢字構形方式是一個動態的系統，不同構形方式在一定歷史層面的共存和交叉關係只是短暫而表面的現象，在漢字發展的不同時期，不同構形方式之間存在著一種發展演進的更替關係。

構形方式系統的發展，與各個構形方式內部的深刻變化緊密相關，上文統計結果反映的各種結構類型漢字量的變化及由此得出的不同構形方式構字功能的變化和構形方式系統的調整，應從不同構形方式的內在發展中尋求到有力的佐證。情況是否如此？通過對四種基本構形方式發展的粗略考察，即可得到明確的回答。

指事構形方式生成文字符號的能力，在漢字構形系統中是比較微弱的。用記號（或抽象符號）的組合構成的所謂指事字，就其來源看，更多地是繼承了原始的刻畫記事符號。在漢字發展到殷商時期以

後，已不再出現利用抽象符號構成的新的指事字，而在象形字的基礎上附加標指性符號構成的指事字的能力依然較強，如「白」與「百」，「舌」與「言」，「又」與「尤、厷、肘」，「口」與「曰、甘」，「矢」與「寅、黃」，「夕」與「月」，「弓」與「弘」，「止」與「之」，「矢」與「至」，等等。在原象形字（前者）基礎上附加標指性符號生成指事字（後者）的關係歷歷可見，早已為甲骨文學者揭明。殷商以後，漢字符號化程度增強，對指事構形方式發生了兩個方面的重要影響：一方面象形字的形體逐步失卻象形特徵，使指事構形失去依託；另一方面漢字體系的高度符號化淹沒了指事附加符號，利用符號作為標誌構形的獨特性不復存在。因此，西周以後，指事構形方式快速趨於萎縮，只是在象形形體變化較小和形體對應區分明確的情況下，才產生極少數分化字，如「木」與「本、末」，「衣」與「卒」，「言」與「音」，「不」與「丕」，「止」與「世」等。可以初步判斷，兩周以後指事構形方式基本不具備構字功能。

象形構形方式是漢字最基礎的構形方式。沒有象形字，就不會組成獨具特色的漢字符號系統。許慎《說文解字・序》給象形下的定義是：「畫成其物，隨體詰詘。」這個定義比較精練準確。作為一種構形方式，象形來源於原始繪畫和圖畫記事是比較一致的看法。從原始圖畫記事和原始繪畫的圖形中不自覺地繼承的象形字，與通過描摹詞語概括的對象的輪廓構成象形字，代表象形構形方式發展的不同階段。到殷商時期，象形構形方式顯然早已經過長時間的發展而進入到自覺的階段。雖然某些象形字形象生動逼真，可是大多數象形字構形符號簡練，只是彷彿其意；有些符號則根本無法看出所描摹對象的任何特徵，字形書寫普遍線條化；一些象動物之形的形體適應行款要求取縱勢；更重要的是，絕大多數象形字可以充當字元或成為假借字。這表明殷商甲骨文中出現的象形字大部分來源較早，象形構形方式在

殷商之前早已獲得較充分的發展。如果對比一下《說文》所收的象形字，幾乎所有的象形字都以獨體或字元形式出現在甲骨文中。這意味著，甲骨文時期以後，象形構形方式已基本不再構成新的象形字（像「傘、凸、凹」之類的象形字極罕見）。作為一種構形方式，殷商時期它就可能已經歷過了黃金時代並喪失構字功能。

　　會意構形方式與象形的來源一樣悠久，在山東大汶口文化遺址發現的反映原始漢字面貌的陶文符號中，我們就看到象形文字符號與以象形文字符號組成的會意式圖形文字的共存並處。在銅器銘文中，那些保存較原始形態的圖形文字大多也是會意式結構。早期會意字，以象形符號的組合關係直觀地體現所要表達的意義，與圖形記事的因襲關係十分明顯。殷商時期，會意字的構成依然保存著以形相會的原始性。例如利用字元方向、位置的差別構成不同的會意字（「出」與「各」、「竝」與「替」、「伐」與「戍」、「陟」與「降」等）；利用代表人體不同形態的字元與相關字元的配合，直觀、形象地體現構形內涵（「望、監、既、饗」等）。這類以形相會的會意字，在甲骨文中佔有相當的比例，西周以後直到古文字的終結時期，會意構形方式仍具有一定的生成新字的能力。由於以形相會構形模式生成的字形較為繁複，過於依賴字元形體的形象特徵及其組合關係，具有很大的局限性。因此，在漢字體系的發展過程中，逐步發生由以形相會向以意相會的蛻變，產生了「止戈（制止戰爭）為武」「人言為信」這樣的構形模式。[7]這種蛻變發生的確切時間一時尚不能下定論，從殷商到兩周的會意字看，基本都是以形相會式的。利用字元意義之間關係構成的以意相會式新字，如按《說文》的解釋，甲骨文中有「美」「武」，

7　「武」字見甲骨文，也應為以形相會式的會意字；「信」或以為是形聲字。這裏僅　　引成說以說明問題，不代表我們對這兩個字構形的看法。

春秋金文中有「昶」字。「美」字構形，于省吾先生已有論定。[8]至於「昶」，按《說文》新附的解釋「日長也」，則是典型的以意相會了。我們估計以意相會的表意構形模式大約於春秋戰國以後才真正出現。然而，當會意構形方式發生這種變化的同時，形聲構形方式已經發展到比較完善的階段，顯示出了巨大優勢。人們當然不會避易就難，違背構形方式發展的主流，而將以意相會作為構字的主要方式。觀察一下新增會意字的情況，我們會清楚地看到利用這種方式構成的像「劣、昊、塵、嵩、岩、憑」等一類字，為數是極少的。魏晉南北朝時期，曾用這種方式新造了一些俗體字，但最終大都未真正進入漢字系統。因此，從構形實際看，由於古漢字發展階段的終結，會意構形方式即使發生了內部的調整，但構字功能依然極其微弱，只是作為一種不具活力的構形方式存在而已。

形聲構形方式的發展代表了漢字構形方式系統發展的主流。對形聲結構這一重要的結構類型，我們曾進行過比較充分的討論，[9]這裏我們著重觀察形聲構形方式的發展。殷商時期，形聲結構已發展到自覺的階段，出現注形形聲字（祝、祖、唯）、注聲形聲字（風、星、盧）和形聲同取形聲字（洹、狙、杞）三種類型，但從字形組合形式（形符、聲符的配合）、形聲字的分佈比例看，殷商時期形聲構形方式尚處於發展的初期階段。殷商以後，形聲字大量出現並逐步成為唯一能產的構形方式，是與形聲構形方式內部的優化、調整密切相關的。

形聲結構的聲符始終相對穩定和單一，在形聲結構中起著主導和核心作用。[10]作為記錄語音的符號，聲符的選用相對集中，加之新的

8　于省吾：〈釋羌、苟、敬、美〉，載《吉林大學社會科學學報》1963年第1期。

9　參見本書所收〈形聲起源之探索〉、〈形聲結構的聲符〉、〈形聲結構的形符〉、〈形聲結構的動態分析〉等文。

10　參見本書所收〈形聲結構的聲符〉、〈形聲結構的動態分析〉等文。

形聲字的孳乳往往以聲符為核心，逐步形成了一個基本聲符系統。

基本聲符系統包括一定數量的聲符，清人以《說文》為對象統計，得出的數量很不一致，多的達一五四三個，少的只有六五一個；[11]沈兼士統計《廣韻》所收字歸納聲符九四七個。[12]我們採取離析最基本的聲符的辦法，得知古文字階段大約有聲符五百個，全部漢字的聲符，大約不超過一千個。聲符作為形聲構形的二要素之一，之所以能形成系統，表明構造形聲字時對聲符的選擇有一定的範圍，受某種定勢的制約，聲符系統的形成，使基底字元控制在一定數量之內，並形成部分字元的職能分工，有利於形聲構形方式進一步走向規範。

形符的優化和調整，是形聲構形方式內部發展的主要方面。殷商時期及兩周期間，形聲構形方式處於急劇發展階段。形符是形聲結構中一個十分活躍的構形要素，呈現出明顯的特色，一是變動不居，表現為形符可增可減，位置遊移不定；二是同一形聲字多種形符變換不定，異形紛出；三是義近形符通用無別。[13]這些都是形聲結構發展階段特有的現象。

形符的優化，經過了以下三個環節。

第一，形符表義泛化，區分和標指成為形符最主要的職能。早期出現的形聲字，無論是注形、注聲還是形聲同取類型的，形符表義相

---

11 對聲符系統的整理始於清人。戴東原在《答段若膺論韻》中提出形聲譜系的概念。段玉裁《十七部諧聲表》統計《說文》形聲字聲符一五四三個；江沅《說文解字音韻表》統計為一二九一個；張惠言《說文諧聲譜》統計為一二六三個；陳立《說文諧聲孳生述》統計為一二一一個；江有誥《諧聲表》統計為一一七二個；朱駿聲《說文通訓定聲》統計為一一三七個；龍啟瑞《古韻通說》統計為一一二一個；姚文田《說文聲譜》統計為一一一二個；嚴可均《說文聲類》統計為九三八個；苗夔《說文聲讀表》統計為六五一個，等等。由於各人對形聲字切分方法不一，故相差較大。

12 沈兼士：《廣韻聲繫》（北京市：輔仁大學，1945年）。

13 參見本書所收〈形聲結構的動態分析〉、〈形聲結構的形符〉等文。

對明確，在發展過程中，一些早期表義較為具體的形符，表義逐步變得抽象。如「邑」西周時期主要用於表示都邑，在「邦」「都」等字中表義都很具體，西周晚期至春秋以後表義範圍擴大，凡諸侯封地都可加「邑」，再進一步發展為表示一切鄉鎮縣邑和地名，這當然是一個比較典型的例子。但是像「水、心、止、又、示、金」等常用形符的表義範圍無不程度不同地擴大，這種擴大我們稱之為「泛化」。形符表義的泛化，表明其表義程度強弱與否已無關緊要。表義的泛化，促使一些表義具體但構形複雜的形符的調整，如「城、壞、垣、堵、堨」等字的形符，原並不是「土」而是城垣的象形字「𩫖」。隨著形符表義的泛化，這些字都相應改換「土」為形符，儘管古城以土夯成，與「土」有關，但在表義程度上，卻遠不如原來形符。表義的泛化，還導致不同形符出現類化現象，如一些器物名稱的形聲字，形符分別由從「匚」「皿」「缶」等類化為從「金」、從「木」、從「竹」；動物類名稱大都類化從「犬」；昆蟲、爬行類動物形體大都從「蟲」，等等。形符表義泛化，增加形符選擇的自由度，是形符性質由表義向標指區分變化的重要表現，這一變化大大加強了形聲構形方式的構字功能。

第二，形符系統逐步形成。殷商時期形聲字較少，形符不是很完備。隨著形聲字結構的發展，兩周以後出現了一批新的形符，這些形符在構形過程中，職能分工逐步明確。如「水、木、心、人、大、女、又、手、口、目、耳、頁、示、力、牛、羊、馬、犬、蟲、魚、係、衣、中、食、米、禾、木、竹、缶、皿、車、舟、刀、戈、弓、矢、斤、廣、土、雨、山、日、月、石、火、金」等最為常用的形符，在構形時一般不充當聲符，除單獨使用外，它們的主要職能就是充當意符（形符）。由於這種分工的逐步形成，我們似乎也可以說與聲符系統相對應，也存在著一個形符系統。許慎《說文解字》五四〇

部首的歸納，已在一定程度上揭示了這種系統的存在。鄭樵作《象類書》定「三百三十母為形之主，八百七十子為聲之主，合千二百文而成無窮之字」。[14]因原書不存，我們無法肯定地認為這是將基本形符和聲符分作兩個相互因依的系統，但無疑已包含了這一方面的認識。將《說文》部首當做文字系統的基本構形要素並進行專題研究的「偏旁字原」學，始於唐宋，盛於清代。[15]日本學者島邦男的《殷墟卜辭綜類》、姚孝遂先生主編的《殷墟甲骨刻辭類纂》等利用古文字資料對《說文》部首進行大膽的調整，分別將部首合併為一六四個和一四九個，也是比較注重漢字構造的基本形體單位的。[16]由於上述研究著眼點主要是漢字構形基本形體和部首，因此均未能就形聲結構而提出「形符系統」這一概念，我們曾將古漢字形聲字的形符作過歸納，得到常用形符一一〇多個。一般情況下，漢字構形的基本形體，大都可以充當形符。這樣島邦男、姚孝遂先生等歸納的用作部首的基本形體，也大體與形聲結構的形符系統相當。儘管目前這方面的研究還很不夠，但是，形符系統在長期發展中已經形成並在構形上呈現出職能分工，卻是一個客觀存在的事實。形符系統的形成與聲符系統相對應，標誌形聲構形方式的發展日趨完善。

　　第三，形符的定型定位。形聲結構發展過程中，形符變動不居的現象逐步減少。經過長期的選擇，形聲結構的形符一般都淘汰了異形，結構定型，而且形符的位置由上下左右任意變動發展到居左為主，有些形符則根據其來源和構形需要確定自己的結構位置，如「艸、網、竹、雨」等居上，「血、皿」等居下。形符的定型定位也

---

14 〔南宋〕鄭樵：《六書略・論子母》。

15 黃德寬：《漢語文字學史》（合肥市：安徽教育出版社，1990年），頁159。

16 姚孝遂：《許慎與說文解字》（北京市：中華書局，1983年）；姚孝遂：《殷墟甲骨刻辭類纂・序》（北京市，中華書局，1989年）。

是增強形聲構形方式構字能力，使字形符號的構成進一步走向規整化
的重要條件。

總之，形符經過以上三個主要環節的發展，形聲構形方式大大優
化，構字能力大為增強。

基本構形方式內部的發展表明：指事、象形兩種構形方式到西周
以後已開始萎縮和衰退；會意構形方式春秋以後發生了蛻變；與此同
時，形聲構形方式經過內部的優化和調整，構字功能不斷增強，逐步
成為一種比較完善的構形方式。由此看來，作為一個動態演進的系
統，不同構形方式的興衰變化構成了這一系統發展變化的基本格局，
構形方式系統的發展正是各構形方式自身發展變化的綜合反映。

漢字構形方式的發展演進，實際上是漢字體系發展演進的本質反
映。下面我們對影響構形方式發展的漢字體系發展的有關因素作進一
步的分析，以便闡明上文揭示的漢字構形方式發展的必然性趨勢。

第一，漢字形體符號化的進程，動搖了以象形表意為基本方式的
早期漢字構形的基礎，長期以來形成的構形思想和構形模式因之而相
應改革。文字本就是符號，所謂「符號化」，指的是漢字擺脫原始形
態的進程和程度。漢字發展到殷商時期，形體符號化程度已經比較
高。甲骨文作為目前能看到的代表殷商文字形態主要面貌的形體，由
於書寫工具的特殊，使之符號化程度較同期銅器銘文上鑄就的文字形
體大大地超前。字形以勻稱的單線線條組成，一些常用字出現了高度
簡化的寫法。西周以後漢字形體進一步沿著簡化的道路發展，曲線線
條逐步發展到點畫組合，字體形態規整劃一，成為純粹的抽象點畫組
成的符號。早期形成的象形構形方式，以描摹客觀物象的輪廓而構
形，一旦文字脫離畢肖物象的畛域而踏上線條化的道路，象形構形的
基礎即已不復存在。早期的附加符號類的指事和會意構形，是建立在
象形基礎上的，一旦象形構形失去基礎，象形字自身的形象特徵逐步

消失，標指符號就無所加施，形體組合也失去憑依。因而，隨著漢字
體系字體形態的符號化程度的提高，早期產生的象形表意式的構形方
式就必然要退出舞臺。儘管漢字形體的符號化是漢字體系的表層發
展，但這種表層發展卻成為影響漢字體系構形方式深層發展的一個重
要的因素。

　　第二，同音借用現象的普遍發生，有力衝擊了早期構形方式，加
速了文字符號的構成由形義關係向音義關係的躍進。漢字作為記錄漢
語的符號系統，同音借用是早期漢字完善記錄漢語職能的重要手段。
用以形表意的方式造不出一個完整記錄漢語的文字體系，這是最淺顯
明白的事實。利用同音借用的手段，則是早期漢字用以彌補自身缺陷
的唯一有效的方式。不同民族的原始文字資料中，幾乎都無一例外地
大量採用同音借用的方法。據抽樣分析，甲骨刻辭中同音假借的數量
高達百分之七十多。[17]這說明同音假借是漢字發展過程中出現的很重
要的現象。有的學者對甲骨文中形成比較固定關係的一百二十多個假
借字進行分析，發現這些假借字本來都是象形、指事和會意字。[18]表
明同音借用是濟早期象形表意構字方式之窮的重要手段。同音借用開
拓了漢字構形的思路，使漢字形體與它所代表的字義之間發生了人為
的分離，形體僅僅作為一個純粹的記音符號出現。這就溝通了字元與
詞語音節之間的直接聯繫，這種聯繫是促成漢字構形模式由以形表意
向記音表意轉變的樞紐。另一方面，同音借用的大量出現，對以形表
意的早期漢字是一個巨大衝擊，造成了書面上同音異義的分歧，給習
慣於由形及義來辨識文字的人們帶來困難。於是，繼承以形表意之

---

17 姚孝遂：〈古文字的形體結構及其發展階段〉，《古文字研究》（北京市：中華書局，
　　1980年），第4輯。
18 李孝定：〈中國文字的原始與演變〉，《「中央研究院」歷史語言研究所集刊》第45本
　　第2、3分（1974年2、5月）。

長、揚棄同音借用之短的形聲構形方式就自然成為一種比較理想的選擇了。甲骨刻辭大量使用假借字，有力地推動了形聲構形方式的發展，而在假借字基礎上加注形符生成的大量形聲字，對形聲構形方式擺脫原始狀態，強化聲符的語音功能方面的意義同樣是不可低估的。因而，同音借用現象的普遍發生，也是促成漢字構形方式由早期的以形表意模式向記音表意模式發展的重要因素。

第三，漢語系統的發展對漢字體系的要求，是漢字構形方式發展的重要動力。出現較早的指事、象形、會意等構形方式自身存在著嚴重缺陷，難於適應語言發展對文字符號系統發展的要求。這些早期出現的構形方式，方法原始，「近取諸身，遠取諸物」，依客觀物象為參照，通過形義關係構成記錄語言的符號。這種構形方式只適合文字形成的早期階段。一旦文字脫離原始狀態，真正成為記錄語言的工具，這類構形方式的缺陷就暴露無遺。而語言的高度發展，新詞的大量增加，更加速這類構形方式的衰落。文字體系要適應語言需要，必須另闢蹊徑。形聲構形方式通過記錄語音來構形，溝通了漢字和漢語的深層關係，使文字符號系統與語言符號系統和諧發展，以適應語言發展對文字系統的要求。因而，在象形表意式的構形方式走向衰落的時候，它能起而代之，並獲得經久不衰的生命力。

第四，文字體系作為符號系統，遵循符號構成的優化原則。象形表意式構形方式構成符號的規律性不強，潛藏著形的有限性和義的無限性之間的深刻矛盾，利用這種方式很難構成一個便於操作而有序的符號系統，有悖符號學的「簡易法則」。而形聲構形方式在符號生成上有著極大的便利，這種便利表現在以下幾個方面：一是形聲組合的結構，類型明確，組合方式有限，不外乎左右、上下、內外、半包圍等幾種模式，符號構成容易做到規整。二是形符、聲符系統的形成，基底字元數量有限。有限的結構組合類型和有限的基底字元，使構形

和運用更為便利。三是具有巨大的生成有規律的符號的能力。象形、指事、會意等構形方式生成符號的能力都比較有限而且規律性不強。形聲構形方式利用一個形符和一個聲符構形，符號組合規律性強，並且具有較強的生成能力。以基本形符系統（Xn）和基本聲符系統（Sn）相配合，在理論上可以構成數量巨大的不同形的形聲字系統。如果再加上組合方式的變化，同一形符和聲符並不止生成一個形聲字，如「忠」和「忡」、「吟」和「含」等，這樣形聲系統生成新字的數量，可以用如下數學公式來表示：

$$N > N_1 = Xn \cdot Sn$$

用這個公式計算，一百五十個基本形符和一千個基本聲符的組合，在理論上可以產生大於十五萬個這一龐大數量的不同形的形聲類符號。事實上，漢字體系中的形聲字永遠不會發展到這個極限數字。但由此可見，形聲構形方式在符號構成方面的巨大優越性，它具備其它構形方式無可比擬的發展成為最主要的構形方式的基礎，故最終能取代其它構形方式而獨佔鰲頭。

以上四個方面，反映了漢字體系發展與構形方式發展的緊密關係，各構形方式的發展變化，也是漢字體系發展變化影響的必然結果。

通過統計分析不同結構類型漢字的分佈，考察不同構形方式內部的發展，揭示漢字體系發展對構形方式發展的決定性影響，我們認為，漢字構形方式是一個歷時態演進的系統，這一事實是無可懷疑的，文字學研究不應忽視這一隱藏於結構類型背後的重要理論問題。我們希望本文的探討和結論對當前的漢字理論研究、漢字教學及應用研究能有所裨益。

漢字構形方式的動態分析[*]

一　動態分析的提出

　　漢字結構的研究歷來是中國文字學最基本的問題之一，也是傳統文字學最有成就的方面。影響中國文字學近兩千年歷史的「六書」理論，就是對漢字結構最早的理論概括。近百年來，中國文字學研究雖然取得了前所未有的成就，但漢字結構的理論研究卻沒能獲得根本的突破。我們以為當前關於漢字結構的理論研究，應注意從以下三個方面著手，即：（1）古文字資料的全面運用；（2）研究方法和手段的改進；（3）理論視角的調整和闡釋水準的提升。「動態分析」正是基於上述考慮提出的。

　　漢字結構的研究涉及構形方式（或造字方法）、不同結構的漢字及結構類型三個不同層次的問題。所謂構形方式，指的是文字符號的生成方式，也即構造文字符號的方法；用不同的構形方式即構造出不同結構特徵的漢字；將不同結構特徵的漢字予以歸納分類就概括出不同的結構類型。對漢字結構的研究，通常是由單個漢字形體的分析，上陞到對結構類型的概括，進而認識到與結構類型相應的構形方式的。實際上，已有討論漢字結構的論著，基本上是對漢字系統單個形體符號進行共時的、靜態的分析歸納，對結構類型和構形方式一般不

---

* 二〇〇二年十一月筆者應邀到臺灣「中央研究院」歷史語言研究所進行學術訪問，本文是十一月二十八日上午筆者在該所所作〈古文字新發現與漢字理論研究〉學術演講的一部分。原載《安徽大學學報》2003年第4期。

作明確的區分。李孝定先生曾指出：「中國文字學的研究，有靜態和動態兩面，靜態研究的主要對象，便是文字的結構。」[1]這基本上反映了中國文字學關於漢字結構分析的實際。我們認為，共時的、靜態的分析歸納，得出的只是漢字的不同結構類型。這種類型性概括，雖然不失為研究漢字結構的基本手段，但是卻忽視了漢字體系的歷史演進，也掩蓋了漢字構形方式的發展變化，在此基礎上建立的漢字結構理論，只能是一個籠統而模糊的理論。

漢字體系經歷了漫長的歷史發展，殷商甲骨文的發現和西周金文、戰國文字、秦漢簡帛的大量出土，已清晰地向我們展現出漢字體系演進的歷程和歷史風貌。就整個體系而言，漢字是一個伴隨著歷史發展而次第積纍並逐步完成的符號系統，這個系統不僅總體上具有歷史的層次性，而且系統內部形體符號也是動態演進的。對這樣一個具有歷史層次性且動態演進的系統，只是運用共時的、靜態的分析方法來研究顯然是有問題的。因此，我們認為對漢字結構的科學研究，應該建立在動態的分析基礎上。

動態分析不僅可以運用於考察漢字系統內部不同形體符號的歷史演變、結構調整和定型情況，也可以運用於對構成這些單個形體符號的構形方式的分析考察。[2]漢字構形方式是一個隱藏於漢字符號系統背後的深層的系統，它借助於漢字結構類型這個表層系統得以顯現，這正是研究者將結構類型和構形方式混而不別的原因所在。對構形方式系統的發展變化，前人雖沒有明確的論述，但實際上已有涉及。《說文・敘》說：「倉頡之初作書，蓋依類象形，故謂之文，其後形

1　李孝定：〈從中國文字的結構和演變過程泛論漢字的整理〉，《漢字的起源與演變論叢》（臺北市：聯經出版公司，1986年）。

2　對構形方式系統的歷時發展，我們曾有專文討論，本文是在原討論的基礎上著重於研究方法的闡述，請參見本書所收〈漢字構形方式：一個歷時態演進的系統〉一文。

聲相益,即謂之字,字者言孳乳而浸多也。」這裏由文而字的論述,
就涉及構形方式由「象形」到「形聲」的發展。其後,不少學者研究
「六書」的次第,也多少觸及構形方式發展的問題。宋人鄭樵曾認
為:「六書也者,象形為本,形不可象,則屬諸事,事不可指,則屬
諸意,意不可會,則屬諸聲,聲則無不諧矣。五不足而後假借生
焉。」[3]清人戴東原則更明確地指出:「大致造字之始,無所憑依,宇
宙間事與形兩大端而已,指其事之實曰指事,一二上下是也;象其形
之大體曰象形,日月水火是也。文字既立,則聲寄於字,而字有可調
之聲,意寄於字,而字有可通之意,是又文字之兩大端也。因而博衍
之,取乎聲諧曰諧聲,聲不諧而會合其意曰會意。四者,書之體止此
矣。」[4]這些關於「六書」產生次第的論述,表明他們已經在一定程
度上認識到漢字不同的構形方式(造字方法)產生於不同的歷史層
次,在構形功能上具有互補性,只是這種認識尚處於比較朦朧的階
段。李孝定在二十世紀六〇年代,曾對甲骨文字進行過「六書」分類
統計,他不僅統計出甲骨文字「六書」分類的各項比例,並且引用了
清人朱駿聲對《說文》「六書」分類(見《說文六書爻列》)和宋人鄭
樵對宋代漢字的「六書」分類(見《六書略》),將甲骨文、《說文》
小篆、宋代漢字按「六書」分類進行比較,從比較中發現了「各種書
體的百分比,有了顯著的消長」。而且,還詳細考察了「文字聲化趨
勢和衍變過程中所產生的混亂現象」。[5]李孝定所進行的是一項對漢字
構形方式進行動態分析的富有啟發意義的工作。他的研究不僅顯示了
對漢字結構進行動態分析的必要性,而且也啟示我們開展這種分析具
有可能性。

3　〔南宋〕鄭樵:〈六書序〉,見《通志‧六書略》第一。

4　〔清〕戴震:〈答江慎修先生論小學書〉,見《戴震全書》(合肥市:黃山書社,1994
　　年),冊3。

5　李孝定:〈從六書的觀點看甲骨文字〉,見《漢字的起源與演變論叢》。

二　構形方式的動態分析

　　漢字構形方式作為一個深層的系統，其發展變化是以不同結構類型漢字的分佈變化呈現的。對漢字構形方式系統發展演進的動態分析，首先應基於對不同結構類型漢字的分析，並在漢字體系歷史演進的不同層次揭示各類型漢字的消長變化及其分佈情況，進而由不同的結構類型探討構形方式系統的發展變化。這正與漢字符號生成過程相反，是一個逆向追溯的過程。因此，構形方式動態分析的基礎，依然是單體符號構形特徵的分析和類型概括。

　　目前，對漢字形體符號的分析，有多種不同的新說。據我們研究，「象形、指事、會意、形聲」四書，大體符合漢字符號生成的實際，也比較適宜於漢字結構的研究及構形方式系統的動態分析。在漢字構形分析中，我們對「四書」賦予了新的解釋。

　　我們將「象形構形方式」定義為「通過描摹客觀物象的特徵或形體輪廓而生成文字符號的一種方式」，運用這種方式生成的符號即「象形字」，不同象形字的類聚，即「象形結構類型」；「指事構形方式」是指通過在已有文字符號之上加附標誌性符號或由抽象符號組合來生成文字符號的方式；「會意構形方式」是指通過兩個以上字元組合來構成新的文字符號的方式；「形聲構形方式」則是指運用聲符記音，形符標示和區分來構成文字符號的方式。

　　以上不同構形方式構成不同結構特徵的漢字，相應歸為不同的結構類型。漢字形體發展中出現的各種現象以及每個漢字自身形成、發展和定型的過程，使得漢字結構的分析變得相當複雜，有時甚至難以確定。但是，總體上我們還是可以通過考辨分析，將相關漢字歸於不同結構類型並進而考察構形方式系統的。

　　對構形方式系統動態分析的基礎，是將不同結構類型漢字分佈的

考察建立在漢字不同的歷史發展層次上。通過不同歷史時期的漢字分佈情況變化進行比較分析，就能顯示漢字構形方式系統的變化情況，上文所引李孝定的比較雖不以考察漢字構形方式發展為目的，但卻證明這種方法的可行性。下面，我們選擇殷商、西周、戰國、秦漢和宋代等不同歷史時期的代表性資料，來考察不同結構類型漢字的分佈情況。殷商時期代表資料是甲骨文字，根據最新統計，甲骨文單字在四千個左右，[6]能確認的有三分之一左右；以《殷周金文集成》所收西周金文代表西周時期的資料，其使用的單字經統計為二四八八個，能確認者一七五三字；[7]戰國文字資料我們選擇戰國中期偏晚的郭店楚簡為代表，所用單字共一二九三個，能確認者一二五七字；[8]秦漢文字可以《說文》小篆為代表，共九三五三字；宋代楷書以《六書略》所收為準，凡二三二六六字。將上述材料所收字按四種結構類型分析歸類，[9]各類所佔比例見表一所示。

---

6 沈建華、曹錦炎：《新編甲骨文字形總表》（香港：香港中文大學出版社，2001年）。

7 本文所據西周金文資料，統計工作由筆者指導江學旺博士完成，見《西周金文研究》，南京大學博士論文，2001年。

8 此項資料統計工作，由筆者指導張靜博士完成，見《郭店楚簡文字研究》，安徽大學博士論文，2002年。

9 本文所用甲骨文資料，參考了李孝定《從六書的觀點看甲骨文字》，見《漢字的起源與演變論叢》。李文的統計，各字的分析及有關問題的處理皆依筆者的原則，雖不敢說精確無誤，但不會影響本文的討論和結果。

表一

分佈 分期 字體	甲骨文		西周金文		戰國文字		小篆		楷書	
	數量 /個	比例 /%	數量 /個	比例 /%	數量 /個	比例 /%	數量 /個	比例 /%	數量 /個	比例 /%
指事	47	4.29	57	3.25	24	1.84	117	1.25	123	0.53
象形	310	28.28	224	12.78	118	9.06	347	3.71	481	2.07
會意	411	37.50	333	19.00	148	11.36	819	8.76	821	3.53
形聲	319	29.11	1051	59.95	909	69.76	8070	86.28	21841	93.87
未詳	9	0.82	88	5.02	104	7.98	0	0	0	0
總計	1096	100	1753	100	1303	100	9353	100	23266	100

　　表一統計的殷商甲骨文和西周金文只是就已識字來分析，而且各時期漢字結構的分析及其歸類，都會存在這樣或那樣的不準確之處，但大體能反映各類型漢字在殷商、西周、戰國、東漢和宋代等不同時期的分佈情況。從殷商到宋代，歷時約二千五百年，漢字經歷了從古文字到近代文字的發展。從統計資料可以看出四種結構類型漢字分佈比例的變化，指事類型的漢字分佈從百分之四點二九下降到百分之○點五三，象形類從百分之二十八點二八下降到百分之二點○七，會意類從百分之三十七點五下降到百分之三點五三，只有形聲類從百分之二十九點一一上升到百分之九十三點八七。如果考慮到多達三分之二以上的甲骨文和三分之一多的西周金文未識字主要可歸於指事、象形和會意三類，則四種結構類型漢字分佈情況的相對陞降變化將更為顯著。即便如此，依然十分清晰地顯示，不同構形方式的構字功能在這一歷史進程中發生了重大調整和變化。指事、象形和會意三類以形表意性質的構形方式，所構成的漢字比例由甲骨文時期百分之七十多下

降到宋代百分之十左右；與之相反，形聲構形方式構成的漢字其比例則從不足百分之三十增加到百分之九十以上，此消彼長，相互補充。

　　漢字構形方式的這種調整變化，許多學者早已意識到，但由於材料的限制，尚未有人作過明確的論述。[10]如果說這種較大歷史跨度的統計分析，還只是宏觀上反映漢字構形方式系統的發展，那麼將具備斷代分期可能的材料進行更細緻的分析，則更能反映這種變化的程度和軌跡。江學旺博士將西周金文按早、中、晚進行分期，進一步統計分析這四種結構類型漢字的分佈情況，反映的結果見表二所示。

表二

分期 分佈 字體	早期		中期		晚期	
	數量／個	比例／%	數量／個	比例／%	數量／個	比例／%
指事	45	4.46	43	4.08	42	4.05
象形	170	16.83	158	15.00	150	14.45
會意	225	22.28	219	20.80	199	19.17
形聲	506	50.10	575	54.61	586	56.45
未詳	64	6.33	58	5.51	61	5.88
總計	1010	100	1053	100	1038	100

　　從表二分期統計，可以看出四種結構類型漢字分佈情況的明顯變化，前三種類型各自比例在緩慢降低，而形聲結構類漢字比例分佈則穩步提高。這種情況大體反映了西周時期不同構形方式構字功能的變化，與殷商相比這種變化也可以說是相當快速的。

10　筆者的〈漢字構形方式：一個歷時態演進的系統〉首次對這個問題進行了專題討論，該文收入本書。

以上所有的統計分析，都是對某一時期漢字給予總體的分析討論。這些不同時期的漢字，實際上既包括傳承字，也含有那個時期的新增字。不同結構類型漢字分佈比例的變化，雖然反映了不同時期構形方式系統的發展變化和不同構形方式構字功能的調整，但是由於歷代積累的傳承字摻雜其間，各構形方式構成漢字的比例分佈並不能十分精確地反映當時漢字構形方式的實際功能狀態。而只有不同時期的新增字，才能反映出這個時期各構形方式的實際構字功能。不過確定某一時期的新增字則是一項非常困難的工作。第一，需要對這個時期之前的漢字系統全面整理；第二，在比較中才能分清哪些是傳承字，哪些是新增字；第三，由於不同時期特別是最能反映漢字構形方式發展的古文字階段的漢字資料有限，已掌握的資料不一定就是當時或以前的漢字的全部，傳承字和新增字的確認，只能是就已知材料進行，所以結論並不是十分可靠。儘管如此，相對確定的新增字則是漢字構形方式在不同時期構形功能最為直觀的反映。以西周金文為例，我們將這一時期的新增字反映的不同結構類型漢字的分佈與表一西周金文整體反映的分佈情況作一比較，見表三所示。

表三

類型		指事	象形	會意	形聲	未詳	合計
總體	數量／個	57	224	333	1051	88	1753
	比例／%	3.25	12.78	19.00	59.95	5.02	100
新增	數量／個	10	22	97	765	35	929
	比例／%	1.08	2.37	10.44	82.35	3.76	100

表三的比較不僅反映總體統計分析與新增字分佈統計有較大差異，而且顯現了西周時期漢字構形方式的功能所發生的根本性改變。

統計表明，西周時期新增字百分之八十二以上是形聲構形方式構成的，指事、象形構形方式的構字功能已經衰弱，會意構形方式的構字能力也不強。新增字是以殷商甲骨文字為比較確定的，甲骨文字中百分之七十以上的已識字是由指事、象形、會意三種構形方式構成的。而西周新增字只有不足百分之十四是用這三種方式構成的。由於這種巨大的變化長期被忽視，以致我們未能真正認識到漢字構形方式內部構形功能的重要調整，對形聲構形方式在西周的重大發展及其對西周時期漢字構形系統的影響未能予以確切的評價。

通過對不同結構類型漢字分佈情況變化的考察和西周新增字的結構類型分佈的分析，我們已比較清晰地揭示了漢字構形方式的發展變化。漢字不同構形方式構成一個互補的系統，從歷時的、動態的角度可以看到這個系統內不同的構形方式此消彼長，在不同歷史時期發揮著各自的作用，並經歷著內部的功能調整。殷商時期，指事、象形、會意等以形表意類的構形方式，具有較強的構字能力，而形聲尚處於發展階段；西周時期的新增字表明，形聲構形方式一躍而成為占主導地位的構形方式，百分之八十多的新字由這種方式構成，而相應的其它三種構形方式則逐漸喪失構形功能或功能變得極其微弱。這表明，漢字構形方式的動態分析，是揭示構形方式系統這種調整變化的有效方法。

三　構形方式動態分析的理論意義

動態分析所獲得的結果，為漢字構形分析和漢字史的研究提出了一系列新的問題，具有重要的理論意義。

第一，漢字構形方式系統的調整和發展，有其深刻的內在和外部原因，對這種原因的揭示是漢字構形理論研究的重要任務。我們認

為,不同構形方式自身的優點和局限是決定其發展抑或萎縮的內因;能否適應漢字體系發展的要求,則是構形方式獲得不斷發展還是逐漸被淘汰的外部決定因素。[11]從構形方式自身來看,以形表意類構形方式的式微,形聲構形方式的快速發展,均有其內在深層原因。指事構形方式,主要是利用抽象符號的標指和組合來構成新的符號。殷商時期,這種構形方式尚具有一定的構形能力。西周以後,只有在相對區分形體時,才使用這種方法,其構形能力基本喪失。而甲骨文中的指事字,是否有相當一部分是殷商以前的傳承字,目前還難以斷定。大體上,這種依靠已有文字,通過符號標指字義所在或形體相對區分來構形,是比較原始與落後的。隨著漢字形體符號化程度加強,象形字的形象特徵逐步消失,多種筆劃符號隨漢字形體符號化進程出現,使得符號標指所依託的對象和符號本身的標誌特徵相應變得難以辨識,只有在同一形體相對分化時才易於確定,這就使得指事構形方式的衰落成為必然。象形構形方式是漢字構形系統的基礎,單個字元多是象形類結構。從殷商時期的文字看,象形構形方式早已發展到極致,漢字系統中幾乎所有的象形字都以單字或字元方式出現於甲骨文中,而甲骨文字高度的線條化,使得通過對客觀物象的輪廓性摹寫來構成文字符號不再具有更大的空間。可以推測,到殷商時期,象形構形方式已度過了它的黃金時代,基本喪失構成新字的能力。從早期圖形文字看會意構形方式也是來源久遠的。殷商乃至西周時期的會意構形方式,還具備一定的構形功能。會意構形方式利用不同字元的方向、位置與意義關係構成新字,字元的形體特徵和組合關係在構形中具有十分突出的作用。直到西周會意構形依然保持這種原始性。由於過於依賴形體特徵和組合關係,會意字往往形體繁複,局限性明顯。西周以後產生《說文》所謂「人言為信」這樣的以意義關係搭配而成的會意

---

11 參見本書所收〈漢字構形方式:一個歷時態演進的系統〉一文。

字類別。會意構形方式自身的這種調整，一定程度上擺脫了依賴形式特徵而帶來的束縛，從而獲得了新的構形能力。但是，會意構形方式的調整，較形聲構形方式的完善而言則顯得微不足道。在上述三種構形方式衰落的同時，形聲構形方式獲得了快速的發展。在殷商時期，不少形聲字是通過對假借字加附形符而形成的，並逐漸發展到加注聲符和直接以一形一聲組合而構成新字的階段。到了西周以後，形聲構形方式構字功能的飛速提高，與形聲構形方式內部調整優化密切相關。通過調整優化，形聲結構形成形符和聲符兩個相對分工的字元系統，聲符的功能逐步轉向單純記錄字音，形符的功能逐步擴大到區分、標指為主，這就為構成新字形提供了多種可能。同時，形符與聲符的組合逐漸模式化，形式上更趨美觀並易於區別。由於內部這種調整，使得利用形聲構形方式構造新字形變得易如反掌，而且漢字系統積纍下來的豐富資源為選擇形符、聲符乃至構成新字提供了多種可能。因此，其勃興也就成為必然趨勢。

　　從漢字體系的發展來看，外部因素至少在以下幾個方面對構形方式產生著影響：一、漢字形體符號化進程，從根本上動搖了以形表意類構形方式的基礎。現有文字資料顯示，漢字形體是以「畫成其物」為基礎而形成的形象性符號，隨著漢字的發展，這種形象性符號逐步失去形象特徵，並轉化成不同的符號樣式，這個過程就是漢字形體的符號化進程。一旦漢字進入到符號和線條化階段，以形表意類的象形和會意構形方式，以及依託形體特徵標誌的指事構形方式，就失去了發展的基礎。正是這種字形的表層變化，改變並決定著漢字構形方式系統的調整方向。二、同音假借的普遍發生，使記音成為文字符號實現記錄語言功能的主要選擇。殷商甲骨文中，假借方式已普遍運用。[12]

12　姚孝遂：〈古文字的形體結構及其發展階段〉，《古文字研究》（北京市：中華書局，1980年），第4輯。

這種現象不僅是古人補文字之不足而採取的不得已的辦法，而且也啟發人們走上依音構形的道路，從而促進了形聲構形方式的發展。大量的形聲字，實際上就是通過假借他字，再加注形符而形成的。同音假借加速了漢字構形由以形表意向記音表意轉變，使古人很自然地拋棄了已走向窮途末路的以形表意構形方式，而專注於形聲構形方式的運用，並最終促使形聲結構不斷完善發展成唯一的構形方式。三、新字的大量產生，對漢字構形方式選擇也有著決定性的作用。文字符號是為記錄語言而產生的，並且隨著記錄對象的發展而發展。殷商以後，中國文明的日益進步，社會精神和物質生活的發展，使漢語日趨精密和豐富，漢語詞彙系統也相應有了快速發展。漢字系統適應漢語的發展需要不斷構成新字，以記錄實際變化的語言，因此也同時獲得快速發展。這就使得具有構形優勢的形聲構形方式有了用武之地，大量的新字即由這種方式構成。相形之下，那些已經失去構形能力的以形表意類構形方式則更趨衰落。

　　第二，構形方式動態分析的結果，為我們更加清晰地認識漢字發展史提供了新視角。關於漢字的起源和發展，是漢字史和中華文明史重要的研究課題。近年來，隨著許多新石器時代陶文和陶符的考古發現，對這一課題的研究已取得重要進展。動態分析顯示，指事、象形和會意等構形方式在殷商時期已經發展到比較完善的階段，這表明漢字在殷商之前必然經歷了一個漫長的發展階段。這個結論可以與考古發現的零星資料在一定程度上相互印證，為漢字起源的探討提供某些內在的證明。[13]構形方式作為一個動態系統，各構形方式在不同歷史時期此消彼長的事實，對研究漢字體系的發展具有更加重大的意義。西周時期形聲構形方式已發展成為漢字構形的主要方式，這表明我們

---

13 李孝定：〈殷商甲骨文字在漢字發展史上的相對位置〉，《歷史語言研究所集刊》第
　　64本第4分（1993年12月）。

對古文字階段漢字的發展程度應該給予更高的估計。漢字構形在西周已進入以形聲為主的時代，至少可以啟示我們形聲結構的優越性在那時已為人們所認識，漢字構形的形聲化隨著漢字體系的成熟即已確立。西周之後，漢字構形方式總體上再也沒有發生根本的變化。形聲構形方式的勃興和表意構形方式的衰落，其時間之早是以往學者所未曾揭明的。由此看來，所謂漢字是「表意文字」的說法顯然不能從構形方式系統發展的角度得到有力的支持。

第三，動態分析揭示的構形方式歷時發展的史實告訴我們，全面反思長期以來漢字結構理論研究的成果和方法是非常必要的。幾乎無一例外，研究者對漢字結構的分析都是以全部的漢字為對象的，不管是「六書說」還是「四書說」或「三書說」，都未能考慮漢字並非都產生於同一歷史層次而將它們進行分層次研究。籠統的類型性概括，雖然也能從一定程度上反映漢字結構的總體情況，但是這種概括是模糊含混的，建立在此基礎上的進一步的理論論斷就不一定正確科學。漢字構形方式的動態分析結果，要求我們不僅需要對漢字的結構進行類型性概括分析，也必須進行歷史的分層次研究，只有這樣我們才有可能對不同構形方式的特點和功能、漢字構形方式系統獲得全面正確的認識，才能對漢字結構理論、漢字的特點和性質這樣基本的理論問題作出比較接近事實的判斷。

在漢字結構研究的方法方面，靜態的分析是動態研究的基礎，但如果僅僅停留在這個層面上就不能清晰反映漢字結構的歷史面貌，更不能揭明漢字構形方式作為一個系統的消長變化。構形方式的動態分析方法從單一漢字的結構分析入手，根據其不同時代再進行類型性概括，進而將不同類型漢字在不同歷史層次的分佈進行統計分析，然後比較同一結構類型不同時期分佈量的變化，從而揭示出構形方式系統的歷史發展。在宏觀比較分析的同時，對不同時期的新增字進行結構

類型的分析概括，不僅可以更加直接地觀察不同時期各構形方式的構字功能及整個構形方式系統的情況，而且分析的結果與總體性動態分析的結論可以相互印證。動態分析方法的運用，既可證實許多學者關於漢字結構歷史發展的基本看法，又可避免他們所採用的印象性描述方式，而將研究的結論建立在科學的統計分析基礎上。

此外，動態分析獲得的研究結論，對漢字相關問題甚至古漢語一些問題的研究也是有意義的。西周漢字構形即已進入形聲為主的時代，許多漢字現象和問題的研究應該與形聲字的勃興和快速發展結合起來考慮，如古漢字使用中普遍存在的「同聲通假」現象[14]、形聲字的發展與漢字的孳乳派生和同源字的研究，以及形聲字的發展與西周之後新增字的考釋等。形聲字一直是古音學研究的重要資料，動態分析的結果可以提供時代層次更加分明的材料，也有利於上古音的構擬和重建。

---

14 參見本書所收〈同聲通假：漢字構形與運用的矛盾統一〉一文。

同聲通假：

漢字構形與運用的矛盾統一[*]

　　形義統一性是漢字構形及其運用所遵循的基本原則。對這一原則的體認，在一定意義上可以說是中國文字學賴以確立的基礎。然而，當我們對西周到秦漢時期漢字發展及其運用的實際予以全面的考察後，我們發現這一原則在漢字的構形和運用過程中，並不是一開始就體現得十分明晰，許多漢字實際是在經歷了構形和運用的矛盾統一之後，才得以定型並最終實現這一原則的。古文字資料中普遍存在的「同聲通假」現象就是其典型的表現。

　　所謂「同聲通假」是指同聲符形聲字相互借用的現象。在地下出土的文字資料中，「同聲通假」佔有相當的比例，頗為引人注意。錢玄先生曾統計兩周金文、秦漢簡牘帛書、傳世先秦典籍使用通假字的情況，平均百字中之通假字，兩周金文在十五六，秦漢簡牘帛書約為六，先秦傳世典籍則為一。而兩周金文通假字中同聲符相通之例，則占總數百分之七十九強。¹我們對《睡虎地秦墓竹簡》、馬王堆《老子》甲本及卷後佚文、《春秋事語》、《老子》乙本及卷前佚文、《戰國縱橫家書》、銀雀山簡本《孫子兵法》、《尉繚子》等秦漢簡牘帛書的假借字進行了一次比較全面的整理，共搜集常用假借字一六七五字，其中屬同聲符相通者一三四四字，占總數百分之八十強。這很可能反

---

* 原載《中國語言學報》（北京市：商務印書館，1999年），第9期。

1　錢玄：《金文通借釋例》（初稿）（南京市：南京師範學院，1981年油印本）。

映出先秦至秦漢之際通假字使用的真實情況,傳世典籍中的通假字有些很可能已被後人改為本字。即使這樣,在某些典籍中同聲通假依然是十分突出的現象。比如《墨子》,「古字古言,轉多沿襲未改」,通假字保存甚多。據研究,全書共用通假凡五四〇多字,其中習見和罕見而可定者共四五三字。[2]對這些假借字進行分析統計,同聲符相通者也占總字數約百分之六十六。高亨先生《古字通假會典》一書取材先秦兩漢大部分主要著作(魏晉以下偶有徵引),能比較全面地反映傳世典籍通假字的面貌,我們經過抽樣統計,「東部」三十個聲係共收通假字四三二條,其中同聲相通者二四八條,占總數百分之五十七以上。這同樣表明同聲通假的普遍性。與兩周金文、秦漢之際的簡牘帛書相比,其比例有所下降,這與後世對典籍的整理不無關係,同時也應看到兩漢之書中的通假字總體比先秦及秦漢之際少,也與漢字體系的發展有關。

上述「同聲通假」情況可以分為三種不同的類別:一是形聲字以其聲符為借字。如:「且」借作「祖」、「屯」借作「純」、「每」借作「敏」、「折」借作「誓」、「田」借作「甸」(以上見兩周金文),「又」借作「有」、「直」借作「置」、「翏」借作「戮」、「耤」借作「藉」、「闢」借作「臂、避、壁」(以上見睡虎地秦簡),「失」借作「佚」、「茲」借作「慈」、「立」借作「位」、「耆」借作「嗜」、「合」借作「答」、「正」借作「政」、「古」借作「固」(以上見馬王堆帛書),等等。這類以聲符為借字的通假例,在同聲通假中佔有相當的比重。據我們統計,兩周金文同聲通假中這種情況高達百分之七十二強[3],在秦漢簡牘帛書同聲通假例中,約占百分之四十五;二是聲符

2　周富美:《墨子假借字集證》(臺北市:臺灣大學文學院,1963年)。

3　此項統計參考了錢玄先生的《金文通借釋例》。

字以同聲符形聲字為借字。如：「譻」借作「闢」、「啻」借作「帝」、「邁」借作「萬」、「囿」借作「有」、「徵」借作「正」（以上見兩周金文），「有」借作「又」、「賊」借作「則」、「誘」借作「秀」、「造」借作「告」、「苞」借作「包」、「投」借作「殳」、「溉」借作「既」、「蔡」借作「祭」（以上見睡虎地秦簡），「智」借作「知」、「視」借作「示」、「氣」借作「氣」、「浴」借作「谷」、「畸」借作「奇」、「靜」借作「爭」、「宵」借作「肖」（以上見馬王堆帛書），等等。以形聲字作為它的聲符的借字，與第一種情況正好相反，這種現象用傳統的通假理論是難以得到令人滿意的解釋的。這種情況在同聲通假中所佔比例相對較小，兩周金文中約占百分之五，秦漢簡牘帛書中也占百分之五弱。三是同聲符形聲字相互借用。如：「祜」借用「臣「從古從匚」、「誨」借作「敏」、「䑠」借作「膡」、「哉」借作「載」、「贏」借作「嬴」、「陽」借作「揚」（以上見金文），「治」借作「笞」、「幅」借作「福」、「福」借作「幅」、「組」借作「祖」、「擇」借作「釋」、「避」借作「僻」、「臂」借作「壁」、「適」借作「敵」、「俗」借作「容」、「綰」借作「棺」（以上見睡虎地秦簡），「侍」借作「待」、「請」借作「情」、「渴」借作「竭」、「檢」借作「儉」、「賢」借作「堅」、「依」借作「哀」、「格」借作「客」（以上見馬王堆帛書），等等。同聲符互借者在兩周金文中占同聲通假例的百分之二十二強，在秦漢簡牘帛書中占百分之五十多。

對普遍存在的同聲通假現象應如何解釋呢？鄭玄對假借曾有一段很著名的話：「其始書之也，倉卒無其字，或以音類比方假借為之，趣於近之而已。」見唐陸德明〈經典釋文序〉所引。這是古今論假借者所共識的，「倉卒無其字」是假借產生的原因。以古漢字通假字，尤其是秦漢簡牘帛書通假字來驗證鄭玄的說法，卻又不然。同一篇章往往既有其字而借作他用反而借他字以為己用者並不鮮見，如《秦律

十八種》「被」借作「柀」，而「柀」借作「罷」，即是其例。高亨先生等在論及馬王堆帛書《老子》多用借字時說：「帛書《老子》用借字的地方很多……主要原因是古時字少。」並指出：「古書中用借字，不外四種情況：一、原來沒有本字，所以用借字，以後也未造本字。二、原來沒有本字，所以用借字，以後造了本字。三、原來有本字，可是寫書人不認識或不熟悉，所以用借字（等於寫別字）。四、原來有本字，可是寫書的人因本字畫多，有意舍繁從簡，所以用借字（等於寫簡體字）。這四種情況，帛書《老子》中當然都有。」[4]這四種情況似乎與古文字資料中反映的同聲通假現象並不完全相符。一是同聲通假中許多是有「本字」而不用者；二是有些是有本字而借用他字者；三是某些通假既不能說是不認識或不熟悉本字，也不能說是「捨繁從簡」，而上述第二類同聲通假字恰恰是「捨簡從繁」。由此看來，用一般的同音通假學說難以圓滿解釋古文字資料中的「同聲通假」現象。

當我們將同聲通假與形聲結構及其發展聯繫起來考察時，我們發現二者有著密切關係。我們曾指出：西周以降以形表意類的構形方式漸趨衰微，形聲結構的構形功能日益增強，而春秋戰國則已進入形聲結構的勃興時期。[5]同聲通假的發生則主要從兩周開始，秦簡代表了戰國晚期到秦的部分資料，而馬王堆、銀雀山等地出土的簡牘帛書，雖為漢初人的手抄本，但其書如《老子》、《孫子兵法》、《孫臏兵法》、《戰國縱橫家書》、《尉繚子》等，正是形聲結構蓬勃發展時期的作品，當能反映這一時期文字使用與發展的實際情況。兩周以至漢初同聲通假的大量存在與形聲結構的發展是相一致的。

4　高亨等：〈試談馬王堆漢墓中的帛書《老子》〉，載《文物》1974年第11期。

5　參見本書所收〈漢字構形方式：一個歷時態演進的系統〉一文。

　　如何看待形聲結構的發展與假借的關係呢？許多形聲字是通過在假借字上加附形符而構成的。加附形符的目的是構成專用的本字，以減少假借字。因此，表面看來形聲結構的發展應抑制大量使用假借，而不會造成更多的假借現象發生。這樣看來，將同聲通假的普遍發生與形聲結構的發展聯繫起來似乎自相矛盾。但是，當我們對三類同聲通假的情況進一步分析後，問題的實質就會顯露出來。

　　第一種類別，以聲符為同聲符形聲字的借字，就一般的假借理論而言，可以解釋為舍繁從簡。但是，對這一類通假情況的確定，往往依據的是定型的漢字系統內已有的本字。兩周金文此類情況比例高達百分之七十以上，實際可分為兩種不同的情形：一是當時已有本字不用者，如「且」借作「祖」、「畐」借作「福」之類，約占總數一半以上；二是目前尚沒有發現本字，可以初步認為本字是後起的，如「堇」借作「勤」、「各」借作「略」、「鞏」借作「鞏」之類，這類通假例約一半。前者中的形聲字多為聲符加附形符而形成的，這說明本字與借字之間有一個歷史發展的淵源關係，聲符在形聲字出現以前就已具備這個形聲字的功能，這種歷史優勢和使用習慣，使它依然具有隨時替代加附形符而構成的形聲字的資格；當加附形符而構成的形聲字作為本字尚沒能在運用中凝固為一個整體並真正獲取專用字的資格時，這個加附的形符有時自可略去不計。因此，形聲字以其聲符為借字就成為一種常見的現象。後者中的形聲字，作為後起字尚未出現時，充當此字的聲符實際是那些所謂本字的前身。嚴格來說，用定型的文字體系為參照而認定這種情況也為通假未必恰當。在本字未出現之前，它們最多也只是一種本無其字的假借。但是，這類通假例卻可以顯示後起本字產生的過程，同樣是形聲結構發展研究所不可忽視的。到秦漢之際的有關材料中，以聲符為借字的比例大為下降，表明形聲結構在歷史的進程中有了較大發展，許多聲符加附形符後得以凝

固，聲符一般不再具有代替它們的功能，另一些過去無本字的聲符借字加附形符後也構成專用字。

第二種類別比較難解釋，作為聲符字借字的形聲字，從字形看繁於本字，從使用歷史看遲於本字，為何不用形體簡單、沿襲已久的本字，反而用形體繁複產生較晚的借字呢？這是不是反映了個人或地域的用字習慣呢？某些通假字在一部書中的使用，確實可能反映出用字的習慣問題，但是，如果同一現象在不同的語料中反覆出現就不能以「用字習慣」一言以蔽之了。如：「智」借作「知」字，在秦簡中凡數十見，但也出現於馬王堆《老子》、《戰國縱橫家書》、《孫子兵法》、《孫臏兵法》、《尉繚子》等簡牘帛書文字資料中。「有」借作「又」字，睡虎地秦簡中出現數十次，但《春秋事語》、《老子》、《戰國縱橫家書》、《孫子兵法》、《孫臏兵法》等材料中也同樣出現這種通假用法。「視」借作「示」字，雖然使用頻率沒有「智」「有」借作「知」「又」字高，但睡虎地秦簡、《春秋事語》、《戰國縱橫家書》、《孫子兵法》、《孫臏兵法》都有這樣的用法。同時這些材料又存在以「知」為「智」、以「又」為「有」、以「示」為「視」的情況，這種相互錯位的通假現象，表明本字與借字的職能只存在於使用中的相對區分，而不完全與它們構形所體現的形義統一性一致。但是，更多的通假例並不一定表現為這樣的對應關係，如：馬王堆帛書等材料中「爭」既借「靜」字，又借「掙」「諍」等字，同時「靜」卻借「清」字為之；睡虎地秦簡中「青」既借「清」字，又借「精」字；同時「清」又借「精」，馬王堆帛書《老子》等又借「請」字，而「精」又以「請、睛、青、清」等為借字，「請」字又為「情」的借字。這些用例顯示，無論是以從「爭」聲和「青」聲的形聲字為「爭」「青」的借字，還是相反，抑或同聲符形聲字彼此互相借用，它們都不體現為一種相對區分的對應關係，同聲符似乎是它們彼此相

通的唯一條件。根據以上分析，我們認為用字習慣不是造成以形聲字為聲符借字的這類通假現象出現的主要原因。我們考察了形聲結構的發展歷史之後，認為這種情況的出現應是形聲系統處於快速發展時期的自然反映。第一，形聲字的大量出現，加附形符形成專用字成為一時之尚，影響所及，未加附形符的聲符用字，也有可能在不明文字構形規則的使用者那裏被加附形符的形聲字取代；第二，大量加附形符的新形聲字和其它類型的形聲字的湧現，衝破了已經形成的文字體系的格局，新字的定型需要一個過程，在這種情況下，必然會使文字的使用出現短期的無序狀態，同聲符交叉互借成為常例，以同聲符形聲字為聲符的借字的現象偶有發生也就不足為怪；第三，形聲字的勃興在一定意義上是對通假字氾濫的反正，但是，二者在以表音為原則來記錄語言這一點上相一致。儘管形聲字通過形符的調節，使漢字的發展沒有徹底丟棄以形表意的傳統，但形符的功用在於區分和標指，在形聲結構中它處於次要的、附屬的地位，因此，我們指出形聲結構是一種準表音性質的文字符號。[6]這樣看來，無論是假借還是形聲，都是以表音來記錄語言的符號，因此，以同聲符形聲字為聲符字的借字的出現，與其它兩種情況一樣，正是漢字體系中表音傾向增強的結果。所以在同聲通假中表現為以同聲符為唯一條件。當然，文字使用的制約因素是多方面的，這類捨簡從繁、以後起字為借字的現象並不符合文字使用的經濟原則，故在整個同聲通假中比例很低，且主要出現在形聲結構蓬勃發展的時期。隨著大量新的形聲字的定型和功能的明確，這類通假情況就越來越罕見了。

　　第三類情況，同聲符形聲字的互相通用無別。在某些材料中，這種互通似乎也有一定的規律。如：睡虎地秦簡中「幅」借作「福」、

6　參見本書所收〈形聲結構的組合關係、特點和性質〉一文。

「福」借作「幅」,「俗」借作「容」、「容」借作「鎔」,這類互相交錯或遞相借用的例子雖然有,但並不普遍。更常見的用例是同聲符字互通無別,如:睡虎地秦簡中「闢」聲係的字通用情況是:「避」借作「僻」,「闢」借作「臂」「避」和「壁」,「臂」借作「壁」,「廯」借作「壁」;「皮」聲係字,「被」借作「柀」,「波」借作「破」,「彼」借作「破」,「柀」借作「破」;馬王堆帛書及秦簡等材料中,「青」聲係的字互相通用,等等,都比較典型地反映出同聲符形聲字相互借用的無規律狀態。然而普遍存在的同聲相通卻又遵循一個共同的規則,即只要聲符相同,彼此就可以通用無別。第三類同聲相通情況,更為典型地體現了形聲結構發展過程中形聲字使用的面貌,一方面新形聲字的大量出現減少了以聲符為借字的用例,一批後起的本字成為形聲體系中的新成員;另一方面這些新字在使用過程中還必須經過全社會文字使用者的認同,逐漸做到形音義相統一、字形結構穩定、使用功能明確。只有這時這些新造的形聲字才真正獲得專用字的資格,同聲相通現象才會減少乃至消失。西周以降漢字構形進入形聲結構為主體的階段,春秋戰國以至秦漢之際,形聲字隨著社會政治、經濟和語言的發展大量增加,同聲符形聲字相互借用無別,正是在這樣的背景下出現的必然現象。

綜上所述,同聲通假的普遍存在,實質上是形聲結構處於蓬勃發展階段的產物,是漢字體系發展演進所呈現出的景象,僅僅以傳統的文字通假的學說是不能對這種現象作出全面合理解釋的。

同聲通假現象的普遍存在不僅與形聲結構處於發展階段有關,也為形聲結構自身的特點所決定。[7]首先,形聲結構以聲符為核心,是同聲通假普遍存在的基本依據。聲符作為形聲結構這個矛盾統一體的

7　參見本書所收〈形聲結構的組合關係、特點和性質〉一文。

主要方面，它在構形中的主體地位，使「同聲」作為通假的唯一條件具備可能。形符的作用和性質，它在形聲組合關係的凝固過程中表現得不穩定、不定型，使得實際運用中它變得可有可無，成為極易被忽視的因素，從而使同聲相通的合理性相對增強。其次，同聲通假反映了形聲結構的內在矛盾性。形符的功用和聲符的功用，體現了形聲結構構形觀念的矛盾統一。在形聲字的使用中，同聲相通對形符的功用是一個徹底的否定，這表明形聲字構形所追求的專字專用的理想和實際使用中以「聲」為核心而忽視「形」的存在相矛盾。這種矛盾性是形聲結構內在矛盾性在具體運用中的反映。由於形聲結構又是一個完整的統一體，當形聲字在發展中逐步定型並獲得社會成員的認可後，這種構形和用字的矛盾也就最終達到了統一。

　　本文對「同聲通假」的討論說明：漢字運用中表現出的某些現象，往往與其構形及發展狀態密切相關。當我們分析某些用字現象時，應深入考察相關字的結構和歷史發展情況，以尋求更加合理的解釋；當我們分析漢字的構形時，同樣應該考察相關字的運用實際，從動態的歷史的觀點出發，去揭示其本質特點和規律。

殷墟甲骨文之前的商代文字[*]

　　在漢字形成和發展的歷史進程中，商代具有極其重要的地位。《尚書・多士》提到「惟殷先人，有冊有典」，這是傳世文獻對商之先人已有典冊的記載；殷墟甲骨的發現，再現了商代晚期文字使用的真實情況；而商代考古取得的成就，尤其是鄭州商城、偃師商城等遺址的發現，[1]為商代前期文字的探索提供了很好的背景資料。作為中華文明史研究的重要課題之一，許多學者都非常關注漢字起源和發展問題的研究。[2]我們認為研究漢字的形成和發展，以殷墟為代表的商代晚期文字是一個可靠的起點。由殷商晚期追溯到前期，進而對商代整個漢字的面貌作出合理的推測，是探索早期漢字形成和發展的一條可能的路徑。本文正是基於以上認識，試圖對殷商甲骨文之前的商代文字作一探討。

---

[*] 本文曾於二〇〇五年三月在加拿大英屬哥倫比亞大學（UBC）舉辦的「中國古代文明論壇」（Workshop on Chinese Civilization）上宣讀；收入荊志淳等編：《多維視域——商王朝與中國早期文明研究》（北京市：科學出版社，2009年）。

1　杜金鵬、王學榮主編：《偃師商城遺址研究》（北京市：科學出版社，2004年）；河南省文物考古研究所編著：《鄭州商城：1953-1985年考古發掘報告》（北京市：文物出版社，2001年）。

2　自二十世紀半坡文化等新石器陶文符號公佈以來，裘錫圭、李學勤、饒宗頤、高明等都有論著發表。2000年10月中國殷商學會等單位發起召開「中國文字起源學術研討會」，三十餘位中外學者聚集洛陽，專題研討交流他們研究中國文字起源的成果。見《中國書法》編輯部：〈中國文字起源學術研討會略述〉，載《中國書法》2001年第2期。

一　由殷墟甲骨文的發展程度看商代前期文字

　　殷墟甲骨文發現百餘年來，研究者已形成普遍的共識：殷墟甲骨文是現在所知的漢民族最早的成體系的文字。作為漢字最早的文字系統雖然無異議，但是對甲骨文的成熟程度或發展水準，各家認識並不一致。有的認為甲骨文是「很發達的文字」，[3]已發展到「成熟完美的符號文字階段」；[4]有的認為甲骨文「還在形成的途中」；[5]有的學者則採取比較審慎的態度，如裘錫圭認為「商代後期的漢字不但已經能夠完整的記錄語言，而且在有些方面還顯得相當成熟」。[6]對殷墟甲骨文發展程度的準確判斷，直接影響到我們對商代前期漢字發展狀態的討論。

　　我們認為，確定一個文字符號系統的發展程度，主要應從這個符號系統的構成、符號化程度、符號書寫形式、符號功能等方面作出具體分析，並且這種分析應以代表該系統進入成熟階段的可靠資料為依據，這樣才能得出正確的結論。

　　一、甲骨文符號的構成。甲骨文作為漢字符號系統，據研究，單字總數約為三千七百個，其中已識字和可隸定字約二千個。[7]沈建華、曹錦炎經進一步整理得出甲骨文單字數是四〇七一個（其中包括

3　唐蘭：《古文字學導論》（增訂本）（濟南市：齊魯書社，1981年），頁79。

4　李孝定：〈從六書的觀點看甲骨文字〉，見《漢字的起源與演變論叢》（臺北市：聯經出版公司，1986年）。該文原載《南洋大學學報》1968年第2期。趙誠：《甲骨文字學綱要》（北京市：商務印書館，1993年），頁31。

5　郭沫若：〈卜辭中之古代社會〉，見《中國古代社會研究》（北京市：人民出版社，1954年）。這種觀點到二十世紀七〇年代作者已有改變，認為「單就甲骨文而論，已經是具有嚴密規律的文字系統」。見郭沫若：〈古代文字之辯證的發展〉，載《考古學報》1972年第1期。

6　裘錫圭：《文字學概要》（臺北市：萬卷樓圖書公司，1995年），頁39-41。

7　趙誠：《甲骨文字學綱要》，頁75。

數字和祖先的名字合文），各類異體（實際包括異寫）共六〇五一個
（含數字、祖先名合文）。[8]以上數字都是在姚孝遂先生主編的《殷墟
甲骨刻辭類纂》基礎上的進一步校訂增補。[9]各家差異主要是由一些
字形分合處理上的分歧所致。沈書後出，其統計大體「應為可依的資
料，由此我們即能更好地評價當時文字的發達程度」。[10]約四千個甲骨
文單字，反映了甲骨文符號系統的基本構成。與《說文解字》為代表
的定型的古漢字符號系統相比，甲骨文已具備漢字構形的各種類型。
傳統「六書」中之「四體」（即象形、指事、會意、形聲），甲骨文皆
已具備。這表明殷商晚期，以甲骨文為代表的漢字基本構形方式已經
確定，構形系統已逐步發展成熟。[11]如果對各構形方式作進一步的考
察，可以發現不同構形方式的符號構成能力當時已經各有差別。「象
形」大部分來源較早，在殷商之前應已獲得充分發展，《說文》所收
的象形字，幾乎都以單體或字元出現在甲骨文之中，而且這種構形方
式其後也較少構成新字；「指事」在甲骨文中構形功能微弱，西周即
已趨於萎縮；「會意」則保持著其早期特點，尚具有相當的構字能
力；「形聲」不僅具備了各種類型構形方式（注形、注聲、形聲同
取），而且總體上顯示出漢字構形的「聲化」趨勢。[12]甲骨文字元號系
統的基本構形元素，還可以進一步分析為表示具體圖像的形體和抽象
的符號兩類，前者約一百五十多個，後者數量更為有限，主要是數位
記號和標指區別的抽象符號（後者或稱為「記號」）。能用有限的基本

8　沈建華、曹錦炎：《新編甲骨文字形總表》（香港：香港中文大學出版社，2001年）。

9　姚孝遂、蕭丁主編：《殷墟甲骨刻辭類纂》（北京市：中華書局，1989年）。該書將
　　甲骨文單字標號為三五五一字，見該書〈字形總表〉。

10　李學勤：〈《新編甲骨文字形總表》前言〉，見沈建華、曹錦炎：《新編甲骨文字形總
　　表》。

11　李孝定：〈從六書的觀點看甲骨文字〉，見《漢字的起源與演變論叢》。

12　見本書所收〈漢字構形方式：一個歷時態演進的系統〉一文。

形體符號為元素組合構成一整套符號系統，表明甲骨文構形方式已處於較發達的水準。[13]

二、甲骨文字的符號化程度。文字作為記錄語言的符號系統，從原始狀態到成熟階段，經歷著一個形體符號化的進程，即文字符號從較為原始的圖形，逐步簡單化、線條化和規範化，從而形成適宜記錄語言的符號系統。這種符號化進程及其達到的程度，也是判斷一種古老文字符號系統成熟程度的重要尺規。[14]甲骨文形體符號的發展程度，姚孝遂曾進行過全面系統的考察，結論是「甲骨文雖然在文字形體上仍然保存著大量的原始圖形的色彩，但從整個文字體系來看，其形體已經經過了符號化的改造，無論在線條化還是在規範化方面，都已具備了相當的規模，文字形體的區別方式與手段已達到相當高的水準。甲骨文以後的各種文字體系，在形體區別方式和手段方面，都是遵循著甲骨文所奠定的基礎而有所前進和發展，這僅僅是一個不斷豐富和加深的過程，並沒有什麼根本性的突破和超越」。[15]這個結論符合甲骨文符號化的實際，我們無須再進行重複的論證。

三、甲骨文字元號的書寫形式。漢字創造發明過程中形成的書寫習慣，決定著它不同於其它民族古文字的獨特書寫形式。就單字而言，不管是單體符號還是組合符號，都追求對稱均衡、重心平穩，以二維結構平面展開。在漢字發展的不同階段其線條形式雖有不同，但這種結體原則是一以貫之的。就書面語言的書寫形式看，直行排列，自上而下，是漢字長期沿襲的傳統，直到二十世紀這一傳統才被改

---

13 姚孝遂：〈甲骨文形體結構分析〉，載《古文字研究》（北京市：中華書局，2000年），第20輯。

14 姚孝遂：〈古文字的符號化問題〉，見國際中國古文字學研討會論文集編輯委員會編：《古文字學論集・初編》（香港：香港中文大學，1983年）。

15 姚孝遂：〈甲骨文形體結構分析〉，載《古文字研究》第20輯。

變。從甲骨文看，這在當時就已經是一種通行的書寫形式。適應這種書寫形式的要求，一些字的形體轉向九十度取縱勢，從而改變了客體象形符號的重心方向。如源自動物的形體取縱向「變成足部騰空」，有些形體如水、弓和床形等都改變客觀形態而豎立。「直行」「縱向」兩種書寫現象，表明甲骨文時代漢字的書寫技巧已達到很高的水準，漢字直行和縱向的格局已基本確定。[16]

　　四、甲骨文字元號的功能。文字符號系統記錄語言的功能，是判斷其成熟程度並與其它符號系統相區別的唯一標準，這是由文字的屬性所決定的。甲骨文記錄殷商後期漢語的情況，在甲骨文研究早期認識上並不完全一致，有人曾經認為甲骨文是一種特殊用途的文字，並不能反映當時語言的實際情況。隨著對甲骨文研究的深入，尤其是對甲骨文語法現象和詞彙系統研究的全面展開，人們已經逐漸認識到甲骨文作為殷商時代語言的記錄，在漢語發展史研究方面所具有的重大價值。[17]管燮初從句法和詞類兩方面對甲骨文進行研究，發現甲骨文的句子結構及其類型、詞類及其功能，大體與後代漢語相近，認為甲骨文是以殷商口語為基礎的書面語。[18]這一看法，其後經海內外眾多學者的更加深入系統的研究，已成為定論。[19]作為記錄當時口語的書面語，甲骨文字元號記錄語言的功能自然已經發展到成熟的階段。伊斯特林認為：古代漢字是一種「表詞文字」，「表詞文字是這樣一種文字類型，它的符號表達單個的詞」。「表詞文字表達的言語劃分為詞；

---

16 裘錫圭：《文字學概要》，頁40；游順釗：〈古漢字書寫縱向成因〉，載《中國語文》1992年第5期。

17 參見王宇信、楊升南：《甲骨學一百年》（北京市：社會科學文獻出版社，1999年），第7章。

18 管燮初：《殷墟甲骨刻辭的語法研究》（北京市：中國科學院，1953年）。

19 王宇信、楊升南：《甲骨學一百年》，頁270-280；張玉金：《甲骨文語法學》（上海市：學林出版社，2001年）。

它還經常反映詞的句法順序，在許多情況下也反映言語的語音。」作
為詞的符號的表詞字分為兩類，一類表詞字直接與詞的意義相聯繫；
另一類直接同詞的語音方面相聯繫。[20]甲骨文字元號的功能與「表詞
文字」說的上述理論基本相符。從字與詞的對應看，一個甲骨文字書
寫符號代表的是一個詞；從構形方式以及與詞義發生聯繫的途徑看，
這些文字符號一類是從形意關係入手構成形體符號（象形、會意、指
事）；另一類則是從形音關係入手構成和選定形體符號（形聲、假
借）。實際上，要實現記錄漢語的功能，除符合言語的語法結構外，
豐富的虛詞和許多抽象的概念，使甲骨文字建立字詞對應關係（或稱
以單個符號表達單個的詞）必然要走上表音的道路，表現在甲骨文中
就是假借的普遍發生和形聲字的湧現。甲骨文常用字中假借字差不多
有百分之九十，隨機抽樣統計甲骨文假借字占百分之七十四左右。[21]
甲骨文的形聲字雖然數量不多，但所體現出的構形與字音的結合及
「形聲化」趨勢是非常明顯的。[22]根據現在研究所獲得的認識，甲骨
文字的符號功能確實已發展到能逐詞記錄殷商語言，並能表現語言的
語法規則和特點（如語序、虛詞和基本句型結構等），應該是一種功
能完善的文字符號系統。

　　通過以上四個方面的考察，我們完全可以肯定：甲骨文是一種經
歷了較長時間發展、功能完備、成熟發達的文字符號體系，它不僅是

---

20 〔蘇聯〕B. A.伊斯特林，左少興譯：《文字的產生和發展》（北京市：北京大學出版
　社，1987年），頁34-38。

21 據姚孝遂統計。他曾提出，從甲骨文字元號的實際功能來看，甲骨文是記錄當時語
　言的完善的符號系統，已發展到表音文字階段。這一新說曾引起過熱烈討論。參閱
　《古文字研究工作的現狀和展望》（載《古文字研究》，1輯）、《古漢字的形體結構
　及其發展階段》（載《古文字研究》，4輯）、《再論漢字的性質》（載《古文字研
　究》，17輯）、《甲骨文形體結構分析》（載《古文字研究》，20輯）等論文。

22 姚孝遂在前引一系列論文中對形聲字的結構特點和形符、聲符的功能也有充分論述。

現在可以見到的最早的成體系的文字符號，也是迄今為止可以確定的漢字進入成熟階段的體系完整的文字樣本。這個結論並不否定漢字在殷商時期仍然保留著某些原始色彩，因為它依然處於發展變化之中。作為一個體系的成熟，與體系中有關構成要素尚待進一步發展完善並不矛盾，因為即便是早已經歷漫長發展歷史的成熟文字體系也還會不斷發生這樣的變化。對殷商晚期甲骨文成熟程度的基本評價，使我們有理由將它作為推求商代前期漢字發展水準的基點。問題是到底經歷了多長時間，經過何種環節，漢字才能發展到甲骨文所呈現出的這種成熟狀態，這是我們應該去探索和回答的。董作賓比較甲骨文與納西象形文字的發展情況後，認為運用甲骨文距離漢字的創造當已有悠久的年歲，其創始的時代當在新石器時代。[23]郭沫若甚至斷言：中國文字「到了甲骨文時代，毫無疑問是經過了至少兩三千年的發展的」。[24]裴錫圭則認為「漢字形成的時間大概不會早於夏代（約前21—前17世紀）」；「漢字形成完整的文字體系，很可能也就在夏商之際」，即在公元前17世紀前後。[25]雖然諸家都認為漢字遠在商代晚期甲骨文之前就已出現，但是對漢字創造和形成完整體系的具體時代問題還存在很大分歧。

二　商代前期陶文資料的若干發現

甲骨文的發展水準為我們推測商代前期（約前17-前14世紀）漢字面貌提供了基礎，而地下文字資料的發現才是最為重要的直接證

---

23 董作賓有〈從麼些文（即納西文）看甲骨文〉一文，參見李孝定《漢字的起源與演變論叢》頁40所引。

24 郭沫若：〈古代文字之辯證的發展〉，載《考古學報》1972年第1期。

25 裴錫圭：《文字學概要》，頁38、40。

據。由殷商甲骨文向上追溯，已公佈的考古發現的相關資料主要有小屯殷墟陶文、?城臺西陶文、清江吳城陶文、鄭州二里崗和南關外陶文等，這些陶文在李孝定和裘錫圭等人關於漢字形成和發展演變的討論中，都已作過分析論述。[26]近年來，商代前期的文字資料又有重要的新發現，這裏有必要作一次全面的清理。

一、小屯殷墟陶文。主要是一九二八年至一九三六年考古發掘所得，時代為商代晚期，大體與甲骨文相先後。共有有字陶片八十二片，單字六十二個。經李孝定考釋，這些字可分為七類：（一）數字；（二）位置字；（三）象形字；（四）人名或方國；（五）干支；（六）雜例；（七）未詳。[27]儘管這批陶文主要源於商代後期，而且與甲骨文相比數量有限並十分零散，但是通過對出現於漢字成熟階段陶文的特點及其與同時代通行文字關係的觀察，對我們探索商代前期文字，尤其是以陶文為主的資料，將會有重要的啟迪。比如，這批陶文大部分刻在器唇上或外表近口處，少數刻在腹部或內表，也有刻在足內的。多以單字出現（也有兩字以上的，多的達七字），有的字是入窯前刻在陶坯上的，可能為陶人所作；有的則是燒製成　　器後刻畫的，大概為用器者所為。與甲骨文比較考證，五十多個可識字與甲骨文基本相同。在甲骨文已成為成熟文字的商代晚期，陶文的使用仍以單字形式出現為主，成行或兩字以上極為少見，字的形體與甲骨文大抵相同，內容以記數、標記位置和記名稱（人名、氏名、國名）為主。這些啟發我們，早於殷墟的其它新發現的陶文資料，如具有以上相似特點，自然可以作為它們所處時代漢字的樣本，進而推測它們與

---

26 李孝定：《漢字的起源與演變論叢》；裘錫圭：《文字學概要》。

27 小屯陶文見《中國考古報告集之二‧小屯殷墟器物甲編‧陶器》，李孝定對這批陶文作了全面考釋，並在漢字起源與演變的研究論文中多次論述了這批陶文。〈小屯陶文考釋〉及陶文拓片圖版和相關論文，均見李孝定：《漢字的起源與演變論叢》。

所處時代通行文字的關係。這就是我們要介紹並非商代前期的小屯陶文的理由。李孝定對史前陶文與漢字起源及演變的研究，顯然也在以上方面受到小屯陶文的啟發。[28]

　　二、藁城臺西陶文。臺西陶文發現於河北省藁城商代遺址，早於小屯陶文，其時代早期相當於商代前期的二里崗上層與邢臺曹演莊下層之間，晚期相當於殷墟早期文化前段。[29]遺址早晚兩期居址中共發現七十七件陶器上刻有文字符號，文字符號都是未燒製之前刻畫，一般只有一個單字或符號，也有兩個字和符號的。內容大致可分兩類：一類為數位記號，如「一、二、三、四、五、六、七、八、九」等，似乎表明器物成套的關係；另一類是族氏和人名，如「臣、止、已、己、豐、乙、魚、大、刀、戈」等。此外，尚有一些尚未辨識的文字符號。[30]季雲對一九七三年在臺西村商代遺址中獲得的十二片陶文進行研究，並與鄭州、安陽所出商代陶文進行比較，認為臺西陶文與殷墟同類陶文有一定承襲關係，推測臺西陶文基本反映了遺址時期通行文字的特徵。十二片陶文有七件年代較早，較晚的四件也不會遲於殷墟早期。相對於發掘面積而言，陶文的分佈也是相當密集的。因此，他認為「臺西時期的文字正是殷墟文字的前行階段」。[31]藁城臺西陶文早於殷墟，其字形與甲骨文可以相互印證，使我們從殷墟之外看到了更早的文字資料，可由此推斷，河北藁城遺址的陶文是當時該地通行

---

28 參見〈從幾種史前和有史最早陶文的觀察蠡測中國文字的起源〉、〈再論史前陶文和漢字起源問題〉、〈符號與文字──三論史前陶文和漢字起源問題〉等文，均見李孝定：《漢字的起源與演變論叢》。

29 河北省文物管理處臺西考古隊：〈河北?城臺西村商代遺址發掘簡報〉，載《文物》1979年第6期。

30 河北省文物管理處臺西考古隊：〈河北?城臺西村商代遺址發掘簡報〉，載《文物》1979年第6期。

31 季雲：〈藁城臺西商代遺址發現的陶器文字〉，載《文物》，1974年第8期。

漢字的珍貴遺存。從陶文簡練的線條、流暢而率意的書寫，可以略窺當時文字使用和發展的水準。

　　三、吳城陶文。吳城陶文二十世紀七〇年代初發現於江西省清江縣西南三十五公里處的吳城村。該遺址是長江以南的一處規模較大的商代遺址。遺址一期的時代相當於殷商中期的二里崗上層，二期相當於殷墟早、中期，三期相當於殷墟晚期。從一九七三年冬到一九七四年秋三次進行發掘，發現刻有文字符號的器物一期十四件（一件採集），刻畫三十九個文字符號；二期十六件，刻畫十九個文字符號；三期八件，刻畫（或壓印）八個文字符號。三期共計發現刻畫在三十八件器物上有六十六個文字符號。這些文字符號有單字的，也有兩個以上文字符號組合的，最多的達十二個文字和符號。[32]一九七五年第四次發掘，又發現了一批文字符號，連同一九七四年冬、一九七五年冬和前三次出土遺物中繼續發現的材料，據考古報告報導共有陶文七十七個，其中一塊陶片上有十一個文字和符號，其餘大都是單字，刻畫或壓印兩個字的只有兩三例。與前三次發掘相同的文字有「五、矢、在、戈、大」等，也有不少是新見的。[33]唐蘭對吳城文化遺址的性質和文字進行了探討，認為商代清江可能是越族的居住地，吳城文字符號中一些截然不同於商周文字的，很可能是另一種已經遺失的古文字。[34]吳城遺址及其陶器和石範上的文字符號，是文字發展研究方面一批具有很高學術價值的材料，關係到對這個遺址性質的認識和文字符號的理解。如戴敬標認為：吳城陶文是反映南方地區折草占卜的

---

32 江西省博物館等：〈江西清江吳城商代遺址發掘簡報〉，載《文物》，1975年第7期。

33 江西省博物館等：〈江西清江吳城商代遺址第四次發掘的主要收穫〉，載《文物資料叢刊》（北京市：文物出版社，1978年），第2輯。

34 唐蘭：〈關於江西吳城文化遺址與文字的初步探索〉，載《文物》1975年第7期。

文字記錄。[35]李孝定不同意唐蘭對這批陶文的看法，認為：「當時吳城的居民，其語言文字和漢民族本就相近，其相異是文字未達到約定俗成以前的現象，其相同則是約定俗成的結果，這批陶文和前此的各期陶文，及後乎此的甲骨金文，原就是一系相承的。」[36]吳城陶文中確實有一部分與漢字差別較大，如一期泥質灰陶缽（74秋T7⑤：51）器底上的7個文字符號、泥質黃陶盂（74秋T7⑤：58）器底上的五個文字符號，「作風比較獨特，似乎不屬於商文化的系統」。[37]但是，有許多陶文無疑屬於商代漢字系統，其中一些可與臺西陶文相印證，一些可與商代晚期甲骨文和青銅器銘文相比勘。正確的看法，可能是當時的清江地區既通行商代的漢字，接受商代文化的強大影響，也保留著地方文化的某些要素，包括長期生活在這個地區的人民所創造的文字。我們更為重視的是，在商代中期就已經使用並延續到商代晚期的與商代文字有關的陶文。這些陶文中最引人注目的當是一期泥質黃釉陶罐（74秋T7⑤：46）肩部一周的文字和泥質灰陶缽（74壙基西區取土採集）器底上的文字，它們是成行的，前者有八個字，後者有四個字，似乎可以連讀。陶罐實際共有十二個文字和符號，還有四個較小符號刻在上方弦紋中，似乎不是文字。唐蘭認為這個陶罐的文字與商周文字無疑是一個體系，並將其中的幾個字釋作「止、豆、木、帚、十、中」等。[38]李學勤試讀為「帚臣燎豆之宗，仲，七」，懷疑「帚」是地名，「燎豆」是人名，這是一件祭器。[39]這個解釋作者後來又有所

---

35 戴敬標：〈南方古代占卜初談──兼談對吳城陶文的識辨〉，見江西省考古學會編：《江西省考古學會成立大會暨學術討論會論文集》，廬山，1986年。

36 李孝定：〈再論史前陶文和漢字起源問題〉，見《漢字的起源與演變論叢》，頁217。

37 裘錫圭：《文字學概要》，頁37。

38 唐蘭：〈關於江西吳城文化遺址與文字的初步探索〉，載《文物》1975年第7期。

39 李學勤：〈談青銅器與商文化的傳佈〉，見《新出青銅器研究》（北京市：文物出版社，1990年）。該文原載香港《大公報》，1978年5月1日。

改變。陶文的釋讀還涉及順序問題，趙峰主張以「中」字為句首。蕭良瓊認為可讀為「中宗之豆，燎臣帚，七」。「中宗」就是仲丁之子祖乙，「燎臣」是官名，「帚」與見於甲骨文中與「我」相近的南土方國「帚」有關，在今清江吳城附近。[40]饒宗頤認可蕭良瓊的讀法，將這個成句的陶文重新標點為：「中宗之豆，燎。臣帚七。」[41]另一件採集所得的重要器物一期灰陶鉢底上的四個字是分兩行排列的。唐蘭考釋左行為「帚田」，指出「卜辭文字常用帚作婦字」；右行後一字可能是「且」字，「商代常用且來代表祖字」。[42]李學勤則釋作「帚田人土」，猜想「帚」是地名，「田人」即官名「甸人」，「土」是人名；[43]對這個釋讀後來他又有所改變。蕭良瓊將陶文理解為「在帚地的甸人之官在社廟用的祭器」。[44]儘管對這兩件陶器的文字讀法和理解還可以討論，但是有兩點已成為共識：一是它們屬於與甲骨文一個系統的商代中期的文字，二是器物和文字記錄的內容與祭祀活動有關。除這兩件文字可以成句的陶器外，刻有兩個字的紅色粉砂岩石範（74ET13H6：23）也很重要，殷墟卜辭中讀作「又、有」的那個字出現在石範上。[45]上述兩件陶器和石範上的文字顯示，吳城陶文不僅有記數和記族氏名的，更有記事性質的文字，這說明商代中期漢字就已進入成熟階段，

---

40 蕭良瓊：〈吳城陶文中的「帚」與商朝南土〉，見吳榮曾主編：《盡心集──張政烺先生八十慶壽論文集》（北京市：中國社會科學出版社，1996年），頁92-97。李學勤、趙峰說見該文所引。

41 饒宗頤：《符號・初文與字母──漢字樹》（香港：商務印書館，1998年），頁57。

42 唐蘭：〈關於江西吳城文化遺址與文字的初步探索〉，載《文物》1975年第7期。

43 李學勤：〈談青銅器與商文化的傳佈〉，見《新出青銅器研究》。該文原載香港《大公報》，1978年5月1日。

44 蕭良瓊：〈吳城陶文中的「帚」與商朝南土〉，見吳榮曾主編：《盡心集──張政烺先生八十慶壽論文集》，頁93。

45 見唐蘭：〈關於江西吳城文化遺址與文字的初步探索〉，圖六。這個字也發現於鄭州二里崗遺址，詳見下文。

並且這一點由當時漢字使用者和使用區域的廣泛性，可以得到進一步的印證。這些陶文絕大部分是在陶器成坯後，燒製或施釉之前刻畫上的，字形草率急就，顯然是出自陶工之手；吳城地處長江以南，其遺存雖然保留了濃厚的地域色彩，但漢字的普遍使用反映出商王朝勢力擴展帶來的文化影響廣泛而深刻。[46]

四、新幹陶文。這批陶文一九八九年出自江西省新幹大洋洲鄉商代大墓。該墓出土陶器和原始瓷器完整的和復原的達一三九件，在折肩罐、原始陶甕、硬陶大口尊等陶器上刻畫有陶文，一般是單字，也有兩個字的，大部分刻在器肩部，也有刻在底部的，主要有「五、七、十」等數位，重複出現次數最多的是「戈」字，其字形與吳城陶文基本相同。另外還在 XDM：511 號硬陶折肩罐和I式 XDM：503 號原始瓷折肩罐底部出現了一個「晶」字，在原始陶甕 XDM：534 和 XDM：535 兩器的肩部出現「戈革（彝）」兩字連寫的陶文。[47]這個遺存出土遺物十分豐富，其中青銅器達四七五件，玉器有七五四件（顆）之多，規格非常之高，墓主人可能是地位很高的統治者。新幹商墓有較濃鬱的地方文化色彩，屬於清江吳城文化的組成部分，那些刻畫有文字符號的陶器與吳城二期所出相類，文字符號也大都相同，墓葬的時間相當於商代後期早段。新幹商代大墓的發現證明在吳城文化分佈區域有著高度發達的文明，這種文明既有地方特色，也受到中原商代文明的強烈影響。[48]新幹陶文與吳城陶文的一致，既表明商代

---

46 江鴻（李學勤）：〈盤龍城與商朝的南土〉，見《當代學者自選文庫·李學勤卷》（合肥市：安徽教育出版社，1999），頁110-120。

47 參見江西省文物考古研究所等編：《新幹商代大墓》，圖八三、八四、八五、八六、八七、八九、九○等，北京，文物出版社，1997；「戈革（彝）」釋文，參見李學勤：〈新幹大洋洲商墓的若干問題〉，載《文物》1991年第10期。收入《當代學者自選文庫·李學勤卷》。

48 李學勤：〈新幹大洋洲商墓的若干問題〉，載《文物》1991年第10期。

中原文明對地處長江以南的吳城地方文化的影響，也證明商代中期到
商代後期早段漢字在這一區域內的廣泛使用和流行。這為我們評價商
代前期漢字的發展水準提供了一個新的參考。

　　五、小雙橋陶文。小雙橋陶文發現於河南省鄭州市西北的小雙橋
村商代文化遺址。該遺址一九八九年發現，一九九五年起進一步多次
組織考古發掘，發現這是一處非常重要的商代中期都城遺址，[49]一些
學者論證它就是仲丁所遷之隞都。鄒衡認為遺址可初步分為三期：第
一期相當於二里崗下層偏晚，第二期相當於二里崗上層，第三期應屬
於白家莊期。小雙橋遺址基本上是第三期遺址，大體相當於鄭州商城
的末期，此時鄭州商城已處於廢棄階段，小雙橋繼之成為新建商王的
都城。[50]小雙橋遺址陶器上不僅發現了刻畫的文字符號，更重要的是
發現了朱書文字。陶文刻畫符號較為簡單，有的位於豆口沿外面，有
的位於缸口沿外側或缸底外側和缸底，有的位於盆口沿沿面；朱書陶
文多書於小型缸表面，也有個別位於大型缸的口沿外側或小型缸的口
沿內側、器蓋表面。[51]陶文符號刻畫比較簡率，當出自製器陶工之
手，多為數位或記號。朱書陶文則是一個重要的發現。宋國定《鄭州
小雙橋遺址出土陶器上的朱書》公佈了有關資料並進行了初步的研
究。他按內容將書寫陶文分為三類：一是數字，如「二、三、七」
等；二是象形文字或徽記類，較多是與人體相關的象形字；三是其它

49 河南省文物考古研究所等：〈一九九五年鄭州小雙橋遺址的發掘〉，載《華夏考古》
　　1996年第3期。

50 關於這個遺址是否為都城意見並不一致，陳旭力主隞都說，並發表過多篇論文，鄒
　　衡等也支持這一說法。參見陳旭〈鄭州小雙橋商代遺址即隞都說〉（載《中原文
　　物》，1997年第2期）、鄒衡〈鄭州小雙橋商代遺址隞（囂）都說輯補〉（載《考古與
　　文物》，1998年第4期）等文，他們提出的建城時間以及考古學和文獻證據比較有說
　　服力。

51 河南省文物考古研究所等：〈一九九五年鄭州小雙橋遺址的發掘〉，載《華夏考古》
　　1996年第3期。刻畫陶文符號見該報告所附圖一九。

類別。[52]這些陶缸主要是王室祭器，上面的朱書文字到底代表什麼意義，還需要作進一步的探討。這批陶文文字結構和特點與殷商甲骨文、金文有明顯的一致性，殷商文字當是陶文代表的商代前期文字的進一步發展。陶文雖然數量有限，但大多可以與甲骨金文相比較印證。文字線條簡練、勻稱，結體自然，行筆流暢，考慮到是用軟筆書寫，可以推斷書寫者已相當純熟地掌握了書寫技巧，表明當時文字發展和書寫的整體水準較高，早已脫離原始狀態。雖然陶文多以單字出現，但也有兩個字以上的，如 95ZXV 區 H43：21 號陶片上的文字至少是兩行三個字，95ZXV 區 T105③：01 號陶片弦紋之間也有三個字，惜殘損模糊，難以辨別。兩字以上連寫現象的出現，是它們可以記錄語言的一個重要的線索，這似乎透露，小雙橋遺址所處的時代，漢字已然成熟，發展到可以記錄語言的水準，這一點對解釋吳城和新幹陶文提供的信息是非常有意義的。

　　六、鄭州商城陶文。鄭州商城遺址自二十世紀五〇年代初發現以來，取得一系列重大考古收穫。這個遺址有著豐厚的文化堆積，反映出這個地區從龍山晚期文化、洛達廟文化到商代文化的有序發展。鄭州商城遺址應屬於商代前期都城遺址，其始建大約在二里崗下層二期，一直延續使用到二里崗上層一期和二期，廢棄時間應在二里崗上層二期（即白家莊期）偏晚階段。[53]鄭州商城是都城遺址應該是無疑義的，不過到底是哪一個都城目前意見還不一致。[54]鄭州商城陶文主

---

52 宋國定：〈鄭州小雙橋遺址出土陶器上的朱書〉，載《文物》2003年第5期。

53 河南省文物考古研究所編著：《鄭州商城：1953-1985年考古發掘報告》（北京市：文物出版社，2001年）。

54 主要有「隞都」「亳都」二說，田昌五等結合偃師商城的興廢和仲丁遷隞時間的推斷，提出鄭州商城可能始建於太甲。田昌五等：〈論鄭州商城〉，載《中原文物》1994年第2期。小雙橋遺址的發現與性質的確定，對鄭州和偃師商城的研究提供了重要的新的參考。

要分佈在二里崗期遺存之中，在下層二期的大口尊口沿內側刻有數十種陶文符號；[55]在上層一期的大口尊口沿內側也刻畫有陶文符號數十種。[56]這些陶文有一些是記數的數字，下層二期與上層一期不少是重複的，如「一、二、三、四、五、六、七、十」等；有些是象形字，如「矢、木、網、黽、臣、鳥」等；有些雖不可識，但應屬於文字一類。這些陶文符號是在商城建成和繁榮期陶器上出現的，主要是大口尊這類器物，從小雙橋陶文主要分佈在祭祀用陶器上來看，這類大口尊也可能是祭祀用器，至少它們應是王室有比較重要用途的一類器物。就當前考古發掘和研究的結果看，鄭州商城稍晚於偃師商城而早於小雙橋遺址，鄭州商城在二里崗上層二期進入廢棄階段，恰好小雙橋遺址處於興盛期。小雙橋朱書陶文又與鄭州商城陶文一脈相承，是商代前期漢字的重要資料。鄭州商城陶文符號刻畫剛勁嫻熟，率意之中流露出結體的謹嚴，如《鄭州商城：1953-1985 年考古發掘報告》圖四四九之 10、13、19，圖四五〇之 2、7、15，圖五一六之 11、16、17、18，圖五一八之 14，圖五一九之 4、7、11、14 等。特別是圖五二〇之「臣」和「鳥」二字，雖然用硬質工具刻畫，但行筆的流暢和線條的準確生動是顯而易見的。雖然這些文字符號都是單個出現（個別是兩個連書），但它們同樣都傳遞出一個信息，那就是鄭州商城時期，漢字自身的發展和書寫已達到了較高的水準。

鄭州二里崗期文字符號除陶文外，還有其它相關的發現。上層一期出土的小口饕餮紋罍（C8M2：1）頸部飾一紋飾，就有可能釋成「黽」字。唐蘭不僅釋這個花紋為「黽」字，還指出另一把戈上有象形字「庸」，該字將代表城樓牆的兩豎並一豎，「黽」與「庸」都是氏

---

55 河南省文物考古研究所編著：《鄭州商城：1953-1985年考古發掘報告》，頁657，圖四四九、四五〇，圖版一三四之1、2、4；827頁，圖五五六之2、3。

56 同上書，762頁，圖五一六至五二〇，圖版四九；928頁，圖〇九之9。

族名。[57]上層一期還有兩件石器上刻有文字符號，一件是標本
C5.3T302①：93，這件橢圓形卵石上刻有一個較為複雜的象形符號；
另一件是標本 C15T7②：17，這件扁平體帶柄石鏟形器上刻有一個簇
形符號（即「矢」字）。[58]一九五三年二里崗還發現過有字牛骨兩塊：
一塊牛肱關節骨上刻有殷墟甲骨文早期讀作「又、有」的那個常用
字；另一塊牛肋骨上刻有十個字，或釋讀為「……又土（社）羊。乙
丑貞，從受……七月」。[59]這些零零星星的文字符號，襯托出鄭州商城
陶文運用的大背景，也記載著當時文字發展和使用的重要信息。尤其
是有字骨刻的發現，不僅表明二里崗期商代文字已能記錄語言，而且
更將殷墟甲骨文的源頭直接追溯到商代前期。

　　七、偃師商城陶文。嚴格地說，偃師商城自一九八三年發現以
後，二十多年來的考古發掘，並沒有發現一定數量的陶文。到目前為
止報導的只有一九八四年春偃師商城宮殿遺址發掘時發現的兩例：一
是在一個灰坑中出土的陶鼎口沿內側刻有一個似箭頭的符號
（J1D4H24：52）；二是一個陶杯（J1D4H36：1）器身中部刻畫一個
類似箭簇的符號。[60]多數學者認為偃師商城就是成湯滅夏的始建都城
亳都，在夏商考古和歷史研究中是極為重大的發現。[61]偃師商城的建

---

57 唐蘭：〈從河南鄭州出土的商代前期青銅器談起〉，見《唐蘭先生金文論集》（北京
　市：紫禁城出版社，1995年），頁481-493。

58 河南省文物考古研究所編著：《鄭州商城：1953-1985年考古發據報告》，頁829，圖
　五五七之2、3。

59 裴明相：〈略談鄭州商代前期的骨刻文字〉，見胡厚宣主編：《全國商史學術討論會
　論文集》（1985年），頁251-253，《殷都學刊》增刊。

60 中國社會科學院考古研究所河南二隊：〈1984年春偃師屍鄉溝商城宮殿遺址發掘簡
　報〉，載《考古》1985年第4期。該《簡報》後收入杜金鵬、王學榮主編：《偃師商
　城遺址研究》（北京市：科學出版社，2004年）。

61 《偃師商城遺址研究》一書收集了自偃師商城發現以來的已公佈的考古報告和研究
　論文，關於偃師商城的性質等，參閱該書所收趙芝荃〈評述鄭州商城和偃師商城幾
　個有爭議的問題〉一文。

立與二里頭三期末年（約前1600）一號宮殿的毀棄年代相銜接，這個時代正是夏的衰亡和商的起始年代。到二里崗上層一期，鄭州商城達到繁榮期，偃師商城則轉入衰落期。偃師商城遺址、鄭州商城遺址和小雙橋遺址的興衰更替大體上相互銜接，而鄭州商城、小雙橋遺址中都有數量較多的陶文乃至其它文字資料發現，為何偃師商城至今卻只見以上兩例文字符號？是目前還未發掘出來，還是當時就不曾有在陶器上刻畫文字符號的習慣，抑或鄭州二里崗期之前商人還沒能很好掌握文字？這是一個值得我們深思，並需要進一步討論的問題。

以上我們將考古發現的小屯以前的各類陶文和相關文字資料，作了一次較為全面的整理分析。這些材料，從時間上看一直追溯到歷史紀年中的商湯時代；從地域分佈看，既有商王都城的，如鄭州商城和小雙橋遺址；也有地方的，如藁城臺西；還有接受商文化影響的長江以南地區的，如清江吳城等。這為我們進一步討論商代前期漢字發展的總體情況提供了可靠的一手資料。

三　關於商代前期文字發展的幾點討論

我們認為商代晚期成熟的甲骨文，為追溯商代前期的文字奠定了基礎；而商代前期的陶文資料則為具體探索當時的文字發展情況提供了直接的資料。上文的考察分析，也同時向我們提出了幾個需要進一步討論的問題。

第一，關於商代前期陶文對探討當時文字發展水準的價值問題。從已發現的商代前期陶文看，它們是零散、有限的，是否能成為推斷它們所處時代文字體系發展水準的依據，並不是沒有異議的。上文我們強調，小屯陶文的啟迪意義在於它是以成熟的甲骨文為背景的，小屯陶文的零散和有限，其刻寫的風格、方式，表達的內容，都可以作

為判斷其它陶文價值的參考。既然在甲骨文如此發達背景下的小屯陶
文具備上述特點，那麼具有上述特點的其它陶文的背後，是否也同樣
有一個類似於甲骨文這樣成熟的文字體系呢？如果是這樣，陶文透露
的信息就具有重大價值。我們也正是從這樣一種認識出發來看待陶文
的。通過對商代陶文的考察，可以看出它們總體上呈現的一些特點：

一是空間分佈較廣。不僅從早期都城所在地鄭州二里崗遺址，到
晚期都城安陽遺址有陶文的發現，而且商代都邑之外的河北藁城和商
人勢力所及的江南清江也有同樣的發現。

二是時間延續連貫。上述幾批陶文材料，從小屯向上可以追溯繫
連到商代前期的二里崗期甚至偃師商城時期，為我們在一個較廣的範
圍內提供了陶文縱向發展的先後時間序列，這個序列不僅從考古學上
得到了證明，而且與文獻對商代歷史發展的記載總體相符。

三是相似性大於差異性。從商代前期早段到中期和晚期，時間跨
度有二三百年之久（相當於公元前17-前14世紀），但無論是鄭州二里
崗期的陶文、小雙橋朱書，還是吳城和臺西陶文，其刻寫的風格、特
點和文字符號的簡練成熟程度，相似性明顯大於差異性，尤其是幾批
陶文都出現的一些字，如數字和「臣、刀」等象形字，幾乎沒有什麼
大的差異。這表明陶文反映出的文字系統發展是緩慢的、漸進式的，
各批陶文有著一脈相承的延續性。

四是文字連寫的資料時有發現。吳城陶文一期的文字連寫，表明
它們可能記載了與祭祀相關的內容，小雙橋也有三個字以上的連寫陶
文，二里崗期陶文雖不曾有可靠的連寫物證，但同期骨刻文字的發現
則成為重要的旁證。

從小屯陶文與成熟的甲骨文系統的關聯性，我們有理由認為已發
現的商代前期各批陶文對探討當時文字系統的發展都具有標本價值，
由這些標本我們可以推斷商代前期應該有一個廣泛流行的文字系統，

並且殷墟甲骨文應該是這個系統的進一步發展和完善，它在商代前期的發展水準已與甲骨文系統相差不遠。

第二，關於商代文字與夏代文字的關係問題。作為成湯始建的亳都偃師商城，到目前為止幾乎沒有發現什麼陶文，而鄭州商城發現的陶文也主要是二里崗下層二期以後的。這種現象是預示偃師商城時期的文字資料尚待發掘或沒有保存下來，還是當時商人就沒有使用文字彝從偃師商城建造水準和早商文化發展的水準看，我們應該排除商湯時代尚沒有使用文字的可能。張光直將早商文化追溯到山東、蘇北等「東海岸」地區發現的新石器時代文化，並依據考古學資料揭示殷商文明與東部地區文化的某些聯繫。[62]良渚文化、大汶口文化等遺址多處發現陶文符號，一直為研究中國文字起源的學者所關注。[63]這可以為先商和早商時代商人可能已進入文字的創造和運用時代提供重要的佐證。商湯崛起於豫東地區，《孟子・滕文公下》稱湯「十一徵而無敵天下」，最終滅夏立國。[64]偃師商城作為立國都城，是商湯時代文明發展水準的直接物證。商城考古發現使人很難想像商湯時代文字發展還處於一個極低的水準或尚未有文字，這不符合文明發展的一般規則，也無法解釋二里崗期和小雙橋時期，以至商代後期文字發展水準。由此看來，偃師商城尚未發現更多的文字資料，可能是由於文字

---

62 張光直：〈殷商文明起源研究上的一個關鍵問題〉、〈商城與商王朝的起源及其早期文化〉，見《中國青銅時代》（北京市：生活・讀書・新知三聯書店，1999年），頁98-137。

63 李學勤對良渚陶器、玉器上的文字，曾多次予以討論，參見李學勤：《走出疑古時代》（瀋陽市：遼寧大學出版社，1994年），第二章有關論述。大汶口陶文發現以來，于省吾、唐蘭、李學勤、裘錫圭、高明等都有論著涉及，參見陳昭容：〈從陶文探索漢字起源問題的總檢討〉，載《歷史語言研究所集刊》，第57本第4分（1986年12月）；李孝定：〈符號與文字——三論史前陶文和漢字起源問題〉，見《漢字的起源與演變論叢》；等等。

64 孫淼：《夏商史稿》（北京市：文物出版社，1987年），第6章。

保存條件或遺存尚待發現的緣故，因此我們認為商湯立國時應該發展到文字成熟的階段。

如果商代進入到成熟文字階段，那麼商代文字與夏代文字是什麼關係？這又是一個值得深入研究的課題。限於篇幅，這裏只作一些簡略的探討。商代文字與夏代文字的關係，首先涉及的是夏、商的關係，或夏、商、周的關係問題。傳統儒家學說和舊史學將「三代」描述成前後更替的縱的繼承關係；當代學者從考古學資料中尋找出新的線索，並利用比較社會學的觀點，重新檢討史料記載，探討夏、商、周作為古代國家的形成和三代之間的縱橫關係。張光直的研究表明：「夏、商、周三代的關係，不僅是前仆後繼的朝代繼承關係，而且一直是同時的列國之間的關係。從全華北的形勢來看，後者是三國之間的主要關係，而朝代的更替只代表三國之間勢力強弱的浮沉而已。」[65]「從物質遺跡上看來，三代的文化是相近的：縱然不是同一民族，至少是同一類民族」；從都制來看，「三代的政府形式與統治力量來源也是相似的」。「三代都是有獨特性的中國古代文明的組成部分，其間的差異，在文化、民族的區分上的重要性是次要的。」[66]這種新的認識，為我們從總體上把握夏、商文字的關係提供了理論基礎。按照這種觀點，夏、商、周的文字應該是「相近性」或「同一性」大於差異性，它們是一系的。「夏、商、周文字一系說」，也可以從考古發現的文字實物材料中得到證明，如商、周文字的關係由於周原甲骨的發現就很清楚地被揭示出來。周原甲骨主要是西周文王之時的作品，其文字與殷墟甲骨文一脈相承，只是風格小異，用字和用語有微弱差別，

---

65 張光直：〈從夏商周三代考古論三代關係與中國古代國家的形成〉，見《中國青銅時代》，頁66-97。

66 張光直：〈夏商周三代都制與三代文化異同〉，見上書，頁42-65。

完全可以證明商、周文字是一系的。[67]從西周早期青銅器看，武王、成王時代的銘文，如武王克商第八天鑄造的利簋銘文等，與商代晚期銅器銘文特點相似，書寫風格近同。[68]這也是商、周文字一系的明證。夏、商文字的關係，雖然沒有類似體現商、周文字關係這樣有力的證據，但也存在著蛛絲馬蹟。無論是歷史傳說、文獻記載還是考古發現，種種跡象表明夏代應是中國進入文明時代的開始，作為文明起源的標誌之一，夏代文字應該已經形成。[69]李先登對夏代文字問題曾多次論述，一九八一年在王城崗遺址考古發掘中，他發現一個刻畫在陶坯上的「共」字，其字形與商、周文字「共」相似，他認為這就是夏代的文字，並進而論證夏代初期就已經進入使用文字的階段，漢字是由夏人在夏初創造的。[70]作為夏文化代表的偃師二里頭遺址，曾發現了二十多種陶文符號，大都在大口尊和卷沿盆的口沿上，是燒成後使用時刻畫上的，從字形風格、結構來看，它們與二里崗陶文、小雙橋朱書應該是一系的，不少是可以與甲骨文相對應的。[71]根據我們對陶文價值的判斷，這也應是證明夏代文字發展水準十分珍貴的材料。由商、周文字關係推導夏、商文字之關係，再根據這些材料，可以看出「夏、商、周文字一系說」是有根據的。商湯在夏王朝的統治中心區偃師建都的同時，由於文化上本來就存在的相通性，使商王朝輕而

---

67 王宇信：《西周甲骨探論》（北京市：中國社會科學出版社，1984年）。

68 朱鳳瀚：《古代中國青銅器》（天津市：南開大學出版社，1995年），頁454-455。

69 一九九六年國家夏商周斷代工程研究專案啟動，在夏文化研究方面取得的許多重要成果將會陸續發表。參閱李先登：〈近二十年來中國先秦考古學的發現與研究之回顧與展望〉中「夏文化探索」一節，見《夏商周青銅文明探研》（北京市：科學出版社，2001年），頁116-118。

70 李先登：〈試論中國文字之起源〉，載《天津師大學報》1985年第4期。收入《夏商周青銅文明探研》，頁267-273。

71 杜金鵬：〈關於二里頭文化的刻畫符號與文字問題〉，載《中國書法》2001年第2期。

易舉地融合與延續了夏文化，也自然而然地傳承和發展了夏代的文字，這與西周對商代文化的繼承和發展並沒有什麼本質的差別。

第三，關於「惟殷先人，有冊有典」問題。簡牘制度的形成，是中國文字成熟並在較大範圍內使用的產物，「冊」與「典」二字就是簡牘制度在文字形態上的直接反映。[72]殷墟甲骨文中的「冊」與「典」的使用，表明商代晚期簡牘制度已經定型，當時通行的書寫材料是簡牘而非甲骨，這一點許多學者早已指出。同時，甲骨文還有其它線索證明這一點。從甲骨文的書寫看，上文我們提到直行縱向的特點，顯然是長期在竹簡上書寫而形成的特徵在甲骨文中的體現。游順釗認為漢字形成直行縱向書寫特徵的決定性因素是竹簡，這一看法無疑是正確的。[73]商代中期甚至還出現仿照竹簡來編連甲骨的證據。[74]這些情況表明，簡牘制度不僅在當時依然是通行的書寫材料，而且到商代晚期已經有了很長的歷史。簡牘制度的流行需要兩個條件，一是竹子這種材料比較容易獲得；二是發明用軟筆和顏料做工具和材料。甲骨文中就有毛筆及朱墨書寫的文字，古代北方也盛產竹材。[75]小雙橋朱書文字，將用毛筆和顏料書寫漢字的歷史提前到商代中期的仲丁之世。而小雙橋朱書反映的文字線條的嫻熟流暢，絕不是軟筆書寫的初始狀態，因此我們推測當時通用的書寫方式已經是用毛筆書於簡牘了。其實新石器時代彩陶上的花紋和符號，表明用毛筆（或軟筆）的

---

72 錢存訓：《書於竹帛》（上海市：上海書店出版社，2002年），第五、八章。

73 游順釗：〈古漢字書寫縱向成因──六書外的一個探討〉，載《中國語文》1992年第5期。

74 李學勤：〈濟南大辛莊甲骨卜辭的初步考察〉，載《文史哲》2003年第8期。收入《中國古代文明十講》（上海市：復旦大學出版社，2003年）。

75 胡厚宣：〈氣候變遷與殷代氣候之檢討〉及〈甲骨學緒論〉「一二、典冊」，均見《甲骨學商史論叢二集》（石家莊市：河北教育出版社，2002年）。

歷史可以早到中華文明形成之前。[76]這些為《尚書·多士》「惟殷先人，有冊有典」的記載提供了考古學證據。殷之「先人」能有「典冊」，自然說明當時文字已發展到成熟階段，二里崗陶文、小雙橋陶文透露的信息與此一致。但是，這句話的「先人」是不定指稱，到底指誰則關係到殷人有「典冊」的時代確定。將「惟爾知，惟殷先人，有冊有典，殷革夏命」完整地看，「有冊有典」與「殷革夏命」是相關的，可以理解為典冊中記載著「殷革夏命」這一史實，似乎也可理解為殷先人「有典有冊」是因「革夏命」之故。儘管多數人按前一種意思詮釋，但也不能排除後一種解釋的可能。西周利簋銘文記載：「武徵商，唯甲子朝，歲鼎，克聞，夙有商。」這裏的「有」就是「佔有」「擁有」。如按後一種理解，「殷革夏命」而「有冊有典」，是成湯「佔有」夏王朝的「典冊」，而非殷「先人」自己作「典冊」。據《呂氏春秋·先識覽》記載：夏桀將亡，太史令終古執其圖法而出奔於商。這是否可以作為成湯擁有夏之「典冊」的一個旁證呢？[77]不管怎樣理解，夏商更替之際都應是有「典冊」的，也就是說漢字成熟的時代已完全可以追溯到商代前期的商湯之世。

四　結　論

通過對商代晚期甲骨文發展水準的考察以及出土商代前期陶文的整理和分析討論，我們對商代前期漢字的發展情況大體可以得出以下結論：

第一，夏、商、周在文化上有相當程度的共性特徵，三代使用的

---

76 錢存訓：《書於竹帛》，第五、八章。

77 《太平御覽》卷六一八引「圖法」作「圖書」。「太史令」為執掌文書圖籍之官職，這也是夏桀之世有「典冊」的旁證。

文字屬於同一體系，西周文字與商代晚期的漢字一脈相承，商代前期的文字則傳承和發展了夏代的文字。三代歷史上作為「列國之間的關係」的存在，表明漢字在當時可能具備作為一種交流和記事的通行文字的功能。三代對漢字的形成和發展皆有貢獻，但由於「勢力強弱的沉浮」和文明進程的先後，在漢字發展的不同時期它們各自的貢獻應有所不同。

第二，商代前期陶文可以作為考察漢字體系發展的珍貴樣本，它們對衡量各階段文字發展水準的價值，在於落一葉而知秋、由一斑而窺豹，要充分重視這類陶文資料的真正價值。本文的系統整理和分析顯示：通過這些陶文我們有可能對商代前期文字的發展水準獲得一個總體的認識和正確的判斷。

第三，商代前期的文字已經發展到成熟階段，其後各時期陶文符號的相同性大於差異性，雖然處於不斷發展之中，但其基本風格和書寫方式沒有本質的變化。從商代前期到以甲骨文為代表的商代後期，漢字體系經歷的只是豐富和不斷發展完善這樣一個過程，這個過程一直延續到西周、春秋戰國乃至秦漢。漢字始終處於這樣一個進程之中，這是它保持系統不斷優化與活力的必然要求。

第四，簡牘制度在商代前期已經是一種成熟的制度，夏、商之際已有「典冊」當是一種可以推想並得到部分證明的事實，這也進而證明當時的文字已發展到成體系的成熟階段。關於夏代文字的零星資料，對理解商代早期漢字的發展水準提供了重要參照；而商代早期漢字發展水準的判定，對進一步探索夏代漢字的形成和發展也是一項富有意義的基礎性工作。

形聲起源之探索[*]

　　形聲結構是漢字最主要的結構方式，研究形聲結構的起源，對漢字起源和性質的探討，有著十分重要的意義。本文試圖利用古文字資料，探索形聲發生的年代和環節，提出關於形聲起源的初步看法。

　　形聲結構並非漢字所特有的構形方式，現在所知的世界上倖存的各種自成體系的古文字材料，說明這樣一個普遍的事實，即由象形、會意到假借和形聲[1]，是它們發展的共同趨向。例如古埃及的聖書字、蘇美爾人的楔形文字、納西象形文字、水族古文字，都使用了假借的手法，都有形聲結構的出現。[2]這種現象並不難理解，因為文字的根本職能是充當記錄語言的符號，語言則包含人類認識和改造世界的各方面的成果，單靠象形、表意之類的構字方式，根本無法承擔準確記錄語言的任務，因此，在長期的實驗和發展中，不同地區和時代的人們都先後走上通過和語音發生聯繫從而準確記錄語言的道路，發明了同音假借的方法和形聲結合的構造方式。這是一切原始文字成為獨立的文字體系所必然要經過的途徑，漢字作為一種獨立的文字體系，形聲結構的出現有其必然性。

---

[*]　原載《安徽教育學院學報》1986年第3期。

[1]　這裏為了表述的方便，我們採用漢字六書名稱，指代其它民族古文字類似的結構。

[2]　參見 I. J. Gelb: A Study of Writing, The University of Chicago,Chicago, 1969；李霖燦：《麼些象形文字字典》，中央博物院專刊乙種之三，1944年；姜永興：〈漫話水族古文字——水書〉，載《民族文化》，1983年第2期；Johannes Friedrich：《古語文的釋讀》（香港：商務印書館，1979年）。

　　我國納西族象形文字，在發展階段上正處於擺脫原始狀態而成為成熟的文字體系的前夜，它所包含的豐富材料，生動而有力地證明：假借與形聲的出現是完善文字體系的必要步驟。據研究，納西象形文字的運用有三種方式：[3]第一，「以字記憶，啟發音讀」，這種文字符號，主要作用在於說明記憶和啟發音讀；第二，「以字代句，說明音讀」，在這種情況下，文字符號可以部分地記錄語言中的關鍵字語，並可以說明音讀；第三，「以字代詞，逐詞標音」，這樣文字基本上可以記錄語言了，是文字體系接近成熟的標誌。

　　這三種方式體現了納西象形文字向作為記錄語言的符號體系的發展所經歷的過程，而形聲結構和同音假借的運用則主要出現在第二、第三種方式記錄的經書中。如以第一種方式書寫的一段經文中，十三個字代表二十七句話，一八三個音節，沒有假借和形聲；[4]而以第二種方式記錄這麼多音節，則有三十九個字，代表二十八句話，使用了三個形聲字，三個假借字；[5]以第三種方式記錄一八七個音節的經文，用了一七一個字（其中一字代表兩個音節，省略七個字），基本上逐詞記音，其中假借字竟達到一〇五個，占百分之六十，形聲字出現七個。[6]三種方式代表大致相同的音節，而使用的文字符號則大有區別，可以看出：形聲與假借的出現基本上是同步的，是文字和語言發生較為密切的關係後的產物，也就是說，要記錄語言必然要借助同音假借手段和形聲結構方式。

　　漢字較為系統的材料，最早見於殷墟甲骨文和商代彝器文字，這

3　和志武釋譯：〈納西文字應用舉例〉，見方國瑜：《納西象形文字譜》（昆明市：雲南人民出版社，1981年）。

4　同上書，頁497-499。

5　同上書，頁508-513。

6　同上書，頁543-559。

裏形聲已經具有相當的規模。從結構上看，已包括各種類型，如注形、注聲、形聲同取等結構類型都已出現，統計古漢字階段的形聲字，殷商時期出現的約占百分之二十多。因此，可以認為甲骨文時期，形聲結構已經發展到自覺的階段，在這以前，形聲結構早已出現，是能夠為大家接受的合理推論。

那麼形聲結構到底在何時發生？唐蘭先生曾認為「象形、象意的文字日就衰歇，而形聲文字興起。這種變動至遲起於殷初，或許更可推上幾百年」，「而形聲文字的發軔，至遲在三千五百年前，這種假定，決不是誇飾。」[7]我們雖不能完全贊成唐蘭先生關於漢字起源年代的推測，但是他將形聲結構的發軔，定在商代初期（3500年前），是頗有見地的。陳夢家先生則認為「武丁文字的形聲部分雖已出現而尚有待於進一步的發展（變多、變固定）」，「假設漢字是從武丁以前五百年以前開始的（公元前1700-前1238）」，「可能在成湯或較前乃漢字發生的時期」。[8]陳先生將漢字發生的時期定得較晚，並以為漢字有三種基本類型：象形、假借、形聲，而這三種類型「只是文字發展的三個過程」，即由象形開始，經過應用變為假借，再向前發展，象形、假借增加形符、音符變為形聲。[9]根據他的看法，形聲的發生只能在武丁前五百年至武丁之間這一段時間的偏後，比唐蘭先生推測的時間要晚，但也無明顯的矛盾。隨著考古的發現，半坡、馬家窯、柳灣、良渚等文化出現的刻畫符號，以及大汶口文化的象形符號，為漢字起源的研究提供了新的材料，據此，郭沫若認為漢字已有六千年左右的歷史。[10]裘錫圭先生進一步論證「漢字形成完整的文字體系，很

7　唐蘭：《古文字學導論》（增訂本）（濟南市：齊魯書社，1981年），頁79-80。

8　陳夢家：《殷虛卜辭綜述》（北京市：科學出版社，1956年），頁83。

9　同上書，頁79。

10　郭沫若：〈古代漢字之辯證的發展〉，載《考古學報》1972年第1期。

可能也就在夏商之際」,「大汶口文化晚期,原始漢字有可能已經發展到使用假借字和形聲字階段。」[11]這樣,形聲結構發生的時間比唐蘭先生的推測又大大提前了。

由於商代早期以前的文字材料我們無法見到更多,對形聲結構發生的時間很難得到更為有力的論證,但可以作出大致合理的推測。首先,我們可以肯定,在漢字形成體系前,具有產生形聲結構的可能。從納西象形文字看,它雖然還沒有擺脫原始狀態,成為成熟的文字體系,[12]但已經出現了形聲結構,如《納西象形文字譜》所收第九十六字,《麼些象形文字字典》第一六二、第二〇四、第二一五字,可以表明,在納西象形文字中,不僅出現了形聲字,而且具有豐富的構形方式。第九十六字由一個表示類屬意義的形符加聲符組成;第一六二字是在象形字上加聲符而形成的形聲字;第二〇四字則是會意字加聲符而形成的形聲字;第二一五字則是由假借字加一標示性的區別符號(形符)。這可以反映出納西象形文字中形聲結構的豐富性。從文字發展的普遍性看,在同一發展階段,漢字完全可能出現類似的形聲結構。而這個階段應處於殷商之前、半坡文化之後。這是形聲結構發生的時間段。

其次,由納西象形文字運用的三種方式,可以得知形聲結構的出現是在文字符號與語言發生密切聯繫之後,也就是說人們已經考慮到通過記錄語言中的詞或語音形式而利用文字符號的時候,記錄語言的需要推動了形聲結構的發生。據考古材料和歷史傳說的印證,相當於傳說中的夏代,我國中原地區已進入較高文明的階段,此時已有了運用文字記錄語言的可能。《尚書・多士》有「惟殷先人,有冊有典」的記載,如果可信,說明商代之初,已有了文字記載的典冊。甲骨文

---

11 裘錫圭:〈漢字形成問題的初步探討〉,載《中國語文》1978年第2期。

12 和志武:〈試論納西象形文字的特點〉,載《雲南社會科學》1981年第3期。

中有「冊」「典」二字，而且從「冊」的字有二十多個，說明典冊的
出現已有相當的歷史。甲骨文作為記載占卜內容的材料，一方面說明
占卜之俗來源甚早；另一方面可以推想，將占卜的文字刻在甲骨上是
為了便於保存，這種發現必有一個過程。從甲骨卜辭的體例、記錄語
言之完整程度，以及文字符號刻寫之技巧、文字結構之完備、形體之
簡潔明晰都可以肯定，漢字作為記錄語言的符號已經有了相當長的歷
史，也就是說「惟殷先人，有冊有典」的記載是比較可信的。甲骨刻
辭中反映的商王世系，自上甲微而下相遞而不亂，並且上甲微之前的
高祖夔、相土、季（冥）、王亥（振）等先王的事蹟也隱約可見，由
此可推知，殷之前可能有記載王室歷史和事蹟的典冊。如果商代初有
了文字記載的典冊，那麼漢字自然發展到可以記錄語言的階段，而此
時已產生形聲結構的可能性就很大了。

　　另外，大汶口文化晚期遺址中發現的陶器上的象形文字，一字有
繁簡兩種形體，于省吾先生釋為「旦」的原形，繁體在「旦」下部多
一「山」形，[13]是會意字。會意字的出現，標誌在漢字構造中，已具
備偏旁組合的意識，說明此時已有了萌發形聲結構意識的基礎，而
「旦」的繁簡兩形表明，「山」的增加只是為了表意的更加明晰，只
是一種附加的表義成分，這已經微弱地透露出形聲結構誕生的希望，
但尚沒有充足的理由認為此時漢字已經發展到假借字、形聲字階段。

　　對於形聲起源的看法，大致可歸納為以下四種。

　　一、形聲源於假借說。這是一種很流行的看法，即在假借字基礎
上加上形符，就是形聲字的起源。顧實說：「形聲者，又與假借同源
也，相先後也，未加偏旁之前為假借，既加偏旁之後為形聲，其源遠

---

13 字形見山東省文物管理處、濟南市博物館編：《大汶口：新石器時代墓葬發掘報告》
　（北京市：文物出版社，1974年）。于省吾先生的釋文，見于省吾：〈關於古文字研
　究的若干問題〉，載《文物》1973年第2期。

矣。」[14]高明先生也說:「在假借字形體中增添相應的形旁,以構成表達新詞意義的本字,這就是最初的形聲字產生的過程。」[15]在假借字基礎上加形符,確實產生了大量的形聲字,但這只是形聲結構產生後構成新形聲字的一種方式。形聲字的發生與假借字的出現,從納西象形文字看幾乎是同時的,假借字只是文字使用的一種方式,它本身不可能孕育出形聲結構的基本要素──形符與聲符,因此,依據假借字很多發展為形聲字這一現象,不能證明形聲結構源於假借字。

二、「聲化象意字」說。唐蘭先生認為「由象意字分化出來的,我們可以叫做『變體象意字』」,「象意字的一部分,後來變成形聲字的,這是『聲化象意字』,也就是『原始形聲字』」。[16]唐蘭先生的說法確實能給人很多啟發,目前古文字學界深受這一說法的影響。但是,應該看到唐蘭先生的說法與他對漢字分期之間的聯繫。唐蘭先生按照自己的設想,將漢字的發展分為三個時期:原始期──繪畫到形象文字的完成;上古期──象意文字的興起到完成;近古期──形聲文字的興起到完成。[17]「聲化象意字」的見解,正是從這種分期中派生出來的。由於現在所見的材料基本上屬於他所謂「近古期」的,這種分期帶有很大的假想性,沒有材料去證明。而他用來說明聲化的例證,一部分本就是形聲字,如鞏、冀、能;一部分是會意字,並不帶聲化的符號,如兵、咠等,[18]前者本就為形聲字,無以論證聲化過程(唐書舉例大多屬於此類),後者本為會意,根本不存在聲化的問題,實際上唐蘭先生的設想沒有得到材料的證實。

---

14 顧實:《中國文字學》(上海市:商務印書館,1925年)。

15 高明:〈古文字的形旁及其形體演變〉,載《古文字研究》(北京市:中華書局,1980年),第4輯。

16 唐蘭:《古文字學導論》(增訂本)(濟南市:齊魯書社,1981年),頁108、128。

17 同上書,頁83。

18 唐蘭:《古文字學導論》(增訂本),頁114。

　　三、「加旁」二步發展說。這是楊樹達先生提出的，他說：「古人造字之次第，不可確知，然餘觀象形字之變為形聲者，往往由加旁字演變而來。」並列舉了由象形「鬲」字加「瓦」旁形成從鬲從瓦的新字形（第一步），然後改換「鬲」為聲符「麻」，成為從瓦麻聲的形聲字（第二步）；「裘」在金文中由象形字到加「又」聲，又改為「從衣又聲」的形聲字等材料為證。[19]楊先生闡明了一類形聲字產生、發展的過程，並謹慎地指出「形聲字之構成固當不止一途，而上述諸文，其構造之前後過程，歷歷可數，其為最重要之構造方式，殆無疑也」。[20]我們覺得楊先生所說的現象只是形聲結構發生之後產生新形聲字的一條途徑。一般說來，第一步加旁已經是形聲字了，尤其是加上聲符注音的字更應該如此；第二步的變化，只反映形聲結構本身的發展。實際上楊先生要指出的是形聲構造的途徑，而沒有希圖解決起源問題，但他主張「加旁」是一類形聲字產生的過渡環節，卻給起源的探討以有益的啟示。

　　四、「部分表音的獨體象形字分化」說。于省吾先生認為「形聲字的起源是從某些獨體象形字已經發展到具有部分表音的獨體象形字，然後才逐漸分化為形符和聲符相配合的形聲字」。對於這種獨體象形兼表音的字過渡為形聲字的條件，他有一個重要的限制，即在兩個或幾個偏旁相配合的會意字相當發展的情況下，「形聲字才應運而出」，否則，即使有部分的表音作用，也只是形聲的萌芽而已。[21]于省吾先生關於形聲起源的探討，有兩點值得注意：其一，形聲結構的發生，首先孕育於別的構形方式（象形）之中，進而才脫胎而出；其

---

19 楊樹達：《積微居金文餘說・自序》，見《積微居金文說》（北京市：科學出版社，1959年）。

20 同上。

21 于省吾：《甲骨文字釋林》（北京市：中華書局，1979年），頁435-443。

二，會意字的偏旁組合是形聲結構發生的前提條件。對於獨體象形部分表音的問題，我們可以這樣理解，文字形體符號與語音發生關係是約定俗成的，凡稱文字必含讀音。獨體象形作為符號的整體，代表了一個語音單位，這是無疑的，至於它的某一個部位是否可能專門擔負表音的作用，還難於斷言。就于省吾先生用以論證他的觀點的諸例字而言，情況也不一致。「羌」「姜」本為一字的分化，皆為人戴羊角飾，它們音近「羊」，也可能有語源關係，但「羌」「姜」上部的「羊」，則是後來形體演化的結果。附一人形的「眉」與僅象人眉目的「眉」，並無實質的區別。「麋」的構形有部分象人眉目，是取「麋」之「眉」與人之「眉」相似，二字有語源關係。至於「天」「來（從禾）」「舞」「須」「能」等是純粹象形字，不存在某一部分兼表音的情形。「能」字《說文》以「目」為聲，則屬於古文字中的訛聲之例。[22]從這些例子看，部分兼表音的情況在獨體象形字中是否存在還值得研究，即使有些字的某一部分與字音相同或相近，也可能只是同源關係或偶合，數量是十分有限的，因此，將形聲字的起源歸結於此也難於作出令人滿意的論證。

　　上述四種看法，雖然未能正確說明起源的問題，卻對問題的再探討奠定了一定基礎，如他們都認為形聲結構的發生與會意字有關，唐蘭先生認為形聲字是由象意字聲化而來，楊樹達先生指出注形有會意性質，進一步發展為形聲字，于省吾先生則將會意字的出現和相當發展作為形聲字產生的前提條件。他們都認為形聲結構不是直接由形、聲兩個部分組合而成的，而是從另一種構形方式中孕育分化出來的，唐蘭、于省吾先生說得尤為明白，不過主張形聲源於假借說，就不承認這些見解了。

---

22 「能」字為獨體象形兼表音的說法，見于省吾：〈釋能和贏以及從贏的字〉，載《古文字研究》（北京市：中華書局，1983），第8輯。

　　通過對古漢字形聲結構的分類研究，以及分析較早的原始文字材料，我們認為形聲結構導源於早期會意字個別構形部件的經常性遊動而形成的聲義分工。

　　上文提到大汶口文化晚期出現的「旦」字初文，有繁簡兩形，如果我們肯定它們是早期的文字，就得承認「旦」字作為簡體所代表的音義，與「旦」加「山」繁體所代表的音義是相同的，「山」形則是一個附加的、游離的因素。「旦」的單獨出現，說明它已經可以作為一個形音義相對固定的單位，加與不加「山」並不影響它的作用。所以從某種程度上來說，「旦」字的繁形，已蘊涵了形聲結構發生的可能。因為當「旦」作為一種固定的形式長期單獨存在，它已經習慣性地凝聚了這個字的音與義，加上「山」只是從構形上對字義作某種補充、限制和標誌。這樣在「旦」的繁體中，似乎已經孕育了「旦」與「山」分工的可能，一旦這種分工被意識到，並變為有意識的行為，形聲結構就應運而生了。早期會意字個別部位的游離增加，體現出以形會意時思維角度或嚴密程度的差異，不應該是少數的、偶然的現象。由來源較早的「族徽」文字中，我們還可以舉出一些例子。如圖一中 A 字，郭沫若釋為「鬥」，繁形多一「戈」；[23] B 字郭沫若釋為「鹽」；[24] C 字唐蘭隸定為「从」加「虹」或「日」加「虹」；[25] D 字于省吾先生釋為「舉」之本字，本象人舉手形（D 最後一形），加「子」，象舉子形（D 第一形），D 第二形則為舉子於床形，其餘皆為變體。[26]

---

23 郭沫若：《殷周青銅器銘文研究‧殷彝中圖形文字之一解》（上海市：大東書局，1931年）。

24 同上。

25 唐蘭：《古文字學導論》（增訂本），頁209。

26 于省吾：〈釋羍〉，載《考古》1979年第4期。

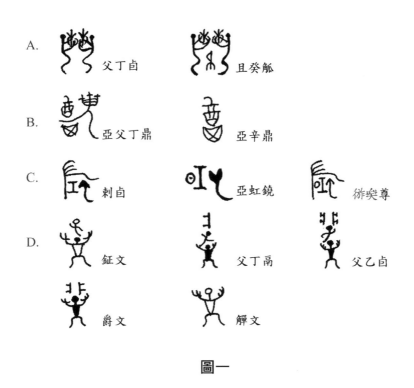

圖一

這些字中個別部件的游離或增加的特點，與大汶口文化晚期的
「旦」是一脈相承的。用作「族徽」的文字，郭沫若認為可能為
「『圖騰』之孑遺或轉變」，[27]它們在構形中透露的與「旦」字相一致
的信息，說明早期會意字個別構形符號的增加或游離的現象是常見
的。正是這種現象的經常發生，使處於固定地位的其餘符號獲得與字
音更為密切的聯繫，而游離不定的符號則獲得了相對的獨立性，這樣
當它們再度結合時，就有了形聲分工的可能，形聲結構的基本要
素——形符和聲符就是這樣孕育出來的。當增加一種符號只標示字義
的某一方面，使它與音義固定的另一符號相組合變成自覺的行為，形
聲分工的優越性逐步顯示出來並被認識到以後，形聲結構就正式誕生

---

27 郭沫若：《殷周青銅器銘文研究・殷彝中圖形文字之一解》。

了。從大汶口文化晚期至夏商之際，大約近千年的歷史，形聲結構通過這種方式逐漸孕育出來是完全可能的。儘管我們能確知的早期會意字的例證有限，而且在認識上還存在分歧，但是我們相信這並不影響上述基本推論的成立。

這一推想，從形聲系統的分析中，也可以得到部分證明。通過成熟的形聲體系必然能窺出有關這一結構起源的某些蛛絲馬蹟。從每一個形聲字的構造看甲骨文以及後來的形聲字，大致可以分為三種類形：其一，注形形聲字，即通過在本字或借字上加一個形符而形成的形聲字，如在「且」上加「示」，構造出「祖」，在「黃」上加「王」構造出「璜」，在「須」上加「皿」構成「盨」等；其二，形聲同取形聲字，即同時取一符號記音，又取一符號表義組成的結構，如甲骨文中的「駁」「犰」「杞」「洹」等字；其三，注聲形聲字，即在本字或借字的基礎上加注聲符組成的形聲字，如：「雞」本象雞形，然後加「奚」聲成為形聲字，「鳳」本象鳳鳥形，又加「凡」聲成為形聲字，「耤」本象人持耒耜而耕作，後加「昔」聲而成為形聲字。這三種類型唯有注形一種出現得較早，注聲和形聲同取是形聲字發展到自覺階段的產物。注形形聲字的形符都是後加的，被注的部分本來或為象形，或為會意，它們已經是形、音、義完整的結合體，注形只是對其意義的某一方面給予標示，注形的結果，使被注的部分相對地淪為聲符，加注的部分充當形聲結構的形符。可見注形形聲字與早期會意字個別構形部位的經常性遊動有淵源關係。

我們說注形形聲字出現最早，從甲骨文眾多的注形形聲字可以得到一些證明。而且從思維發展的一般程序推論，也不可能一下就出現形聲同取或直接注音的構造方式，這是很顯然的。甲骨文由注聲而產生的形聲字大都出現在三期以後，更是一個有力的證據。

從結構特點看，只有會意字具備偏旁組合的性質，從中分化出形

聲組合的結構也十分順理成章，象形、指事不具備孕育形聲結構的可能。

我們強調過，形聲結構的出現是為適應文字精確記錄語言的要求，這是指明導致形聲結構產生的原因。這裏所討論的，則是作為一種結構方式，它的直接導源問題。當形聲結構意識形成後，普遍發生的假借現象就相應減少，一些假借字也就逐步演變為形聲字了。這是因為同音假借的大量使用，往往造成書面上的同形同音異義的廣泛存在，容易造成混淆而影響文字作用的充分發揮，所以率先要求在字形上區別，從而形成了大量的由假借注形的形聲字。有些學者正是發現了這一普遍現象，於是就認為形聲源於假借，這個結論是有問題的。假借作為一種用字方式不具備孕育形聲結構意識的基本條件。但是，假借字變為形聲字之後，形聲字的聲符成為一個純粹的借音符號，對於形聲字擺脫原始狀態，向形聲同取和注聲的發展有重要意義，因此，假藉使形聲字進一步音化，則是一個值得重視的問題。唐蘭先生「象意字聲化」的見解，已接近於形聲起源問題的實質了，可惜他沒有將萌芽狀態與以後的形聲字區分對待，沒搞清聲化的過程。于省吾先生的探討給我們以很大的啟發，但他說的部分表音獨體象形字，在文字材料中極為少見，且解釋上存在歧義，也無法找到它與整個形聲體系的必然聯繫，似難於成立。我們提出的設想，可以得到部分原始文字材料和後來的形聲體系分類研究的證明，正確與否，尚須新材料的證實和檢驗。

形聲結構的類型[*]

　　以形聲構形方式構成的形聲字是漢字的主體。古漢字階段正是形聲結構逐步發展的階段，新形聲字不斷湧現，形聲系統處於動態發展之中，情況十分複雜。因而，對形聲字適當地分類研究，就成為一項顯得尤為重要的基礎工作。

　　前人曾對形聲字從不同角度做過分類工作。唐賈公彥根據形符與聲符位置配合的特點，將形聲字分為「左形右聲」（如「江、河」）、「右形左聲」（如「鳩、鴿」）等類型，這種分類至今尚被人提及。[1]然而正如呂思勉所說，這樣的分類「殊屬無關宏旨」。「因中國字之配合，除指事外，部位大體不拘故也。」[2]宋鄭樵《六書略》將形聲字分為「正生」「變生」兩大類，鄭氏的分類確實反映出形聲結構的某些特點。元楊桓《六書統》將形聲分為「天象、天運、地理、人體」等十八目，又分為「本聲」「諧聲」「近聲」「諧近聲」等四體。明趙古則之分類「與楊氏同，而加密焉」。同時，趙氏論形聲配合，又分「聲兼意不兼意」「二體三體」「位置配合」（如「左形右聲」之類）、「散居」（如「黃」之聲散居「田」之上下）、「省聲」五例。[3]至宋元

---

* 本文選自〈古漢字形聲結構論〉第二部分，全文收入《中國人文社會科學博士碩士文庫（續編）・文學卷（中）》（杭州市：浙江教育出版社，2005年）。

1 〔清〕阮元校刻：《周禮・保氏疏》，《十三經注疏》（北京，中華書局，1980影印本），頁731。

2 呂思勉：《文字學四種・字例略說》（上海市：上海教育出版社，1985年），頁183。

3 〔明〕趙古則：《六書本義》，見胡韞玉：《六書淺說・六書通論》，收入丁福保編纂：《說文解字詁林》，前編（中）（北京市：中華書局，1988年）。

形聲字的分類已經極為瑣細，涉及形體特徵、字義類別、諧聲關係等不同層面。清人對形聲字分類的研究，大體沒有超出以上方面。甄尚靈先生曾對前人關於形聲字分類的研究進行過歸納，分為「重音」「重義」兩大派別，有七種分類方法，並指出：「諸說或重形與聲部位之配合，或重形與聲成分之配合，或重聲與字音之關係，或重聲與字義之關係，其分類得失，暫置不論，唯有一弊，為諸家所同具者，即僅就文字既成之後以立言，而未能溯其原始是也。」[4]甄氏的論述可謂切中形聲字分類研究之弊端。由於前人研究漢字的主要對象是《說文》保存的小篆，時或參閱古文、籀文或鍾鼎文字，但其出發點則只是證成《說文》，因此，他們對形聲字的分類研究只能是「就文字既成之後以立言」。這種研究的缺陷，往往是將文字漫長演進歷史過程中所形成的種種現象，放在同一歷史層面，作簡單的共時的分析，從而得出一些十分表面的結論，掩蓋了這些現象背後的起決定作用的本質性內涵。

甄氏試圖從「一字之構成」的歷史，來討論形聲字的類別，以形與聲之組合的先後關係對《說文》形聲字分類，這是一個十分值得稱道的努力。遺憾的是，甄氏研究所用材料依然有很大局限，雖然他已經使用了不少古文字資料，力求「自其史實觀之」，[5]但這些資料的運用是有選擇的，還不是古文字形聲字的全部而系統的考察，以至於他的研究工作沒能引起應有的重視。在《殷虛卜辭綜述》第二章中，陳夢家先生將《說文》「形聲相益」解釋為：一、形與聲之相益；二、形與形之相益；三、聲與聲之相益。並將甲骨文增加形與音構成的形聲字分為五種不同方式，實際也就是一種分類研究。吳振武先生對古文字形聲字類別的研究，與甄氏的分析頗多相合，他認為「從古文字

4　甄尚靈：〈說文形聲字之分析〉，載《中國文化研究彙刊》，2卷，1942年第9期。
5　同上。

材料來看，漢字中形聲結構的字大致可分為三種類型」，即直接用義符和音符構成的義類形聲字，通過加注音符而構成的注音形聲字和加注義符而構成的注義形聲字。[6]經過對古漢字形聲結構的全面考察，我們以為他們的研究結論值得參考。

分類研究的目的是能夠將數以千計的形聲字條理統系，以透過各種紛紜複雜的現象揭示其本質，而不是僅僅就各種表面現象進行簡單的描述。因此，我們認為對古漢字形聲結構的分類研究，應該從形聲字產生的不同途徑入手。將形聲字按產生的不同途徑分類，有助於我們探求和認識形聲結構的形成、發展及其性質。從這個角度出發，我們在甄尚靈、陳夢家和吳振武等先生的研究基礎上，將形聲結構分為三種基本類型，下面分別以例證說之。

一　注形式

注形式形聲結構是在既有字形的基礎上，加注形符而構成的。這一類形聲字來源頗不一致，有的是在本字基礎上加注形符，使本字表意更趨明晰和完密，或由本字分化出表示某一義項的專用字；有的則是在借字基礎上加注形符使借字字義得以標示，從而構成一個新的形聲字，或另造專用的本字。

（一）本字加注形符例

祖，甲骨文原作「且」，用作「祖」，西周金文「祖考」之「祖」尚作「且」，戰國加注形符「示」作「祖」。《說文》：「示，天垂象見吉凶，所以示人也」，又說：「示，神事也。」「且」本為象形，因為

6　吳振武：〈古文字中形聲字類別的研究〉，載《吉林大學研究生論文集刊》1982年第1期。

是祭祀的對象,故加注形符「示」,以標示其字義範圍。許慎分析「祖」的構形為「從示且聲」,是一個典型的形聲結構。這個字即為注形式形聲字。《說文》卷一示部所收諸字,有許多是在本字基礎上加注形符構成的。

禮,甲骨文、兩周金文都不從「示」,字本象「玨」在器中,作「𧠌」(甲骨文)、「𧱖」(何尊),以表示「所以事神致福」之意,是會意字。到戰國出現加注「示」的「禮」以顯明其字義所屬。[7]

福,本作「畐」,不從「示」,為酒器的象形。古人灌酒祭神以報神之福祐或求神以賜福祐,故加「示」以示明其義,構成「福」字。

神,本作「申」,甲骨文「申」象閃電虯曲之形,《說文》「虹」下說:「申,電也」,「申」下則云:「申,神也。」是「申」之本義為閃電,引申之義為「神」。寧簋「其用各百神」、父辛卣「多神」,均已加形符「示」,構成「從示申聲」的形聲字。「申」借用為地支字,「電」作「電」,加注形符「雨」構成表示其本義之形聲字,「申」與「電」「神」遂區分為三字。

祭,甲骨文不從「示」,乃「以手持肉」祭祀,是會意字。又加注「示」以足祭祀之意,《說文》以為仍為會意字。從靜態看,許慎分析不誤,但與「祖、禮、福、神」相比較,「示」同樣為後加注的形符,它們之間並沒有質的差別,也可歸結為注形形聲類。只是「祭」「以手持肉」的上部分沒有發展成為一個表音的部件而另構他字,習慣上就將它歸為會意字。

與此相似,「祝」也為注形形聲字,甲骨文作「兄」,象人跪於地而禱告(與「兄弟」之「兄」作直立形有別),為表明此字義與祭祀求神有關,又加「示」作形符而有「祝」字,產生方式與「祖、福」

---

7 或以為該字是以玉(玨)和鼓為禮器事神致福。

等無別。小盂鼎「祝」所從原形「兄」的下部分訛變後已看不出與「兄弟」之「兄」的差別。《說文》謂「從示從人口，一曰從兌省」，也將它分析為會意字。蓋因「兄」（祝）與「兄弟」之「兄」這兩個甲骨文分別明確的字後來訛混為一，不能確定「兄」為「祝」之本字，也凝結了「祝」之讀音的緣故。

社，甲骨文與「土」同字，「社」乃土地之神，故「土」又讀作「社」，如甲骨文之「邦土（社）、亳土（社）、唐土（社）」。戰國文字始有加注「示」的「社」，與「祖」等相一致，也應是加注形符的形聲字。《說文》謂「社」「從示土」，以會意字說之，此乃因「土」與「社」音在漢代已相差較遠，「社神」又為「土地之神」，字義相因，故許慎認為是會意字。實際上「土」與「社」上古同屬魚部，聲紐發音部位相近，「土」也可以看做「社」的聲符。如「單」聲的「鄲、憚」為端組，而「闡、禪」為章組，同一聲符讀為聲紐發音部位相近的兩組，「土」「社」與此一致。如按某些古音學家的意見，端組與章組上古應合二為一。[8]

從「祖」的分析出發，我們列舉了示部「禮、福、神、祭、祝、社」等一組形成過程相同的字，我們認為它們都是在本字之上加注形符的形聲字。但就《說文》來看，「祭、祝、社」等被分析為會意字，「神」字大徐本或刪去「申聲」之「聲」，也以為是會意，「禮」字許慎以為「從豐，豐亦聲」。由此可見，在本字之上加注形符，與會意字之間有著較為密切的關係，許慎在這類形聲字的處理上往往與會意相混，或以形聲兼會意來處理。如果忽視它們的形成過程，僅對其結構作平面的分析，它們確實與會意字相差無幾。但是，如果從其

8　李珍華、周長楫編撰：《漢字古今音表・漢語語音發展史說略》（北京市：中華書局，1993年）。

發生和形成過程看，當一個完整表達音義的字元被加注形符之後，由於文字符號使用的心理定勢，這個字元在長期使用中已與固定的讀音建立了牢固的約定關係，加注形符後它理所當然地成為記錄它原已建立凝固關係的字音的聲符。我們將本字加注形符歸為注形式形聲字，而不同意將它們作會意字看待，還因為，一方面傳統文字學從來就認為這類字是典型的形聲結構，如《說文》分析「祖」等；另一方面，會意結構是就字形一次性構成而言的，也即會意結構的各個構形要素在同一歷史平面中參與了這一結構的構成，而不體現為一種歷時的過程。許慎將某些本字上加注形符構成的形聲字作為會意字，正是由於各方面的局限，他將這類形聲字的各個構形要素放到同一歷史平面上來處理的結果。以上所論，通過下列本字加注形符而構成的形聲字，可以看得更加明白。

鼓，甲骨文本象鼓之形，又加注「殳」，以表示「擊鼓」。甲骨文「壴、毃」用法同，後世「鼓」代「壴、毃」，既為鼓名，又為「擊鼓」之行為。《說文》：「鼓，擊鼓也，從攴從壴，壴亦聲。」「鼓，郭也，春分之音，萬物郭皮甲而出，故謂之鼓。從壴支，象其手擊之也。」許慎所列二字分別在三卷攴部和五卷壴部，前者為動詞，後者為名詞，蓋依據後來字形而分一字異體為二字。段玉裁以為大徐讀前者為「公戶切」是因字與「鼓」相近而混，應「讀若屬」。古文字從「攴」與從「殳」每通用無別，我們以為大徐不誤，是乃一字因名、動兩用，許慎取其異體以別之。甲骨文正有從殳、從攴之異，而從支之形則為後出金文訛誤者，古文字中三者實為一字異體。

鄙，甲骨文作「啚」，「邊邑」之意，為會意字，如「東啚」「西啚」。《說文》：「鄙，從邑啚聲。」「邑」也為加注形符，以標示「邊邑」之義。與此字相關，「啚，從口㐭」，「㐭」甲骨文象倉廩之形。金文加注「禾」作「䣊」（召伯簋），加注「米」作「𥻆」（𩖌卣），都

是「靣」的異形，從禾（米）靣聲，許慎卻以會意稟」之上再加注與倉稟義相關的「廣」，如果從發展過程看，應分析為「從廣稟聲」。由「靣」而「稟」而「廩」，正是一個注形分化的過程，對原字而言，新字都是注形而構成的形聲字。

國，金文初文作「或」（保卣）。《說文》：「或，邦也」，「域」為其或體。金文「國」本作「或」，又加注形符「邑」作「𢨶」（師寰簋）。或加注「匚、口」作「𢧌」（蔡侯鍾）、「國」（錄卣）。「或、域、國」本為一字，「域」「國」當為注形形聲字。《說文》：「國，邦也，從口從或。」以會意說之。這個字與「圓」字作「員」，又加注「囗」作「圓」的產生過程完全一致，可是許慎分析「圓」的結構時則謂「從口員聲」，準此，「國」則應分析為「從囗或聲」。「國」上古為職部見紐字，「或」為職部匣紐字，韻同紐近，讀音相差並不太遠。

盧，甲骨文作「𤉢」，實際是在初文「𤬩」之上加注聲符的形聲字。戰國文字中出現加注形符「皿」的「盧」（貨幣文），或加注「金」的「鑪」。《說文》：「盧，飯器也。從皿虍聲。」

往，甲骨文本作「𡷚」，從止王聲，為形聲字。《說文》：「㞢，草木妄生也，從止在土上。讀若皇。」許慎根據已訛變的形體說字，其誤明顯。戰國文字中，又加注「彳」或「辵」，構成「往」「迬」。《說文》：「往，之也，從彳㞢聲，迬，古文從辵。」

持，《說文》：「握也，從手寺聲。」而「寺」正是「持」的初文，金文「從又之聲」。《說文》謂「寺，廷也。有法度者也。從寸之聲」。這不是「寺」的本形本義。「持」正是在本字上加注形符「手」而構成的形聲字。

總之，本字加注形符是構成形聲字的一個重要途徑。楊樹達在〈文字中的加旁字〉一文中，早已詳細闡明了這種現象。但是，他認

為「加旁字蓋六書以外獨特之一種字矣」，[9] 則未必恰當。加注形符
（或加旁）是就文字符號的構成過程而言，「六書」則是對既有文字
符號的歸納分析。事實上，以《說文》為代表的傳統漢字分析方法，
因為著眼於漢字系統的靜態歸納，一般並不考慮單個符號的構成過
程。這些加注形符的字，許慎主要將它們歸為形聲類。只是由於加注
形符的形聲字，被加注部分原為它的本字，其音義的歷史繼承性對加
符構成字的分析會產生各種影響：當被注字元的字義比較明顯地被分
析者感受到時，這個新構成的注形形聲字就有可能被分析為「會意
字」或「會意兼聲字」；當被注字的讀音與注形形聲字的讀音由於時
代或地域之隔難以被分析者清晰把握時，分析者按照漢字構形的理據
性，則有可能更多地從意義上尋找其聯繫，也會以會意結構來處理
它；當某些被注字因形體訛變或使用過程中（如假作他字）脫離本形
本義較遠，也會使分析者發生種種錯誤。正因為如此，我們發現許慎
對這一類形聲字的分析頗多不一致。在本字基礎上構成注形形聲字，
或因為形體變異，或因為孳乳分化，加注的形符主要是為了顯現形體
特徵、標示字義範圍或區分某一意義。因此，就注形形聲結構而言，
被注部分始終是這種結構的核心部分，作為新生字的前身，它在形、
音、義三方面都因歷史的承襲而佔據優勢。但是，這種優勢在使用過
程中將逐步消失，不作推源溯本的考察，一般並不能體會到這種優勢
所在，它與其它途徑構成的形聲字也就渾然一體，難以分辨了。由此
我們可以看到對形聲字不分其來源作平面分析的局限性了。

（二）借字加注形符例

在借字基礎上加注形符，是注形式形聲字的另一重要來源，其使

9　楊樹達：〈文字中的加旁字〉，見《積微居小學述林》（北京市：中華書局，1983年），
　　卷5。

用的普遍性和對形聲結構發展的意義，都超過了本字加注形符構成的形聲字。

甲骨文殷王諸婦名字，許多顯然是在假借字之上加注形符而構成的形聲字。如「婦井、婦良、婦多、婦羊、婦豐」等，婦名「井」「良」「多」「羊」「豐」等是假借字，又加注表示性別的「女」作形符，從而構成專用的形聲字「姘」「娘」「姼」「姜」「妌」等。《說文》收錄「姘、姼」等，也都以形聲結構析之。

在示部字中，有一部分字在較早的古文字資料中原不從「示」，而是假借他字以代替，此後皆加注形符「示」而構成專用的形聲字。如「祿」甲骨文、金文都不從「示」，借用「錄」。頌鼎：「通錄（祿）永令（命）」，牆盤：「福懷祓錄（祿）」，都借「錄」為「祿」。「錄」本象桔槔汲水之形，為「漉」之初文。《說文》：「錄，刻木錄錄也，象形」，「祿，福也，從示錄聲」。此為借字加注形符而構成形聲字。「祐」甲骨文原借「又」，「又」為「右」之本字，象右手之形，用為「福祐」、「侑祭」為假借，加注「示」構成形聲字。《說文》：「祐，從示右聲。」「祀」甲骨文本借「巳」，又加「示」形。《說文》：「祀，祭無已也，從示巳聲。」「禘」甲骨文、金文均借用「帝」，《說文》：「禘，諦祭也，從示帝聲。」「示」也為加注之形符。「祿、祐、祀、禘」等都是在假借字之上加注形符而構成的。

邑部字中有許多字是地名或國名，出現在古文字資料中，比較清楚地反映出它們由假借加注形符向形聲字的發展。以徐中舒主編的《漢語古文字字形表》卷六邑部所列有關字為例，足以表明地名、國名用字由假借加注形符而發展成為形聲字的普遍性。如「昌——鄙、豐——酆、奠——鄭、北——邶、井——邢、甘——邯、無——鄦、匜——郾、登——鄧、咢——鄂、朱——邾、會——鄶、餘——邻、寺——邿、取——郰、丕——邳、炎——郯、曾——鄶」，等等。《說

文》分析這些字的構形，無一例外，都作為形聲文書處理，形符
「邑」在這些字中，只是表示一個非常寬泛的含義。儘管如此，加注
「邑」之後，卻構成了一批專用的形聲字。

　　在借字基礎上加注形符構成的形聲字只有利用大量的地下發現的
古文字資料，從形成的歷史過程來分析，才能將它們從眾多的形聲字
中區分出來。前人研究形聲字對這一類型早已有所注意，許多先生認
為這類形聲構成方式就是形聲結構的源頭。形聲結構這一構形方式的
起源雖然與形聲系統中的形聲字的產生有著不可分割的聯繫，但是，
我們認為，形聲構形方式作為一種符號構成的模式與用這一模式構成
的形聲字卻不是同一層次的問題。與本字加注形符構成的形聲字相
比，借字加注形符構成形聲字則大大地推進了形聲結構方式的發展。
首先，本字加注形符構成形聲字，尚在一定程度上保持了形聲結構的
原始性。上文我們已指出，這類形聲結構的「聲符」是被動形成的，
作為本字所凝結的字義，在很大程度上干擾著人們將它作為一個真正
的形聲結構來對待，如果忽視其產生的歷史層次性，很難將它與會意
字區分開來。借字加注形符，被加注的部分作為借字，它僅僅憑依語
音的聯繫而臨時構成形、音、義在特定語境中的關係。一旦脫離特定
語境，借義與字元就毫無關係。假借字這種憑依語音所建立的形、義
關係，只有加附形符後才能超越語境得以凝固，因此，這種類型的形
聲字，被加注的部分作為聲符，更有其表音的純粹性。即使是本字為
借義所專而為本義專造的形聲字，如「其」加注形符「竹」而有
「箕」，「叟」加注「手」而有「搜」，「爰」加注「手」而有「援」，
「盍」加注「艸」而有「蓋」，「莫」加注「日」而有「暮」，「寺」加
注「手」而有「持」等，由於本字成為通用的借字的專用符號，與本
義的聯繫相對比較鬆散，因此，當這類字成為注形形聲字聲符時，也
就與借字注形形成的形聲字聲符獲得了某種一致性。其次，本字加注

形符，其出發點是解決「以形示義」的問題，與漢字早期以形表意的構形思路並無實質差別。而借字加注形符的出發點，主要是「標示區分」，是解決依音構形、記音別義的問題。以上兩點，顯示出借字加注形符對形聲結構發展的巨大意義。

注形是形聲孳乳派生的主要途徑，大量的新形聲字，是通過注形而產生的。古文字階段廣泛使用這種手段還構成了一批後來淘汰或不常使用的專用字，如戰國文字中的「[illegible]（弋）、鈛（戈）、[illegible]（江）、[illegible]（附）、[illegible]（幼）、[illegible]（少）、[illegible]（世）、[illegible]（乘）、[illegible]（胄）、[illegible]（攝）、[illegible]（鬼）、郕（成）、[illegible]（秦）、[illegible]（曹）、[illegible]（魯）、[illegible]（胡）、[illegible]（齊）」等。這些專用字的出現，表明利用注形方式構成形聲字的方法，已成為一種人們意識到的普遍運用的方法。

二　形聲同取式

加注形符構成形聲字是早期會意字發展為形聲構形方式的合理延伸。從文字符號的運用看，詞義的不斷引申分化、同音假借的普遍發生，必然促進加注形符分化和構成新字的步伐。當注形作為一種常用的構形手段而運用自如的時候，進而引發人們直接取一記音的字元和示義區分的形符構成形聲字，就會水到渠成，這種類型的形聲字，我們稱之為「形聲同取式」。「形聲同取式」構成的形聲字，形符與聲符的配合是一次完成的。在對歷史漢字進行研究時，斷言某形聲字的構成是一次性完成的，是一件很冒風險的事。沒有任何資料，無論是地上或地下的，會為這種斷言提供絕對無誤的依據。然而，從後來構成新的形聲字的事實和事物發展的內在邏輯推斷，這又是形聲結構發展到一定階段之後必然要出現的一種類型。下面討論的例子，立足於兩個條件，一是這些形聲字我們尚未發現它們分步發展的蹤跡，即它們

一開始便是以一種完善的形聲結構出現的；二是這些字的構成有著與之密切相關的特定的語言文化背景──比如在一定時期與這些形聲字相關的語言文化現象十分流行，構字者浸潤其中，可以毫不費力地實現構字的願望；或某一時期一類新事物的出現引發出一大批新字的產生，無須經過艱難漫長的發展、形成過程。

例如，甲骨文中「柳、杞、榆、柏、棨、槱、宋、柄」等從「木」的形聲字，多為專名，卜辭多指某地；「河、塗、洛、汝、淮、洧、灤、洹、浿、演、灂、沚、潢、潦、涵、涇、灑、濤、沌、洱、滴」等從「水」的形聲字也都用作專名。由於用同一形符和不同聲符構成的專名如此普遍，而這些專名又都是與殷人活動密切相關的，所以這些字完全有可能是利用形符和聲符的一次性組合而構成的。從「馬」的「駕（驪）、駁、駕、騽」以及從「犬」的「狋、獻、狂、猶、狼、狐、狊」等字，也都應看做形聲結構。「馬」與「犬」皆是人們較早馴養的動物，與古人的生活關係十分密切，因此，他們對這些動物的觀察和認識也就比較細緻。從「馬」的這一組形聲字，與《爾雅・釋獸》記載的各種「馬」的命名和別異體現了某種一致。狩獵的經常進行，同樣使古人對各種動物的命名和認知比較發達，故從「犬」的形聲字在甲骨文中較多出現。由此看來，形聲同取這一形聲結構的類型，最早有可能主要用於構成那些人們十分熟悉的專名字。

在戰國文字中湧現了一批新的形聲字，其中許多是形聲同取類的。如竹部的「箭、簵、簜、箬、節、筥、筊、簡、範、符、算、箸、篚、策、篓、篙、箸」等，這些從「竹」的形聲字，大多見於楚系文字，蓋因南方竹器流行，故以「竹」為形符而構成一批專用形聲字。甲骨文和兩周金文中，從「係」的形聲字較少，而戰國文字中出現許多以「係」為形符的新的形聲字，如「繹、緒、紿、紡、紆、

紫、紅、繰、紟、繑、綮、綼、韁、絆、絇、絡、繪、繆、綢、練、韠、總、纆、綈、績、縷、緹、緩、綿、緅、繡、紛、約」等。從「係」形聲字的大量出現，顯然與戰國時期絲麻等紡織品的大量發展有關。包山楚墓竹簡中從「係」的字將近七十個（不計使用頻率），出現許多新字。這與春秋到戰國時期楚地蠶桑業與絲織業的高度發展有著密切關係。戰國文字中新出現的從「竹」、從「係」的形聲字，是當時社會生活在語言文字中的反映，這些字基本可以歸為形聲同取類。

形聲同取構成新的形聲字這一類型，在甲骨文中已經出現是毋庸置疑的。戰國文字中出現大量的形聲同取型的形聲字，與形聲系統在這一時期的發展有關。形聲同取類型的出現是形聲結構擺脫原始狀態，發展到成熟階段的標誌。儘管在整個形聲體系中，注形式形聲字始終佔有相當比例，並且一直伴隨著形聲結構的發展，是調節文字符號系統內部字義引申與新字派生的關係以及文字應用中語言與文字（假借）關係的重要手段，但是，形聲同取式這種類型則真正體現了形聲結構的優越性。這種方式克服了漢字構成從形義關係入手或通過某些過渡環節的局限，而進入選取聲符記錄語音、選取形符標誌字義的自由王國，使形聲結構的發展獲得了廣闊的前景。

三　注聲式

形聲結構發展到「形聲同取式」這一自覺階段之後，漢字使用者更加意識到「音」在漢字構形中的重要地位。追求漢字構形的「形音統一」似乎在殷商甲骨文中即已初露端倪，這就是「注聲式」形聲字的出現。所謂注聲形聲字，就是將已有字加附一個純粹表音的聲符，從而改造原字，構成一個新字。由於這種類型的結構包含一個明確無

疑的聲符，原字習慣性地繼承了其意義（甚至讀音），從性質看，它們應屬於形聲結構的一類。「注聲式」作為形聲構形的一類，自甲骨文以降，不絕如縷，雖然用這種手段構成的形聲字不多，但是從形聲體系的描述和形聲結構的發展來看，又是必須予以重視的。

鳳，甲骨文原象鳳鳥之形，作「」，用為「鳳」，三期卜辭出現加「凡」聲的「」。華冠長尾的鳳鳥之形又逐步類化為從「鳥」，成為「從鳥凡聲」的形聲字。

雉，甲骨文本象雉形（合354），又加「矢」或「夷」聲，屯南2320、2328片「雉眾」之「雉」所從依然不同於「隹」，此後逐漸類化為「從隹、矢（夷）聲」的形聲字。「雞」之來源與發展與此一致。

斧，甲骨文原作「」，象橫列的斧形，為「斧」的初文。三期卜辭作「」，加注「午」聲，成為形聲字，小篆變為「從斤父聲」，為另造新字。

耤，甲骨文象人持耒耜以耕作，字作「」，甲骨文又作「、」，為「耤」之省形，「、」即甲骨文「巛」（災）和「昔」，為加注的聲符，「昔」也以「巛」為聲符。令鼎作「」，《說文》：「耤，從耒昔聲」，形符「耒」是由原字省簡而來。[10]

蛛，甲骨文為象形，作「、」等形，甲骨文又作「」，加注聲符「束」。金文將「束」聲改為「朱」聲，作「」。「朱」古音章紐侯部，「束」書紐屋部，相近。《說文》小篆原字象形部分類化為「鼅」，或體作「蛛」，形符進一步改換為形體較為省簡的「蟲」。[11]

翌，甲骨文本借「羽」，作「」，或曰字象羽翼之形，甲骨文又加附「立」聲作「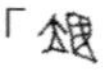」，即「翌」字的初形。《說文》：「翊，飛也，從

10 劉釗：〈釋甲骨文耤、羲、蟺、敖、栽諸字〉，載《吉林大學社會科學學報》1990年第2期。

11 同上。

羽立聲。」《爾雅・釋言》:「翌,明也。」「翊、翌」本為一字,從「羽」乃由羽翼之象形類化而成。

鑪,甲骨文作「圖」,為爐的初文。又聲符「虍」作「圖」,成為形聲字,其後累加形符「皿」「金」「火」等,出現「盧、鑪、爐」等形體。[12]

在,甲骨文作「才」,又作「圖」(合371反)、「圖」(英1989),加注「士」聲。《說文》:「在,存也,從土才聲」,此據訛形說字,盂鼎、啟尊等器銘文,「在」均從「士」,不從「土」。「才」為從紐之部字,「士」為崇紐之部字,讀音近同。中山王方壺「在」用作「士」,如「賢士」「士大夫」都作「在」。或以為是「士」上加附「才」聲,甲骨文「圖」所從也可能是「士」,其後「在」「士」分化。[13]

以上所舉各例,為甲骨文中注聲式形聲字。兩周金文與戰國秦漢文字中,這種注聲的構形手段依然經常使用。如:

髭,早期金文、甲骨文均象人口上有須,作「圖、圖」,盂鼎作「圖、圖」,又加注聲符「此」。小篆將原象形字類化改換為「須」,成為「從須,此聲」的形聲字,後又改換形符作「髭」。

盾,初文作「圖、圖」,象盾之形。戜簋銘文作「圖」,加注聲符「豚」,成為從「豚聲」的形聲字。[14]「豚」與「盾」古音同,「遁」之異體作「遯」。

曼,甲骨文作「圖」,金文曼龔父盨作「圖」,加注「冃」聲,遂省作「曼」。

寶,甲骨文作「圖」,商代金文或作「圖」,加注聲符「缶」之後,「寶」由會意字變為形聲字。《說文》:「寶,從宀、從王、從貝、

12 于省吾:《甲骨文字釋林》(北京市:中華書局,1979年),頁30。

13 林澐:〈王士同源及相關問題〉,一九九四年古文字學術研討會論文・廣州中山大學。

14 唐蘭:〈用青銅器銘文來研究西周史〉,載《文物》1976年第6期。

缶聲。」金文「寶」字按歷史發展過程看，應為「從實，缶聲」。其後又進一步簡化原形，曾作「🔲」（宰甫簋），省「貝」，或作「🔲」，從宀缶聲，見姞𣅽母鼎、仲盤等器銘。

鑄，早期金文作「🔲」（作冊大鼎），為會意字，又加注聲符「🔲」，作「🔲」（守簋）、「🔲」（鑄公𥼶），成為「從🔲得聲」的形聲字，其省簡原形，或作「🔲」（王人獻）、「🔲」（余義鍾）等形。《說文》：「鑄，銷金也。從金壽聲。」中山王壺又作「🔲」，從金寸聲，為最簡之形。

禽，甲骨文作「🔲」，為擒鳥器具的象形，是「擒」的初文。金文加注「今」聲，作「🔲、🔲、🔲」等形。「今」「禽」上古聲紐同組，韻部相同，音本近同。《說文》以為「禽」字下部象走獸之形，是據變形而誤說，但認為「今」為聲符則是正確的。

野，金文本作「🔲」，加注「予」聲，作「🔲」（秦簡），又改「林」為「田」作「🔲」（秦印），小篆遂「從里予聲」。

受這種方式影響，還有一些常用字本無須注聲而加注了聲符。如：「古」本為「固」字初文，從「盾」之象形本字加「口」以示區別而構字。[15]秦公鎛「𦱻邦」之「𦱻」，即在「古」上加「豐」聲，「害」從「古」聲又從「豐」聲可證。古璽、陶文「固」即為「固」之異體，「固」為「古」注形分化之字，又加「豐」注聲。[16]

福，此本為形聲字，但乎𠂤銘文作「🔲」，或省簡作「🔲」（者鼎），加注聲符「北」。「北」「畐」「福」本皆聲紐同組，韻部相同。

---

15 裘錫圭：《古文字論集》（北京市：中華書局，1992），頁645。

16 李零：〈楚國銅器銘文編年匯釋〉，載《古文字研究》（北京市：中華書局，1986年），第13輯；吳振武：《古璽文編校訂》，873條，吉林大學博士學位論文；張亞初：《金文新釋》，見香港中文大學中文系編：《第二屆國際中國古文字學研討會論文集》（香港，香港中文大學，1993年），頁298-299。

上，甲骨文作「二」，春秋金文或作「上」，本為指事字。中山王
壺作「𡹺」，加注聲符「尚」，成為形聲字。如此相類的，他如：兄，
金文加注「生」聲，作「𤯔」。定，古璽或作「𡇈」，加注「丁聲」。
鄰，初文作「吅」，戰國秦漢文字中加「文」或「命（令）」聲，作
「哭」、「器」。「茲氏」之「茲」，古璽文或貨幣文字中加「才」聲，
作「𠣗、𢆶」。卵，秦簡加「𢇍」聲作「𥞑」，等等。[17]

金文、戰國文字中注聲式形聲字為數不少，如常為大家稱引的
「裘」加「又」（又改為「求」）聲，「疑」加「牛」聲，「俯」加
「府」聲，「星」加「生」聲，「鼻」加「畀」聲，「紳」加「東」
聲，「絕」加「卪」聲，「齒」加「止」聲，「聖」加「壬」聲，凡此
種種，皆為公認之注聲式形聲字。古文字中還有許多注聲形聲字未被
揭明，以至於可識之字未被盡識。

注聲式形聲字的出現是形聲結構發展中值得重視的現象。要充分
認識其意義，首先必須在理論上確認它們屬於形聲字的一類。楊樹達
看出「加旁」而構成的這類字（包括加形旁）與「江、河」之類形聲
同取構成形聲字的差別是很有見地的。他指出「江、河」之字「水與
工可，一為形，一為聲，互相對待，如車之兩輪，鳥之兩翼，缺一不
可」，而加旁字往往犯重複之病，加形旁重複在形，加聲符則重複在
聲。[18]這些見解無疑都有正確可取的一面。但是，如果我們將對《說
文》資料的考察推廣到所有的古文字資料，從形聲結構的構形和發展
來看，「加旁」正是形聲系統日益發展的不可或缺的源泉之一。「加附
形旁」不僅促成了部分字向形聲結構轉化，而且始終是漢字孳乳和形
聲構字的重要手段，這在上文已有論及。「加附聲旁」，更體現了漢字

17 「定、鄰、茲」三字，參閱吳振武《古璽文編校訂》第601、915和502條。

18 楊樹達：《文字中的加旁字》，見《積微居小學述林》（北京市：中華書局，1983年），
　　卷五。

體系和形聲結構系統的發展。「聲符」的加附，無疑反映了古人在構形時對以字記音的追求，這對於以形表意為主要手段來構造符號的早期漢字系統來說，是一個富有重大意義的變化。就上舉甲骨文、金文等「注聲式」字例來看，「聲符」的加入促成原字省簡或改換類化為比較抽象的形符，這是對「以形表意」「象形會意」的有意識的矯正。「鳳、雉、斧、耤、盧、髭、寶、鑄、野」等字，原來作為象形或會意字，加附聲符後，通過改造原形（省簡或類化）均轉化為純粹的形聲字。「上、福、兄、定、茲、卵」等字加附聲符，雖然沒有促成原字改變，但卻顯示了對「記音」的熱烈嚮往。

「注聲式」的產生，可能基於兩個主要原因：一是形聲結構作為一種構形方式日益成熟並高度發展後，使漢字構形由以形表義向記音表義轉變，影響所及，使得人們有意識地將那些非形聲結構的字改變為形聲字；二是漢字形體到甲骨文已經高度線條化，比較原始的描摹物體輪廓而構成的符號與實際對象的形象直觀的聯繫相中斷，或客觀對象發生變化與文字產生時所反映的實際已相差甚遠，從而導致了「象形不像」，故而引發人們利用記音表義這一先進的構形手段，對不像之形進行改造。此外，由於地域方音和形體分化，也會採取標示方音或以標音手段分化新字。

注聲式形聲字，與形聲同取和注形式確實明顯有別。注聲的對象，作為初文，在形、音、義三方面是一個獨立使用的整體，聲作為附著成分，極易脫落，只有通過省簡、類化等手段削弱原字的優勢，使之失去獨立使用的資格，這時「聲符」才真正完成了對原字的介入，從而形成一個新字。那些在後來成為典型的形聲結構的字，大都經歷了這樣一個歷程，如「鳳、野、耤」等。注形的對象雖然也是一個具備獨立使用資格的整體，所注形符與原字也有一個凝固的過程，但這只是時間和習慣的問題，被注部分在使用過程中逐步完成向「聲

符」角色的轉化，而不需要進行特別的改造。注聲形聲字的「聲符」作為附著因素，只有通過改造原字，使之被動地淪為形符並失去在形聲結構中的中心地位，「聲符」才相應變為注聲式形聲字的重心所在，注聲式形聲字的定型過程，也就是這種重心的轉移過程。注形則不存在重心轉移的問題，被注部分既凝結了原字的義，也凝結了原字的音，所注形符始終是一種附著性要素，注形式形聲結構的「重心」，依然在被注部分。因此，用注形式形聲構形方法構造新字比較便捷，無論是依原字引申義分化構字，還是就假借字加形構字，都能輕而易舉地完成新字形的構造，是將已有字改換成形聲結構的主要手段。用注聲式形聲結構方法構造新字，實際上要困難得多，儘管以形記音的願望利用這種方式可以很好得以體現，但對已有字的改造的困難，使這種方法的運用十分不便。被注字在長期使用中早已定型，對注聲改造有巨大的抵禦力，所以許多曾經加注聲符的字依然故我，聲符最終被淘汰。形聲同取式作為一種比較完善的類型，形與聲在構成過程中是相對立而產生、相統一而存在的。但是，這並不意味著二者平分秋色，如「車之兩輪，鳥之兩翼」。形聲同取式結構中，其重心依然在「聲」。正是依靠「聲」對詞語讀音的記載，「形」對字義範圍的標指，這種方式才得以出現。「聲」的地位遠比「形」重要，它們在同一結構中，絕不象形式上體現的那樣是一種對等的關係。

綜上所述，我們認為形聲結構可以分為三種基本類型。注形式形聲結構出現最早，它是通過在已有的本字或借字上加附形符而構成的，被加附的部分逐步淡化原來所凝結的音義，而相對轉化為聲符。借字加附形符，使形聲結構擺脫原始性，向聲符純粹記音方向轉變，是形聲結構發展、完善的重要環節。注形式也是漢字孳乳派生新形聲字的主要手段，具有很強的造字功能。形聲同取式形聲結構，是形聲結構發展到成熟階段的產物。通過選取標誌性的形符和記音的聲符一

次性組合成新的形聲字，使漢字構形完成了由以形表義向記音表義的真正飛躍，具有十分重要的意義。這種構形類別造字方便，成為新字構成最主要的手段，在形聲系統中逐步佔據主要地位。注聲式形聲結構出現相對較晚，這是形聲結構方式高度發展、記音表義成為漢字構形自覺追求的重要標誌。注聲式通過改造舊字而構成新的形聲結構，儘管在標音、區別方言讀音和某些分化字方面有一定作用，總體看來，卻並不具備很強的構形功能。不過這種類型應在形聲結構系統中佔有重要位置則是毋庸置疑的。按照我們對形聲結構系統的考察，上述三種基本類型是對形聲結構系統的比較完整的描述。

形聲結構的形符[*]

　　形符是形聲結構二要素之一，研究形符是認識形聲結構性質和特點的關鍵。形符與聲符在一個有機統一體中發揮著各自的作用，二者關係密切，相輔相成。將它們分開論述，[1]僅僅是為了探討問題的方便，在研究過程中，我們始終是通過形聲結構這個整體去觀察、分析的。古漢字形聲結構，正處於一個發展完善的階段，通過對這一階段形符的特點及其與字義關係等方面的研究，我們認為，過去將形符的作用說成是「表意」或「表類屬意義」是不準確的，形符的主要作用應當是「區分」和「標示」，它只是一種與字義相關的約定俗成的區別性符號。

　　古漢字階段形符的變動不居，同一形聲結構存在多種異形分歧及義近通用，是十分突出的特點。

　　一、形符的變動不居。從使用頻率高的形聲字來看，形符的變動不居主要表現為以下三個方面：其一，可有可無。有的形聲字，很多情況下使用的是這個字的聲符部分，形符成為可有可無的遊動因素，如圖一「匜」字，可從「皿」，也可只作「也」；「盤」可從「皿」，也可不從；「盨」可作「須」，也可作「盨」等。其二，可增可減。有的形聲字，可以累增形符，如圖一「匜」從「皿」，又加形符「金」；「盨」又累增形符「米」或「金」等，這種累增的部分也可以隨時取

---

*　本文原題〈論形符〉，載《淮北煤炭師範學院學報》1986年第1期。
1　聲符另有專文討論，見本書所收〈形聲結構的聲符〉一文。

消，增之則疊床架屋不以為繁，減之並不影響該字的使用功能。其三，可以改換。某些形符往往因不同的時代、不同的地域和不同的書寫者而發生更換，如圖一「盂、盤、盉」等字的形符更換。由於上述三個方面，形成了古漢字形聲字形符變動不居的特點。這種特點，不僅反映在整個形符系統中，同一字的形符往往也能很典型地體現出來。上面分別談到的例字，在圖一中很清楚地反映出形符變動不居的幾種形式。

圖一

二、同一形聲結構形符分歧突出。古漢字形聲結構往往存在多種異體分歧，而這又主要表現為形符的分歧，聲符則是一個相對穩定的因素。《侯馬盟書》為同一時代、同一地域的文字材料，異形分歧卻極為突出，很有典型性。如「亟」從攴，亟（省又）聲，聲符不變，形符則有從攴、卜、口、心、止、彳、示等分別，加上它們的組合變化，異形達十一種之多。若加上因羨畫、改變聲符、書寫省簡等造成

的差異，異體分歧就更為嚴重了。[2]又如「腹」字異體竟達九十七種
之多，[3]其中僅因形符發生分歧而造成的異體就有二十四種，基本形
符是「肉」，累加或變換的形符就有口、心、勹、廠、止、彳、夊、
攵等數種。「亟、腹」的異形繁多，具有相當的典型性，比較突出地
反映同一形聲字可以因形符的分歧造成多種異體的特點。如果打破時
間、地域的界限，古漢字同一形聲結構形符分歧的普遍性就更為明顯
了。如「造」字，「告」聲不變，因形符分歧就有數十種，見圖二。
同一地域、同一時代和不同地域、不同時代存在的異形分歧的普遍
性，表明古漢字階段形符是極活躍的因素。

頌鼎　　頌簋　　頌簋　　御侯子戈　邿造鼎　　申鼎

羊子戈　高密戈　宋公欒戈　曹公子戈　郊㘴杲戈

邦之新造戈　　滕侯戈　　新鄭兵器　　古璽 2550

圖二

　　三、義近形符通用。古漢字的形符往往因其來源相同，或形符意
義之間的某一種聯繫，存在著通用情況，[4]這是形符的又一特點。如
形符「人」「女」「兒」通用：「嬴」或從「卩」（嬴季簋），或從

2　「亟」作形聲字，乃據史牆盤與毛公鼎等器保存的西周字形材料。

3　字形參見文物出版社一九七六年出版的《侯馬盟書》字表部分，該表備列各種異體，
　　這裏不再摹錄。

4　高明〈古體漢字義近形旁通用例〉一文，收羅了大部分形符相通之例，載香港《中
　　國語文研究》1982年第4期。

「女」（嬴氏鼎）；「姓」或從「人」（齊鎛），或從「女」（詛楚文）；「允」或從「女」（不期簋），或從「兒」（石鼓文）；「卩」「人」「女」「兒」，除「女」有性別之分外，都是「人」形的分化，故可通用。「止」「辵」「走」「彳」等通用：如甲骨文中「逆」從「辵」（佚725），或從「止」（乙4865）；「邊」從「辵」（散盤），或從「彳」（盂鼎）；「趩」從「辵」（史趩簋），或從「走」（封仲簋），這四個形符在意義上密切相關，「止」為腳趾的象形，在古文字結構中多表示與人的行動有關的意義；「辵」表示人（止）在道路上行走，「彳」是「行」的省減，「行」為通衢象形；「走」表示一人在道路上大步行走，早期還保留了「彳」（叔多父簋），它們在意義上都是可以相通的。[5]他如從「屮」、從「艸」、從「茻」通用，從「木」、從「林」、從「森」、從「𣘻」相通，從「頁」與從「首」、從「目」與從「見」、從「言」與從「音」、從「宀」與從「厂」及「广」通用等，都屬於來源相同或相近的義近形符相通。意義上某一方面有聯繫的形符相通用，如「口、言、心」通用：「哲」從「口」，或從「心」（曾伯簋），或從「言」（番生簋）；「譻」從「心」（蔡侯鍾），或從「言」（盟書）；「德」或從「心」（毛公鼎），或從「言」（史頌鼎）。《說文》：「口，人所以言食也」，「言，直言曰言」，「心，人心土藏，在身之中」；《廣雅・釋親》：「心，任也」；《白虎通義》：「心之為言任也，任於思也。」可見，「口、言、心」在意義上有相聯繫的一面，故可通用。又如「土」與「章、田、阜」等通用：「城」從「章」（城虢遣生簋），或從「土」（尹鉦）；「型」從「田」（邾大宰臣），或從「土」（信陽楚簡）；「疆」從「土」（吳王光鑒），或從「阜」（南疆鉦），這四個形符相通，也是由於它們在意義上存在一定的聯繫。章，《說

5　許慎《說文解字》依據小篆形體解說，上述四個形符沒有一個解說是確切的。

文》:「度也,民所度居也,從回,象城郭之重,兩亭相對也。」甲骨文字形正合許慎所說。《說文》又曰:「城,以盛民也,從土成,成亦聲」,這裏說明了「城」從「土」是因為「土築」的緣故,所以「章」與「土」可相通。《說文》:「阜,大陸,山無石者。」《爾雅・釋地》:「土地獨高大名阜」,所以,「阜」又與「土」意義相關。《廣雅・釋地》:「田,土也」,《爾雅・釋言》:「土,田也」,「田、土」互訓,更可通用。由於意義某一方面的聯繫而通用的形符,他如:「衣」與「巾、係」通用,從「係」、從「索」、從「素」、從「鬲」無別,從「米」與從「食」、從「禾」,從「皿」與從「缶」、從「瓦」,從「飛」與從「羽」相通,等等。

　　除上述三個主要特點外,形符近似,有時混用,也是值得注意的現象之一。如「月、夕、肉」三個形符因形近就常有互混的現象。甲骨文中三者相對區別,「月」與「夕」是同形分化的兩個字,早期「月」中不加一筆,「夕」中有一筆,晚期正好相反,在金文中二者雖已分別,但常常通用。「肉」在甲骨文中與「月、夕」有別,金文寫法與「月」無異,小篆已相同,《睡虎地秦簡》單獨出現也與「月」同(上舉字形均詳見圖三)。

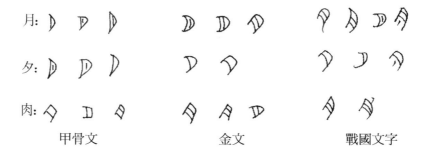

月:
夕:
肉:
　甲骨文　　　　　　　金文　　　　　　戰國文字

圖三

如「肖」字，《說文》：「從肉小聲」，這是因小篆從「月」從「肉」難於分別而造成的誤解。從古璽「肖」或從「夕」，宵篚的「宵」中「肖」從「月」的形體可證明「肖」為「從月小聲」。曾前鼎、鄂君啟節、長沙帛書等材料中有一個「歲（歲）」字，是從肉戈聲的「歲」，還是「歲」字，爭論頗大，後來于省吾先生發現漢瓦當文字中「千秋萬歲」的「歲」作「歲」，才確認此字從「月」不從「肉」。[6] 可見，「月」「肉」形近相混是一件比較麻煩的事情。戰國期間為了避免它們因形近而混，曾採用了附加區分筆劃的方式加以補救，「肉」在右肩上加一筆，「月」「夕」在缺口處加一筆，如圖三所示諸字。正是由於混淆的普遍性，才會產生區分的要求。

形符的特點表明，古漢字階段形符還處於發展、變化的階段，「變動不居」「異形分歧」都是形符發展過程中的現象。形符在變動與分歧之中淘汰、選擇，最後才確定一種固定的寫法，或分化為幾種代表不同意義的固定寫法。與形符這種活躍性和複雜性相比，聲符則顯得較為穩定和單一，這說明在形聲結構中形符並不佔據十分重要的地位，有時一個形聲字可以有它的加入，也可以沒有它的加入而存在。「異形分歧」「義近通用」還反映出形符的分工不很明確，形符的作用因此也顯得比較微弱。

過去認為形符的作用是「表意」「主義」或「半主義」的，從古漢字階段形符的特點來看，這些說法過高地估計了形符的作用。與聲符相比，形符與字義關係密切，它主要與字義發生關係，因此稱之為「義符」也未嘗不可，但有的先生甚至說「形聲字的意義，是從它的形的部分產生的」，[7] 這實在是誤解。也有的研究者發現形符並不能起

6　于省吾：〈鄂君啟節考釋〉，載《考古》1963年第8期。

7　馬敘倫：《馬敘倫學術論文集》（北京市：科學出版社，1958年）。

到表意作用，[8]有人說僅僅表示的是「類屬意義」或「意義範疇」，這些說法雖然有很大的進步，但仍嫌籠統和片面。要進一步明瞭形符的作用與性質，有必要進一步考察形符與字義的關係。就古漢字而言，形符與字義的關係主要有以下四種。

一、形符完全或基本表義的。先看幾組字：（一）「晶」與「星」。《說文》：「星，萬物之精，上列為星，從晶生聲。一曰象形，從口，古口復注中，故與日同，⿱口生，古文星。」形符「晶」，《說文》：「精光也」，許慎以「精」訓「星」，《呂氏春秋》以「精」為「星」，[9]「精光」就是「星光」。甲骨文中「晶」與「星」本為一字，「晶」就是列星的象形，後加聲符「生」，出現了以「生」為聲的「星」字，「晶」成為形符，因此，「晶」的意義與「星」本是相同無異的，後來一分為二，成為兩個字。（二）「勹」與「匍」「匐」。《說文》：「匍，手行也，從勹甫聲」；「匐，伏地也，從勹畐聲」；「勹，裹也，象人曲形有所包裹」。許慎釋「勹」不確，據于省吾先生的研究，此字本象側面伏地手行之狀，後加「甫」「畐」為聲，成為兩個形聲字，進而發展為「雙聲謰語」。[10]「勹」表示的意義與「匍、匐」本同。（三）「邑」與「邦」「都」。「邦」金文中出現較早，《說文》：「國也，從邑豐聲」；邑，《說文》：「國也，從口，先王之制，尊卑有大小，從卪」，按許慎的解釋二者意義是相同的，而段玉裁注云：「古者城郭所在曰國，曰邑，而不曰邦，邦之言封也」，這說明形符「邑」與「邦」在意義上還是有細微差別的。都，《說文》：「有先君之舊宗廟曰都，從邑者聲」，「邑」與「都」也相近而有別。上列字

---

8 姚孝遂：〈古漢字的形體結構及其發展階段〉，載《古文字研究》（北京市：中華書局，1980年），第4輯。

9 楊樹達：《積微居小學述林》（北京市：中華書局，1983年），頁37。

10 于省吾：《甲骨文字釋林》（北京市：中華書局，1979年），頁374-375。

例,(一)、(二)組形符含義與字義完全相同,(三)組相近。形符含義與字義完全相同的「星、匐、匐」等字,都是在象形字基礎上加聲符而形成的形聲字,形符原本就是這個字,這類情況在形聲字中為數極少。形符含義與字義相近的,一般是一些出現較早的形聲字,隨著形符的使用日廣,表義範圍不斷地擴大,也相對地減弱了它在早期出現的形聲字中的表意作用。如從「邑」的「都」「邦」等字出現較早,形符與它們的含義也很接近,但春秋以後,凡地名大都增加「邑」作形符,產生了一大批新形聲字,這時「邑」能表示的意義就極為有限了,它在「都」「邦」等字中的表意作用也相對地減弱。而且,形符的含義與字義相近的機會不可能很多,因此,從總體上看,能夠完全或基本表義的形符,在形聲體系中只占很小一部分。

二、形符表示類屬意義。這類形符表明了形聲字所包含的概念的類屬,在形符系統中占相當大一部分,使用範圍很廣,殷商時代已出現。不過這種類屬的劃分是不嚴格的,它相當的寬泛,有時甚至顯得混亂。許慎分析形聲字,常用「從某,某聲」的方式,實際上已經指明了部分形符表達類屬意義的事實。但是客觀地看,許慎的「從某」,更主要的是體現他「方以類聚,物以群分,同牽條屬,共理相貫,雜而不越,據形繫聯」的分部思想。[11]他並不以探求形符與字義的關係為目標。形符表示類屬意義的字例很多,早已為研究者所道明,如從「馬」的「駒、駟、騅、驏、騮、駕」等字都為「馬」一類,從「木」的「杞、杜、柏、柳」等都為「木」屬。值得注意的是,古漢字形聲字中義近形符通用,往往打破某些形符間的類分界限,造成一些混淆,如「艸、木、禾」相通等,這也說明古漢字階段,形聲字對於形符表示類屬的要求有時並不十分嚴格。

---

11 〔東漢〕許慎:《說文解字・敘》。

　　三、形符與字義相關聯。有的先生認為形符與字義的關係僅僅為上述兩種。[12]無論從古漢字形聲字，還是從全部形聲字來看，問題都不如此簡單。很多形符往往以特定的方式和字義構成一定的關係，而這種關係又是極為複雜而巧妙的，如「抉、擇、揮、抆」等字，形符「手」，古文字作「又」，只是表明這些字的意義與「手」相關，換句話說，形符只表明這些動作是用「手」完成的；「依、倍、倆」等字，形符「人」是行為的主動者；「琱、理、琢」等字中，形符「玉」則是行為的受動者；「搏、戮、戰、割」等字中的形符「干、戈、刀」等，只注明使用的武器或工具，而「鍾、棺、組、轉」等字中，形符「金、木、係、革」等，則是製造這些物品的質料。除此以外，有的形符表示事物存在或行為發生的場所，還有的形符表明字義的範圍與表達對象的性狀，關係相當複雜。這是因為形符所包含的概念，可以從不同的角度與不同的字義發生關係，而同一字的字義，則又可以從不同角度與不同的形符發生聯繫，所以，造成了形符分歧的普遍存在，以及形符與字義關係複雜化的局面。形符與字義的不同關係，體現了人們構字時「心理聯想」的特點，形符選擇的不同，反映了心理聯想的方向不同。一般說來，同一字義可以與眾多的形符發生聯想關係，但是，由於文字的社會性及構字的「習慣」和「經驗」，往往使得聯想有一個「定勢」（心向），這樣聯想就獲得相對的穩定性，形符的選擇才不至於漫無邊際，我們今天尋求形符與字義的關係才有了可能。這裏已經牽涉到漢字構造的心理學問題，本文不能作更深入的探討。由此，我們可以認識到造成形符與字義複雜關係的原因所在了，同時也可以使我們避免片面地、簡單化地看待形符與字義的關係。

---

12 梁東漢：《漢字的結構及其流變》（上海市：上海教育出版社，1959年），頁130-131。

　　四、形符與字義關係模糊。上面分析表明，形符的選擇大都有其有理性，我們可以從不同的角度找到形符與字義之間的各種聯繫。但是，我們也不可否認，某些形符的選擇有可能僅憑一種習慣，本來就與字義的關係模糊不清。如小篆中的「風」為何從「蟲」？就是一個難於說明的問題，許慎儘管想努力解釋，但很難令人信服。[13]又如甲骨文中「唐」，從口庚聲，從「口」何意？「鬶」字甲骨文不從「雲」而是從隹今聲，為什麼從「隹」？這些都是無法理解的。這類形符或者構字時選擇它即是一種朦朧的意識，或者由於今天各方面的局限，我們尚不能發現它們與字義間的確切聯繫。但無論如何，它們與字義間的關係在今天看來是不明晰的。由於社會、思維、語言諸方面的發展，以及字形分化、簡省、訛變、混用等原因，形符的有理性常常遭到破壞，或發生這樣、那樣的變異，使形符與字義的關係變得模糊的，就更不在少數。構字時部分形符有可能只起模糊表意的作用，這只是我們的推測，難於作進一步的論證。至於因發展演變導致形符系統中有一部分變得表義模糊了則是毋庸置疑的。探討形符的表意作用，一方面我們要探求形符選擇的初衷；另一方面還要研究形符客觀上所產生的表意效果。這樣，對本不是形符的裝飾符號和區別性符號，也應引起注意。因為有時它們也可能進入形符系統並被認可，成為其中的模糊成分，如「口」作區別符號，古文字中較為常見，「君」「右」都是利用「口」使之與「尹」「又」區別開來的，這種「口」若被看成是表義的形符，就成了模糊的因素。「口」還作為一種裝飾的符號存在於古漢字階段，如西周楲車父壺兩件同銘，乙壺「姞」作原型，甲壺「姞」下則多一「口」；侯馬盟書「巫」有時下部多一「口」字，「寇」字或在「元」下加一「口」；長沙帛書「紀」

13　《說文》：「風動蟲生，故蟲八日而化，從蟲凡聲。」

「青」，齊國刀幣文的「大」等，下部都增加一個「口」字。中山王
大鼎「今」、「餘」下也分別加一「口」字，有人誤認為是「含」和
「舍」，借為「今」「餘」用，將「口」作為形符，但從同鼎「念」
「後」等字加裝飾的「口」來看，「口」都是無意義的裝飾符號。這
類裝飾符號和區別符號一經流傳，並為人們所習慣而沿用日久，就可
能進入形符系統而成為模糊表義的成分，如許慎對「君」「右」從
「口」的解釋。還有「臺」從「口」，《說文》誤認為是形符，當成
「怡」的本字。[14] 其實，西周時「臺」還不從「口」，春秋出現加
「口」的寫法，但不加「口」的到戰國仍並存，「口」只是起裝飾作
用。在古文字中因書寫習慣而增添的無意義筆劃──羨畫，進一步發
展成為字形結構的有機成分，也可能成為模糊表義的因素，如「元」
「丕」二字，《說文》收入「一」部，都作為形聲文書處理，但
「元」上一橫，「丕」下一橫都是羨畫，古文字資料中羨畫演變之跡
清晰可辨，誤把它當做形符，必然會出現牽強附會之說。[15] 當然，由
字形演變及裝飾、區別符號或羨畫而造成的模糊表義成分，與選擇形
符的無理性而造成的模糊因素在本質上是不同的，但是從客觀效果
看，它們都導致形符系統中部分形符與字義關係的茫然難解，都已成
為表義模糊的形符。這些模糊成分雖然不能較好地表意，但很多情況
下卻可以起到區分、標示的作用，如「尹──君、又──右、厶──
臺、兀──元、不──丕」等，都是利用這些成分造成字形分化的。

　　形符與字義的種種關係告訴我們，它的選擇通常受字義的制約，
不管它以何種方式、與字義發生何種程度的聯繫，這種聯繫一般都應
該是可以尋求到的，「形符表意」正是部分地揭示了這一客觀事實。

---

14 見《說文》口部「臺」字的解說。

15 見《說文》一部「丕」「元」等字的解說。「元」大徐本少「聲」字，應從段注。

但是，這個概括顯然不能確切指明形符的實際作用。因為能表示或大致表示字義的形符在數量上是微乎其微的，大多數形符僅不嚴格地標明類屬意義，或從某一方面與字義發生一定的聯繫，而且還有一部分模糊成分進入形符系統，這客觀地使形符的表意功能減弱。古漢字階段形符變動不居、異形分歧的普遍存在，義近形符的通用無別，形近形符的混用，表明形符作為一個活躍的、不穩定的因素，基本上還不完全具備明確的表義分工，這些特點說明這個階段的形符不能產生較好的表意效果。從形符的特點和形符與字義的種種關係考察，我們認為，就整個形符系統而言，形符與字義相關，但表意功能相當微弱。

在大多數情況下，形符具有十分明顯的標示和區分作用。從形符的來源看，在本字或借字上加一個標示性或區別性的符號，形成注形形聲字，出現得最早，而且比較普遍，這使我們看到，開始形符的加入只是為了對該字的意義給予某一方面的標示，或者使一字多義中的某一義項與其它義項區分出來。如「冓」本來有多種義項，後加「辵、女、言」等，寫作「遘、媾、講」，通過形符的區分，從而造出幾個分工明晰的專用字，新字之間因形符的限制而不至於相混。如果從同一形聲譜系看，形符的區別作用似乎顯得更為重要，如以「工」為聲符的形聲字，古文字中有「仜、鞏、項、恐（中山方壺從心，工聲）、虹、摧、紅、槓、邛、江、攻」等，若沒有形符的附著，這一系列字在形體上就無法區別了。儘管每一個形符並不都是能確切表義的，但是，因「仜」從「人」，而不至於當做從「隹」的「摧」；「江」從「水」，而不至於混同從「蟲」的「虹」，這裏形符至少可以規定和指示我們將同一「工」聲而含義不同的字，按不同的聯想方式辨別出來，因此，形符在形聲譜系中的區分作用就發揮出來了。

古漢字階段形符的特點，它與字義的關係，以及它產生與發展的事實，都使我們有理由作出這樣的判斷：從作用上看，形符通過物質

符號刺激人們的視覺，規定、指示人們聯想的方向，以造成對相同語音符號的區別；就性質而論，它只是一種與字義相關的約定俗成的區別性（標示性）符號。

形聲結構的聲符[*]

　　形聲字的聲符作為結構要素的形成，對漢字的發展具有深遠的意義。它的形成，標誌著古漢字的結構方式由以形表意向記音表意的重大轉變，對漢字體系的形成和完善產生了決定性的影響。因此，研究聲符是研究形聲結構乃至整個漢字體系的重要課題。但是，與形符的研究相比，過去對聲符的研究不夠深入，對聲符的特點、表音功能、聲義關係及其在形聲結構中的地位等重要問題，都需要作進一步的研究。本文利用古文字資料，對上述問題進行初步的探討。

　　古漢字形聲結構的基本聲符，經初步整理有五百多個。¹在形聲結構中，似乎可以這樣認為，聲符的特點基本上是與形符的特點相對的。與形符相比，最突出的就是它具有相對的穩定性。形符在古漢字形聲結構中常處於變動不居的狀態，聲符則始終如一，如經常出現於銅器銘文中的器名「盉」「盤」「盨」「匜」等字，其形符可有可無，可增可減，還可以改換，可是不管形符如何變動，聲符「禾、般、須、也」等則始終是很穩定的因素。在形聲結構中形符的異形分歧是相當普遍的，如「毆」「腹」「造」等字，異形分歧達數十種，但由於它們基本聲符的相對穩定性，才使得各種異形在結構上獲得了聯繫的

* 本文原題〈古漢字形聲結構聲符初探〉，原載《安徽大學學報》（哲學社會科學版）1989年第3期。

1　基本聲符的這個約數，是就古漢字已識的形聲字來分析、統計的，可能實際上要大於這個數字，因一些字還未能取得一致的結論，故不列入統計對象。筆者製有〈基本聲符表〉，因篇幅過長未附。

紐帶。因此，就古漢字而言，正是以聲符的相對穩定性維繫了形聲結構的系統性，如果破壞了這種穩定性，形聲結構作為一個系統的存在是難以想像的。

形符與字義發生關係，可以有多種可能，這勢必導致形符分歧的普遍發生。作為記錄語音的符號，從理論上說，同一字的聲符也可以有多種選取的機會，從而發生聲符分歧的現象。但是，就我們對古漢字形聲系統整理的結果來看，同一字聲符分歧的情況較為少見，雖然有些字的聲符出現分歧，但與形符分歧的實質是不同的。形符分歧往往體現了構形思想的差異，在與概念發生聯繫的方式上、程度上有明顯差別，而聲符的分歧並不影響它們記錄語音的共同性，儘管符號形式出現了差別，記錄語音的實質則不變，這又是聲符單一性的一面。如下列諸字，儘管聲符形式有別，記錄語音的效果則無異：

雉，甲骨文或以「夷」為聲符，或以「矢」為聲符；道，在散盤同篇銘文和《侯馬盟書》同一時代、同一地域的材料中，或以「首」為聲符，或以「舀」為聲符，這些都屬讀音極相近的聲符通用。

在古漢字中，除上述因選擇的不同而造成分歧外，還有一部分聲符有分歧的形聲字，應看做聲符的改換。改換聲符不同於形符的任意變動，它們往往是地域方音和歷史音變造成的，改換的目的是為了適應實際語音。如三晉文字中「鑄」作「釕」，改「壽」聲為「寸」聲；燕文字中「都」字不以「者」為聲符，而是改作「旅」聲，可能都是由於方言的關係。「疑」由「牛」聲變為「子」聲（秦詔版）；「脊」（陳侯因㐭敦）改換聲符作「齌」，「次」聲改為「齊」聲，所有這些，是不是反映了語音發展變化的某些痕跡？由於材料限制，加之當前對殷周時期方言、語音系統還沒獲得更為確切的結論，我們不能作進一步的討論。但是，聲符的改換受實際語音的制約，在理論上則是無疑的。聲符的單一性，服從於它記錄語音的作用的單一性。因

此，相對穩定性和單一性是聲符最為顯著的特點。

聲符的表音功能問題，是歷來研究形聲字的焦點。任何一種文字符號體系，與語言的物質外殼——語音發生聯繫，都是約定俗成的結果。儘管人們力圖將語音在文字符號上準確無誤地反映出來，但結果總是不能令人十分滿意。即使是比較先進的拼音文字，也不能做到十分精確地記錄實際語音，因此，文字符號記錄語音只能是相對的。古漢字形聲結構作為一種表音的文字符號，自然也只能相對精確地反映古漢語的語音。我們要討論的問題則是，聲符作為一個記音符號，與形聲結構所代表的語音契合程度怎樣？即聲符對形聲結構而言能否真正起到準確表音的作用？

早有學者指出聲符與形聲字的讀音發生分歧，即聲符不能完全表音的現象。周有光先生曾對現代通行形聲字聲符表音的實況作過統計，得出聲符的有效表音率為百分之三十九。[2]但是對於古漢字形聲字，因我們不能確切掌握每一字當時的準確讀音，沒有辦法進行科學的統計，用數位來顯示聲符的表音功能，並與現代形聲字的表音率作一比較。從理論上說，選擇聲符之初，聲符與字音應該相同，至少也應極為接近，否則聲符將失去其作用。對於注形形聲字而言，聲符本就是這類字的前身，與形聲字同音是無可懷疑的。其餘兩種類型的形聲字也應該如此。[3]「考周秦有韻之文，某聲必在某部，至賾而不可亂」。[4]段玉裁首先與周秦韻文印證，指出同聲必同部的事實，這不僅對古音的研究是一大貢獻，對於形聲結構的研究也是富有重要意義

2　周有光：〈現代漢字中聲旁的表音功能問題〉，載《中國語文》1978年第3期。

3　根據形成途徑的不同，我們認為古漢字形聲字可分為注形、注聲和形聲同取三種基本類型。參見本書所收〈形聲結構的類型〉一文。

4　〔清〕段玉裁：《說文解字注‧六書音均表二》（上海市：上海古籍出版社，1981年），頁818。

的。根據「同聲必同部」的原則，同聲符的形聲字韻部都相同，聲符與形聲字之間至少有疊韻關係。那麼聲母情況怎樣呢？這個問題，至今並沒有得到充分的論證。研究古音的學者，一般都假設同譜系的形聲字聲母也相同（或相類），形聲字與聲符不僅疊韻而且雙聲，利用形聲字探討上古聲類就是建立在這個假設的基礎上的。黃侃先生曾論斷：「形聲子母必相應也。顧形聲之子間有聲類與母不同者，必通轉也，與音韻不同者，必聲母多聲也。」[5]按照這種看法，聲符與形聲字的讀音是相契合的。

　　對於聲符的表音功能，利用古漢字有關通假和韻文材料，可以提供一定的證明。如「止」係下列諸字，按王力先生的看法，上古聲母三十二個，韻部三十個，可分為：

　　（1）章母，之部：止、沚、芷、志
　　（2）昌母，之部：蚩、齒
　　（3）禪母，之部：侍、恃、時
　　（4）定母，之部：待
　　（5）邪母，之部：寺[6]

　　它們的基本聲符是「止」，雖然同屬之部，聲母卻有些差異，章、昌、禪舌面音，接近定母，邪母為舌尖前音。如果依據這個聲母系統，聲符「止」只能算作基本表音，因為聲符與字音有些相同，有些只相近；如果認為同屬一聲符的字聲母、韻母都必須相同，那麼這些字或者歸類有問題，或者這個上古聲母系統的擬測不合理。這是一個目前還沒有很好解決的問題。從古漢字通假材料看，從「止」得聲

5　這段引文中，「子」指形聲字，「母」指形聲字的聲符。黃侃先生認為：「有聲之字必從無聲，則有聲之字無聲之子，無聲之字有聲之母。」「音韻不同」即「韻部」不同。黃侃：《文字聲韻訓詁筆記》（上海市：上海古籍出版社，1983年），頁36。

6　王力：《漢語音韻》（北京市：中華書局，1963年）。

的字都可互通，說明它們在讀音上不可能存在很大分歧，如《睡虎地秦簡》以「侍」通「待」；馬王堆帛書《老子》甲本以「寺」通「恃」「待」，以「之」通「志」；馬王堆帛書《春秋事語》以「志」通「恃」；《老子》乙本以「寺」通「志」「待」，以「侍」通「待」「恃」，以「之」通「蚩」；《戰國縱橫家書》也以「侍」通「待」，以「持」通「恃」；銀雀山漢簡《孫子兵法》以「侍」「寺」通「待」；《孫臏兵法》以「侍」通「待」「恃」。楊樹達先生曾利用傳世典籍中的材料，證明「寺、持、時、恃、侍、之」等，古皆讀如「待」，[7]因此，「止」係的字古漢字階段應統歸為定母，之部。

再如「㠯（臺）」係下列諸字：

（1）透母、之部：（臺）、胎

（2）定母、之部：紿、怠、癹

（3）喻母、之部：㠯、詒、飴、貽

（4）書母、之部：始

（5）邪母、之部：似、（姒）[8]

以「㠯」為基本聲符的各字韻部相同，聲母的分歧與「止」係頗為相似。但是在古漢字通假材料中，凡以「㠯」為基本聲符的字都可通用無別，如《睡虎地秦簡》以「治」通「笞」；馬王堆帛書《老子》甲本以「始」「治」通「似」，以「怡」通「始」，以「臺」通「始」；帛書《春秋事語》以「臺」「怠」通「殆」；《老子》乙本以「怡」通「始」「殆」，以「殆」「臺」通「怠」；銀雀山漢簡《孫臏兵法》以「駘」通「怠」；《尉繚子》以「臺」通「胎」，可見同從一基

---

7 楊樹達：《積微居小學金石論叢》（增訂本）（北京市：中華書局，1983年），頁90-93。

8 「臺」由「㠯」分化，實為一字，音讀按王力先生所擬上古音系有分歧，故以「（ ）」的形式重出；「（姒）」與「始」古文字階段也為一字，加「（ ）」理同上。

本聲符的各字都可輾轉相通。楊樹達先生也證明「詒、怡、貽、飴、始」等古讀如「臺」,[9]那麼「㠯」係的字古皆屬透母(或定母)之部。

「止」「㠯」兩系的字見於金文韻文的也皆通押「之」部韻,如孟姜匜「之」與「熙」、「期」押韻;者汈鍾「之」與「德、有、茲」押韻;蔡侯盧「臺」與「亥、禂、子、巳、母」押韻;邾公牼鍾「寺」與「忌、堵、士」押韻;齊子仲姜鎛「以」與「鄙、改、忌」押韻等。[10]

利用韻文證明同韻部關係並無疑問,至於利用通假材料證明形聲體系內聲符表音程度的問題,則是建立在「通假必同音」的前提下。通假是不是也有音近的可能?僅雙聲或疊韻是否也可以相通?意見並不統一。要論證這一問題,需要以上古音為根據,而研究上古音則又利用了通假和形聲字材料,認定同聲符和假借字都是同音關係,[11]這在方法上存在著悖論現象,而這一矛盾目前是無法解決的。如果我們同意古音學家的做法,將假借字認定為完全同音關係,那麼古漢字同聲符的形聲字同音,就可以得到證明,如上舉「止」「㠯」兩系的字因各係聲符相同而通用無別,就可以證明從「止」或「㠯」得聲的字都分別是同音的。這種同聲相通的現象在古漢字材料中有相當的普遍性,我們不能詳細列舉,下面統計的數字可以說明問題。按錢玄先生《金文通借釋例》所提供的材料,兩周金文中同聲符之間相通者,占全部通假字的百分之七十九點一;我們將秦漢之際《睡虎地秦墓竹簡》等十餘種簡帛書通假材料進行了初步的統計,共有通假字一六七

9　楊樹達:《積微居小學金石論叢》(增訂本),頁90-93。

10　見陳世輝:《金文韻文合編》,內收王國維《兩周金石文韻讀》、郭沫若《金文韻讀續輯》及陳先生的補輯,吉林大學歷史系油印本。

11　魏建功:《古音系研究》(北京市:北京大學出版社,1935年)。

五對，其中同聲相通者一三四四對，占百分之八十點二，[12]與兩周金文中同聲符相通的比例十分接近，這說明同聲相通在古漢字階段是極為普遍的現象。如果通假字之間一定是同音關係，那麼就可證明同聲符的形聲字讀音一定相同，由此可以看出古漢字階段聲符具有準確表音的作用。退一步說，即使通假關係有音近的可能，那麼這些材料也可以表明形聲字的聲符具有較強的表音功能。因為，如果形聲系統內部讀音分歧很大，就不可能產生帶有普遍性的同聲相通現象。

隨著語音的發展，形聲譜系內部的讀音也逐漸出現差異，聲符表音功能相對減弱，至遲在東漢，這種差異就已經發生了。許慎《說文》中有關形聲字的「讀若」材料，[13]就反映出這一點。具體表現在下面三種情況中。

一、字從某聲，又以從某之字擬音。如：玽，「從玉句聲，讀若苟」；瑈，「從玉隹聲，讀若維」。「苟」本以「句」為聲符，「維」本以「隹」作聲符，許慎既已指明「句聲」「隹聲」，卻又以「苟」「維」擬音，這說明聲符「句」「隹」當時的實際讀音與從句、從隹得聲的「玽」「苟」「瑈」「維」已經有了分歧，否則，沒有必要作此贅語。

二、指明聲符之外，又以另一字擬音。如：珣，「從玉旬聲」，「讀若宣」；㺩，「從玉有聲，讀若畜牧之畜」。由於聲符為較常用字，所以這類擬音，不屬於注偏難字音讀，而是表明結構上雖從某得聲，但此字的實際讀音與它所從得聲的聲符讀音已有了分歧。

---

12 據《睡虎地秦墓竹簡》〈馬王堆老子甲本及卷後佚文〉〈老子乙本及卷前佚文〉、馬王堆帛書《春秋事語》《戰國策》、銀雀山漢簡《孫子兵法》《孫臏兵法》《尉繚子》等材料統計。作者另有《通借字譜》，繁而未附。

13 關於「讀若」，目前看法不一。段玉裁認為「凡言讀若者，皆擬其音」，錢竹汀曰「皆古書假借之例」，王筠主張「有第明其音者，有兼明假借者，不可一概而論」。我們以段說為是。

三、「聲讀同字」，既已指明該字從某得聲，又以此聲符擬音。如瑂，「眉聲，讀若眉」等數十字。對這一擬音方式，段玉裁注《說文解字》未加留意，王筠《說文釋例》釋「讀若」雖詳，也疑惑莫解。我們推測，可能當時這一類字的讀音與聲符有分歧，按變音去讀，聲符則不能表音，但許慎仍以為聲符是表正音的，不應當忽視它的存在而苟合流變，故特加注明，以正時誤。

「讀若」與形聲字相關的這三種情況，說明東漢形聲系統內部的讀音分歧現象已不在少數。同聲符形聲字讀音分歧，是實際語音發展變化的反映。實際語音的「歷時音變」與「共時音變」的交織進行，使同一聲符所記錄的語音可能發生非同步的變異，這樣，形聲譜系內部就必然出現讀音的分歧。「歷時音變」所經歷的時代越久，「共時音變」的機會越多，譜系內部的讀音差異就會越明顯，分歧也就會越大。這種情況的發生，也與文字的符號特點有關。文字符號的相對固定及其與語音的約定性質，使它不可能及時而準確地反映實際語音的變化。任何一種文字符號，它的歷史愈悠久，與它所記錄的實際語音的距離就可能越大，分歧也就可能越明顯，即使是西方的拼音文字也不例外，也不能做到完全準確地記錄實際語音。由此看待形聲譜系內部發生的種種讀音差異，就不足為奇了。一些人利用這種差異否定形聲字表音的進步性，這在方法上是不科學的。因此，即使聲符的音讀分歧存在，也不能動搖古漢字形聲結構的聲符具有較強表音功能的基本論點。

形聲結構二要素（形符與聲符）各有分工，又相輔相成，組成一個完整統一體。在形聲結構中二要素是平分秋色呢，還是有主有次？這是研究形聲結構所不能迴避的問題。將二者看做是「半主形，半主聲」，還是「以形為主」或「以聲為主」，對形聲結構性質的認識就可能會不同。在形聲結構研究史上，「以形為主」或「半主形、半主

聲」的論點影響甚大。[14]我們以為從形符與聲符各自的特點看，形符的不穩定、不定型及表意的不明確，使之只能處於配角的地位，而聲符的相對穩定性和單一性，其較強的表音功能，足以決定它在形聲結構中的主導和核心地位。從形聲孳乳的角度，也可以進一步論證這一點。

〈說文序〉說：「倉頡之初作書，蓋依類象形，故謂之文，其後形聲相益，即謂之字。字者，言孳乳而浸多也。」許慎已經認識到形聲結構是漢字「孳乳而浸多」的最主要手段。甲骨文中形聲字約占百分之十，兩周金文約占百分之三十五，到《說文》形聲已超過百分之八十，幾乎呈直線上升。[15]造成形聲孳乳的主要原因有以下四種。

一、字形分化。字形分化即同一字因形體分化而孳乳出新的形聲字。如「孚」即「俘」的本字，為加強其表意性，加「彳」作「㙍」，小篆訛作「俘」，「㙍」的出現僅是字形的分化而已。「各」與「徦」「迻」也為一字，加形符實為加強「各」的表意作用，遂分化出「徦」「迻」兩個新形聲字。「寺」與「持」為一字，「持」是由「寺」再加「手」分化而來。字形分化而孳乳的形聲字，開始與原字僅僅是形體結構上的差別，一般互用無別，久之或因意義上各領其職而並存，或某一方被淘汰。

二、字義引申。字義的引申往往造成同一字包含相關的多種義項，因負擔過重而影響表意的明確性，與漢字專字專用的理想不合，於是導致了新字的孳生。如「菁」即「溝」的初文，孳乳為「冓」

---

14 胡樸安：《中國文字學史》（上海市：商務印務館，1937年）。

15 這些統計都是約數。甲骨文、金文是拿已識的形聲字與其單字總數相比，總字數中必有一部分未識的形聲字，因此這兩種材料形聲字實占比例應略高於現在提供的數位。《說文》所收字數，既不是秦文字的全部，也不能代表東漢文字的全部，不過這些數位可以反映形聲發展的大趨勢。

「遘」「講」，是字形的分化，其本義是「交遇」，引申義有「媾」「顜」「覯」「講」等，後來又因此而孳生了幾個相應的新形聲字。

三、同音假借。經常發生的同音假借，使很多字身兼各種假借義項，容易出現概念的混淆，於是採用附加形符的辦法孳生新的形聲字。如「䜌」字本借為「欒」（欒書缶）、「變」（變人朕壺）、「蠻」（兮甲盤）、「鑾」（頌鼎）等，此後，附加形符「木、女、蟲、金」等，才孳乳出相應的新形聲字。

四、增強表音。形聲結構的發生和發展，加強了漢字的表音性，某些非表音的結構受到影響，也附加表音的聲符，從而孳乳出新的形聲字。如「立」本用作「位」字，中山王方壺在「立」旁加一「胃」作聲符。麋鹿的「麋」本為象形，「米」聲也是後加的。像大家熟知的「鳳」「雞」等字，都是在象形的基礎上加表音成分形成的形聲字，我們曾稱這一類為「注聲形聲字」。[16]

上述四種原因導致的新字孳乳，是通過在原字基礎上加形符或聲符造成的。還有一種直接構造新字的辦法，即同時取一形一聲來組成一個形聲字。從形聲孳乳的過程來看，聲符始終佔據著核心的地位，字形未分化之前以及「字義引申」「同音假借」，實際上是以後來的聲符充當尚未孳乳出來的新形聲字使用，也就是說新孳乳的形聲字的聲符，其使用功能曾經相當於這個字。正因為這樣，在孳乳過程中，聲符的地位顯得十分突出。除為「增強表音」而孳乳的一小部分形聲字以外，絕大多數孳乳字都是在聲符的基礎上附加形符而形成的。形符的特點，使它只能處於次要的輔助位置，而聲符不僅因其相對的穩定性和單一性使它獲取在結構中具備主導地位的條件，它與語言的關

---

16 根據形成途徑的不同，我們認為古漢字形聲字可分為注形、注聲和形聲同取三種基本類型。

係，也為它的地位奠定了基礎。因為語言是日益發展的，這種發展反映在漢字系統內，最突出的就是形聲孳乳的加速，而古漢字形聲字的聲符在大多數情況下都代表古漢語一個詞的語音形式，這就是聲符之所以在孳乳中佔據核心地位的內在原因。即使是為「增強表音」加注聲符而引起的形聲孳乳，同樣可以反映出聲符在孳乳中的地位。由注聲而淪為形符的部分，本來具有形、音、義相對獨立性，它們是孳乳字的前身，這種獨立性使之經常可以擺脫聲符而存在，因此聲符一開始帶有附著性。但是，通過簡省或改換，被動淪為形符的部分往往被相對削弱，使形聲結構趨向穩固。如「雞」「鑄」「耤」「寶」等字的變化，就清楚地表明瞭這一點。

　　形聲孳乳的過程及聲符在孳乳中的地位，自然形成了以聲符為核心的形聲譜系。戴東原首先提出「譜系」這一概念，[17]不能不說是形聲結構研究的一大發現。根據形聲譜系，可以尋出形聲字的源流演變及其遠近親疏關係，這對字源和語源的研究都具有十分重要的意義。同譜系的形聲字，如果同源，聲符在意義上就存在一定的聯繫，宋人王聖美的「右文說」正是部分地反映了這一事實。[18]「右文說」理論上的不完備，曾引起了曠日持久的爭論，至今看法仍難一致。在我們看來，「右文說」雖然有以偏賅全的缺陷，但是應該肯定其合理成分。「右文說」提出的價值，主要在語言學研究方面。訓詁學中的「以聲（符）為義」說，正是對「右文說」合理因素的擴充與發展，後來又發展到「聲（音）近義通」和語源學的研究，這都已超出了文字學討論的範疇。[19]從文字學角度看，「右文說」所指出的「聲」中含

17　〔清〕戴震：《戴震文集·答段若膺論韻》（北京市：中華書局，1980年）。

18　〔北宋〕沈括：《夢溪筆談》，卷十四。

19　沈兼士：〈「右文說」在訓詁學上之沿革及其推闡〉，見《沈兼士學術論文集》（北京市：中華書局，1986年）。

義，可以用來指導推求形聲字的源流關係，有助於正確理解文字結構中「形聲兼會意」這一特殊現象。然而，必須指出，這種「義」只是形聲孳乳遺留下的歷史痕跡，或者說是形聲發展中的沉澱物。對形聲結構而言，它只是注重記錄語音，從而體現文字記錄語言的符號職能，不需要也不可能同時兼顧以它本來的含義來表達概念。因孳乳關係而遺留下的「聲」（符）中含義，與聲符記錄語音從而記錄語言中的「義」（概念），是兩個不同層次的東西，應該區別對待。因此，我們認為應將文字學中「聲」（符）中含義的討論限制在極小的範圍內（討論孳乳關係、字源問題），並與屬於語言學範疇的「聲」（音）義關係的研究嚴格區分開來，這有利於避免研究工作中帶來的人為混亂，有利於準確認識聲符及形聲結構的性質。

通過對聲符的上述探討，我們認為：聲符的根本職能是記錄語音，它僅僅作為記錄語音的物質符號而存在，它的發展、變化都與語言的發展變化關係密切。聲符相對穩定性和單一性的特點，它所具備的較強的表音功能，以及在形聲結構中的主導和核心地位，都可以說明這一點。也就是說，聲符的特點、功能及其地位都是由它作為記錄語音的符號性質所決定的。

形聲結構的組合關係、特點和性質[*]

一「形」與「聲」的組合關係

形符與聲符相互組合，構成一個形聲字，按照文字符號形體相對穩定性的要求，二者的相對位置應當是固定的。但是，在古漢字階段形與聲的自由變動，卻是較為常見的。如果我們將聲符作為一個定點，則可以看到：形符可左可右，可上可下，可內可外。形聲位置的變動不定，說明形聲組合關係還不定型，這與古漢字形聲結構還處於發展階段有直接關係。文字符號的定型需要一個過程，只有通過長時間的選擇、淘汰，最後才能形成相對穩定的結構。

在某些字中，形聲二要素若即若離，形符常有脫落的現象發生。形符脫落，是形聲關係不穩定的主要表現。發生形符脫落的形聲字，大都是加注形符形成的，這說明形符加注之後，形成形與聲的固定組合尚需要凝固的時間。形符脫落的現象，存在於形聲結構發展的全過程中，先產生的形聲結構在使用與習慣中凝固了，新的結構的產生又會發生同樣的不凝固現象。如果忽視了形聲結構發展的歷史，形符脫落之後，一般就被看做是以聲符作為假借字使用。由注形而成為形聲字到形符脫落僅存聲符，就一個形聲字的發展來看，彷彿是一種「還原」過程。但是前後卻有著質的區別，加注形符，使被注部分變為聲符，形成一個新的形聲結構，是由一種質向另一種質的飛躍，而形符的脫落，則是新質產生後的反覆及完善過程中的必然現象。

---

* 原載《安徽大學學報》1997年第3期。

　　這裏我們需要進一步說明，古漢字階段形聲結構在組合關係中體現的「不定型」「不穩定」，還只是就定型的文字符號系統相比較而言的。實際上形聲結構二要素在組合形式上依然存在著一些基本的特點，遵循一些普遍的規則，並且當古漢字發展到小篆系統時，這種特點和規則表現得更為明顯，更易於把握。比如前人所說的「右文」，即在組合形式上聲符主要處於形符之右側，形左聲右，這就是定型小篆系統形聲結構的一種很突出的特點與組合規則。甲骨文「水」這個形符，已經顯示出偏居於左的傾向，以《甲骨文編》所收字為例，甲骨文中以「水」為形符的字六十八個（可能有些尚不能確定就是形聲字），其中「水」的書寫形式有 〻、〻，或作水點狀。「水」旁居左的字有三十八個，占百分之五十六左右；「水」部居右的二個，可左可右的六個，左右兩「水」或作點狀穿插其間的二十個。另外有「〻、〻（從水橐聲）」兩字，前者以「水」為主，聲符「又」（有）偏下，後者「水」橫置「橐」下，均就形符和聲符形體的特點而隨字安排。就這一部字看，儘管「水」作為形符還面臨定型、統一的問題，但其位置居左為主的傾向已很明顯。《金文編》水部收兩周到戰國以「水」為形符的形聲字共六十四個，其中「水」居左側的有五十個，占百分之七十八以上，居右側的五個，居下的八個，左右不定的一個。由此可見，兩周至戰國金文，以「水」為形符的形聲字在組合形式上已基本趨向左形右聲。睡虎地秦簡是秦文字的標本，其以「水」為形旁的形聲字有四十六個，形符「水」全部居左，[1]這表明《說文》所收列的小篆形體與秦文字是一致的。類似「水」作形符的其它左形右聲組合式的形聲系列，有「示、王（玉）、牛、口、走、辵、彳、齒、足、言、革、目、羊、歹、骨、月、角、食、缶、韋、木、

1　張守中：《睡虎地秦簡文字編》（北京市：文物出版社，1994年）。

日、禾、米、人、石、豕、豸、馬、犬、火、魚、手、耳、女、弓、係、蟲、土、田、金、車、阜、酉」等。以這些形符組成的形聲結構，在古文字階段，經過「不定型」到定型定位，逐步成為左形右聲式結構。由於這些形符組成的形聲系列佔有比較大的比重，以至於人們形成形聲字以聲符居右、形符居左為常規的觀念，並以「右文」來概括這種現象。「左形右聲」雖然反映了大部分形聲字形聲組合的形式特點，但並不是文字構成和發展所遵循的基本規則。

形聲組合在形式上從來都不是完全一致的，對一個形聲組合的結構而言，形與聲孰左孰右、孰上孰下，其遵循的組合規則乃是字形結構的平衡律。字形結構的平衡取決於字元的原始構形或變形的特點和書寫的習慣。上面我們指出，在西周到戰國金文中，形符「水」已基本居左，但是也有少數不居左。這裏我們對形符「水」突破常例而居下的八個字的字形特徵作一分析，問題就可以看得十分清楚了。這八個字是：

同簋	塗鼎	鄂君啟節	鄂君啟節
鄂君啟節	鄂君啟節	寍鼎	鄂君啟節

以上八字分別是「河、塗、漢、滺、脊、湘、溓、灊」。這一組字所從形符「水」都置於下部，顯然與聲符的字形特徵有關。前六字聲符都是左右結構，後兩字聲符在構形上已形成和諧對稱，「水」字置左，無疑使整體結構失去平衡和重心，置下則整個字形組合顯得平穩美觀。在「水」作形符居左已成定勢的情況下，這些出現的並不是很早的形聲字形符居下，很突出地表明，形聲組合在字形上服從於平衡規則，而不僅僅趨向「左形右聲」。由於這八個字中有五個出自鄂

君啟節，這是不是一種個人或地域的書寫習慣使然呢？我們以為答案是否定的。國差罎有一個形符「水」居右的形聲字「㴸」，可以為我們提供另一個佐證。這個字寫作🔲，「水」作為形符書寫在右下空位是再恰當不過了。如果不用遵循平衡規則來解釋，我們實在找不出更好的理由說明「水」之所以居右的道理。當它們的定型成為左右結構時，除「湘、溓」外，其聲符都相應調整，以便與形符的組合平衡和諧。類似現象在包山楚簡中可以提供更典型的資料，如這批簡中從「水」的形聲字出現十八個，除「漸」作「🔲」、「湘」作「🔲」、「沼」作「🔲」、「沒」作「🔲」外，其餘皆為「水」在左，聲在右；而從「係」的形聲字出現六十個，「係」一般居左，只有「🔲（纏）、🔲（縢）、🔲（綞）、🔲（緣）」等例外，這些例外與「水」居下在字形結構上具有相同的特點。同批簡「木」作形符居左與例外的情況也十分一致。因此，這種現象只能用形聲組合形式上服從於結構的平衡律，才能得以圓滿解釋。

這是就一部字中的例外，看形聲組合在形式上遵循的規則。如果總體上觀察形聲組合特點，在形聲字逐步走向定型定位的過程中，同樣是平衡律決定著形聲體系中不同字的形與聲的位置組合。如「艸、竹、宀、網、髟、雨」等形符，一般居於聲符之上；「皿、䖝、蟲」等形符一般居於聲符之下；「鬥、門、囗、匚」一般將聲符包含其中（如作聲符，則將形符包含其中，「問、聞」即是其例）；「廣、广、廠、厃、屍」等作形符，聲符則處於半包狀態；「鬲、貝、巾、衣、心」等作形符或居於左，或居於下，取決於聲符特點；「羽、鹿、山」等以左居為主，間或上置；而「殳、攴、隹、鳥、刀、虎、邑、見、欠、頁、戈、刀、斤、鬥」等形符則以居右為常。諸如此類，都是依據形符和聲符在字形上的特徵，以字形結構平衡為規則，從而使字形組合符合審美要求。

　　總之，當我們對古漢字形聲組合的關係進行歷史的考察時，不僅能夠把握其不定型和不穩定的特點，而且通過其發展趨勢和定型定位的過程，還可以明確，形聲組合的形式特徵，是形符和聲符字形間互相和諧、渾然一體的外現，其遵循著構形的平衡律。

二　形聲結構的特點

　　在討論了形符和聲符在組合形式上的有關特徵之後，我們有必要深入形聲結構內部層次，進一步分析形聲結構在構形方面所具備的特點，以更好地認識這種結構方式。

　　作為一種結構方式，形聲結構最突出、顯明的特點，就是在構造新字時突破了早期漢字構造以形表意的思維模式，將漢字構形與所記詞語的聯繫紐帶建立在「聲音」這一中介環節上。象形、指事、會意等構形方式，主要是依靠形體自身形態特徵與組合、變通手段，試圖將所記錄的詞語的意義呈現在字形上，從而建立文字符號與詞語的固定關係，因此這幾種基本的構形方式與詞語的「音」的聯繫，是通過形義關係的反覆強化而逐漸建立起來的。在象形、會意、指事等構形方式構成的漢字中，每個構字部件或符號都是從形義聯繫入手，參與文字符號的構成。用這些方式構成的字與它所記錄的詞語在音讀上並沒有必然的、固定的聯繫。一旦從形義關係入手完成記錄某個詞語的符號構成，這個詞語的「音」也就相應地與這個符號建立了關係。形聲結構方式的形符作為一種構形要素，與象形、會意、指事等結構方式所用的構字部件有一定的相似性，然而，聲符僅僅作為一個標記詞語音讀的符號，卻與這些構造部件完全不同。由於聲符作為漢字構形新要素的出現，使得形聲結構具有與其它三種基本構形方式不同的特點。

　　一、在形聲結構中，構形二要素分工明確，具有不同的構形功能。在象形、會意、指事等結構中，各個構形要素處於同一向度，彼此在參與新字構造時所具有的功能是相同的，即使是指事字結構中的純抽象符號，它同樣也是在漢字形體與意義這個層面來發揮作用的。比如：「寇」由三個構形部件組成，「宀」為屋室形，「元」即人（人頭），「攴」為手持器具。這三個部件的組合，表達的意義即為「寇」。如果要尋求每個構形部件與「寇」字字義的聯繫，可以沿著「持器具入室內以施暴」這一組部件所暗示的意義進行合理聯想，從而獲得對字義的完整理解。因此從某種程度上說，會意字的所有構形部件都與字義發生或多或少的聯繫。象形字以其形體特徵來負載它所記錄的詞語的意義，在構形之初，形與義的相互聯繫性顯而易見。至於指事字中的抽象符號，如「刃、亦、本、亦」等中的附加點畫，儘管抽象點畫自身並不能確指任何具體的內容，但是利用象形字作為基礎，指事符號恰當地標示出指事字所要表現的字義，這使得毫無實在意義的抽象點畫在字形關係的制約下獲得與字義的聯繫，所以，指事符號本質上依然體現為形義關係。在形聲結構中，形符依然從字義層面參與構形，需要特別強調的是，形符標示字義的功能是比較微弱的，絕大多數形聲結構的字，其形符只是在一定程度上對字義範圍予以暗示，它根本不具備將形聲字字義完整呈現出來的可能。儘管如此，作為一個構形要素它的分工是十分明確的。在形聲同取類形聲字中，形符的選擇一開始就是從標示意義出發的。注形形聲字，正是通過形符的介入，將被注部分所代表的意義標示出來。注聲形聲字的形符，是被動形成的，被注部分不僅具有記載某詞語意義的能力，而且也凝固著其讀音。這種「形符」，如是本字，自然是完全表義的；如是借字，則又依據音的聯繫而記載字義，無論如何，似乎它的功用與真正意義上的形符有別。因此，注聲形聲字的形符，是經歷改造、類

化之後而獲得一般形符的功能的。有少數借字加注聲符而形成的形聲字，其「形符」（被注部分）如果一仍舊慣，往往被當做形聲結構的一個附類，謂之「兩體皆聲」或「兩聲字」「二重形聲」，如「薔、台、雫、虖、悟、閔、舁、貼、崩、夔」等。其實，這種「兩體皆聲」的先在之「聲」，已習慣上記載著原字義；後加之「聲」，功能才在記音。前者既已消失了記音功能，也就成為凝結借義的變相「形符」了。由於這類注聲字為數極少，作為特殊的一類，並不影響形聲結構形符的基本性質。形聲結構聲符的功能是記錄字音，就形聲同取式和注聲式形聲結構而言，記音可以說是聲符唯一的功能。一個聲符的選擇，其最基本的出發點就是與被記詞語的讀音相同，它無須也不可能同時考慮到與意義的關係。自然我們也應該承認，在某些情況下，選擇聲符時會受到意義上的啟發，在多個同音字元並呈共現的時候，也許選擇一個不僅在音而且在意方面有一定聯繫的字元不是不可能的。但是，更多情況下這未必是一種普遍的事實。如果形聲結構的聲符同時兼及音與義兩個方面，構形就會變得十分艱難，形聲結構的進步意義也就喪失殆盡。至於注形形聲字的聲符，如果是借字注形，聲符的功能依然是表音的；如果是在本字上加注形符分化構字，那麼被動淪為聲符的部分確實承襲了原本記載的「義」，這樣的聲符在某種意義上說不是純粹記音的，所謂「聲中有義」主要是這一類。但是應該承認，從文字孳乳分化過程看，這類「聲符」所記載的「義」與原字本義早已相去甚遠，或者原字一字多義十分嚴重，形義關係早已因此而模糊難辨，只有這樣才會產生「注形」標示字義的內在要求。實質上「形」的加附，使被注部分加大了與原字字義之間的疏離，在實際使用中它依然相當於一個記音的聲符。如果不是有意識地追索與推考，因注形而淪為聲符的部分與原字字義的聯繫實際早已中斷。因此在形聲結構中，構形二要素有著相對明確的分工：形符通過與字義發

生關係而標指字義範圍，聲符通過對字音的記錄而傳達詞義，二者相互依存而構成新字。

二、形聲結構具有構形的二重性。文字作為記錄語言的符號，是由各構形部件在同一層面上組合形成的完整體。這個符號完整體具有形、音、義三要素，「形」是其物質存在形式，「音」是由「形」負載的所記錄詞語的讀音，「義」即符號所記錄的詞語的意義。這是世界上任何嚴格意義的文字符號所共同具有的。漢字作為一種文字符號系統也不例外，每個漢字都具有這種一般意義上的形、音、義三要素。就文字符號的構形來說，西方拼音文字所有的構形單元，都是在「音」這個層面上參與符號形體的構成。漢字有其自身的特色，會意、象形、指事等結構方式組成的漢字，每個構形部件（單元）則是在「形──義」這一層面上參與符號形體的構成。[2] 對於純粹從記音出發來拼寫詞語的拼音文字來說，每個用來拼寫的單元（字母）的功能只是標音；對純粹以形表意的早期漢字而言，每個構形部件的功能只是依形而表義，各個部件原來所具備的其它內容並不參與構形。形聲結構既不是純粹的標音符號，又不是純粹的表意符號，它兼有雙重品格。在形聲結構中，形符從「形──義」層面參與構形，與會意結構方式的各構形部件功能相一致；聲符從記音層面參與構形，獲得與拼音文字拼寫單元本質相同的功能。形聲結構的這種二重性，實際決定了漢字體系與眾不同的發展方向，一方面它沿襲了漢字符號構成的傳統，利用既成的符號資源來構成新字，保持了漢字符號系統的連續和穩定；另一方面它又擺脫了以形表意的困境，使漢字符號跨入記音

2　于省吾先生指出的少數「附劃因聲指事字」，則已跨越了「形──義」層面。不過這是一種後起的「指事字」，有可能是受注形形聲字分化構字的影響。于省吾：《甲骨文字釋林》，附錄〈釋古文字中附劃因聲指事字的一例〉（北京市：中華書局，1979年）。

構形的階段，從而開拓了漢字構形的廣闊途徑。形聲結構的二重性，還表現為這種構形方式的內在互補關係。形符對聲符的依附性和對字義的標指作用，以及聲符對形符區別功能的憑藉和在形聲結構中的主導地位，這些都是形聲結構內在互補關係的直接體現。當然，形聲結構的二重品格，在形聲發展過程中以及不同的形聲結構類型中並不完全表現得一樣明晰。有的注形形聲結構中，聲符作為記音的符號，多少還帶有原始性，還不能算是「純粹」的記音符號；在注聲形聲字中，被注部分淪為「形符」的伊始，也不是「純粹」標示字義的符號。但是，經過發展演變，這兩類形聲字逐漸擺脫原始狀態，並獲得形聲結構的這種二重品格。因此我們認為，無論就哪一類形聲字而言，形聲結構在構形上具有二重性都能得到合理地證明。

三、形聲結構是一個矛盾統一體。形聲結構的形符從「形——義」層面參與構形，體現了早期漢字以形表意和構形有理性的特點；聲符記錄語音，以「音」為中介使漢字構形突破了早已形成的傳統，從而適應了語言系統對文字符號的最一般要求。在形聲結構這種符號體中，形符和聲符不僅在形式上相對立而存在，而且在本質上相矛盾而統一。作為一個矛盾統一體，形聲結構不只是體現為一般意義上「形」與「聲」的相互依存、相互對待，它還在更深層次上反映了兩種構形觀念的對立統一。早期表意文字作為記錄語言的符號系統，無可避免地要陷入困境。事實上，按以形表意的觀念來建立一個永遠適應語言發展進程並準確記載它的符號體系，根本不具備客觀的可能，儘管在文明發展的早期，表意文字在一定時間和範圍內曾肩負著這一使命。但是「以形表意」存在著很大的缺點，如：一、難於借助最初的字元表達一般意義和抽象意義的詞以及專用名詞；二、作為一個符號體系，符號繁多，且以意構形來表詞無法適應數以萬計的詞的要求；三、借助表意字元號不能很好表達語言的語法形式；四、同語言

的發展的聯繫間隔很遠。[3]這些缺點，促使早期表意構形觀念的轉
變，通過與語音建立聯繫成為一種必然的要求，因而普遍的同音假借
現象和形聲結構的出現，是表意文字符號體系擺脫困境的必然結果。
尤其是形聲結構，既與早期表意構形觀念有著密切關係，又體現了記
音構形觀念的形成。在某種意義上講，假藉使文字體系內已有的符號
喪失其原來的功能，作為一種語音的憑藉，這些符號被賦予了一種新
的能力──記音表詞的能力，它們在構形觀念上轉變得更為徹底。而
形聲結構的二重性，在一定程度上反映了兩種構形觀念的衝突和統
一。在早期形聲字中，借字注形顯然是對假借的抑制和反正，本字注
形則是以形表意構形觀念的自然體現和強調。形聲結構二要素的組
合、分工，正是兩種構形觀念的矛盾統一的表現。文字符號發展過程
中這種新質與舊質的矛盾統一關係，使形聲構形方式獨具特色。從形
聲字的實際運用來看，同樣也反映出了形聲結構的內在矛盾統一性。
比如同聲通假現象，我們以為就反映出形聲結構一方面因形符而字各
有專；另一方面因通假而「形」同虛設。這很典型地表明形聲結構這
個統一體在定型過程中內在的矛盾衝突。

　　以上對形聲結構三個特點的分析，可以使我們加深對有關問題的
認識。應當承認，形聲結構在符號構成上表現的這些特點，顯示出在
漢字體系中它與其它結構類型確實有著不盡相同的性質。

三　形聲結構的性質

　　形聲結構作為漢字最主要的結構類型，對其性質的估價直接關係
到對漢字性質的評價。已出版的一些研究漢字的著作，在論述形聲字

3　參見〔蘇聯〕B. A. 伊斯特林，左少興譯：《文字的產生和發展》（北京市：北京大學
　出版社，1987年）中有關表詞文字的產生和發展的論述。

和討論漢字性質時，已多少涉及形聲字的性質問題。比如，唐蘭先生曾說：「形聲文字一發生，就立刻比圖畫文字佔優勢了……於是圖畫文字漸漸地無聲無響，它們的時代過去了，雖則還有極少數的遺留，整個文字系統是形聲文字了。」[4]又說：「形聲文字固然是音符的，但同時又指出意義的類別，這可以說是極完美的文字。」[5]由於他對形聲字的評價與漢字演進的歷史結合起來，認為形聲文字就是「注音文字」，「是極完美的」，因此主張漢字的改革應走「新形聲文字」的道路。[6]周有光先生指出：「綜合運用表意兼表音兩種表達方法的文字，可以稱為『意音文字』（Ideophonograph），漢字就是意音文字之一種。」「在漢字的發展過程中，表意符號（包括指示、會意和不象形的象形字）的比重相對縮小，表意兼表音的形聲字成為全部文字的主體。漢字字典裏形聲字的比重老早就達到百分之九十以上。從甲骨文到現代漢字，文字的組織原則是相同的，也就是說，我們的文字在有記錄的三千多年中間始終是意音制度的文字。古今的不同只是形聲字的數量和符號體式的變化上。」[7]他提出「意音制度」說的基本依據，就是形聲字形體構造的性質，以及形聲字在漢字體系中所佔的比例。蔣善國先生則更認為：「由於隸變以來的漢字以形聲字為主要形式，形聲字遂開闢了後世漢字趨於表意兼標音的道路，把象形文字變了質，就成了象形文字和拼音文字之間的一種形式，是一種混合表意和標音的形式，也就是一種表意兼表音的文字。因此，隸變以來的漢字，既不是單純地利用形體結構（即象形文字）來表意，也不是採取字母拼音的制度，而只是把表意和標音兩種因素作為組成漢字的基

4　唐蘭：《中國文字學》（上海市：上海古籍出版社，1979年），頁98。

5　唐蘭：《古文字學導論》（濟南市：齊魯書社，1981年），頁123。

6　同上書，頁287-300。

7　周有光：〈文字演進的一般規律〉，載《中國語文》1957年第7期。

礎，它形成了漢字的新階段，變更了漢字的性質，漢以前是象形文字兼表意文字的時代，漢以後是表意文字兼標音文字時代。」[8]這裏蔣氏對形聲性質的論述與對漢字整體性質的評價是合而為一的。裘錫圭先生在論述漢字的性質時指出：「一種文字的性質就是由這種文字所使用的符號的性質決定的」。通過對漢字使用的「意符」「音符」和「記號」的全面分析，他得出如下結論：「漢字在象形程度較高的早期階段（大體上可以說是西周以前），基本上是使用意符和音符（嚴格說應該稱為借音符）的一種文字體系；後來隨著字形和語音、字義等方面的變化，逐漸演變成為使用意符（主要是義符）、音符和記號的一種文字體系（隸書的形成可以看做這種演變完成的標誌）。如果一定要為這兩個階段的漢字分別安上名稱的話，前者似乎可以稱為意符音符文字，或者像有些文字學者那樣把它簡稱為意音文字；後者似乎可以稱為意符音符記號文字。考慮到後一個階段的漢字裏的記號幾乎都由意符和音符變來，以及大部分字仍然由意符、音符構成等情況，也可以稱這個階段的漢字為後期意符音符文字或後期意音文字。」而他在論述意符和音符時則明確地認為：形聲字的形旁是意符，聲旁是音符。[9]可見，形聲字作為一種構形符號的性質，也是他得出以上結論的主要依據。

　　以上各家，只有蔣善國先生明確提出「形聲字的性質」，但他在論述這一問題時，尚沒有十分明晰的表述，似乎「以類為形，配以聲音」，「表意兼表音」，就是他所說的形聲字的性質。[10]由於各家在論述漢字為「意音文字」時，都以形聲字為基本依據，認為形聲字是一種表意兼表音的結構，這似乎同樣也體現出他們對形聲結構性質的看

8　蔣善國：《漢字學》（上海市：上海教育出版社，1987年），頁122-123。

9　裘錫圭：《文字學概要》（北京市：商務印書館，1988年），第二章「漢字的性質」。

10　蔣善國：《漢字學》，第五章第一節「形聲字的性質和作用」。

法。在考察了形聲結構的形符、聲符以及它的特點以後，我們認為對形聲字性質的這種看法尚有待於深化。

　　形聲結構的性質是由其構成要素形符、聲符的功能、特點和性質決定的。就古漢字形聲結構的形符而言，它只是一種與字義相關的約定俗成的標誌性（或區別性）符號；就古漢字形聲結構的聲符而論，它確實是作為記錄語音的符號參與構形的。因此，形聲結構實際是一種依靠形符標示的表音文字符號，這就是形聲結構的性質。與上引各家的不同之處在於我們強調「形符標示」，而不是「表意」。實際上在古漢字階段，形符「表意」的功能就很有限，它的主要作用是利用形符的標指，暗示字義的範圍，引導人們通過合理的聯想，從而區分同聲符的形聲字。形符在形聲結構中的分工雖然與字義相關聯，但是它不可能將字義有效地顯現出來，以起到「表意」的作用。由於聲符的功能是表音的，在形聲結構中佔據主導和核心的地位，因而也就決定形聲結構主要是一種表音性質的符號。從形符與字義相關出發，按形符的功能將它稱作表意符號，未嘗不可。但是，「表意兼表音」「意音」說將形符與聲符的功用相提並論，實際上誇大了形符的作用，並不能真正反映形聲結構這種表音符號的性質。姚孝遂師在全面考察古漢字資料的基礎上，從文字形體符號的功能和作用出發，深入論述了古漢字形體結構的發展階段和性質，並分析了形聲字的形體結構和性質，認為形符並沒有多大的表意作用，只是一種區別符號，聲符是表音符號，形聲結構作為符號整體的功能和性質是表音的。[11]這一結論是正確可取的。孫常敘先生曾從假借、形聲入手討論先秦文字的性質，但是他認為，形聲字中只有「作為詞的書寫形式上的一個表音成

11　這些觀點在姚孝遂〈古漢字形體結構及其發展階段〉（載《古文字研究》，第4輯）、〈再論漢字的性質〉（載《古文字研究》，第17輯）等一系列文章中都有充分論述。

分而進入字形結構的」聲符才是表音的,「注形」一類形聲字的聲符並不表音,兩種來路不同的形聲字是本質不同的。因此,不能將形聲字作為論證先秦文字是表音文字的證據。[12]孫常敘先生注意分析不同類型形聲結構的構成過程,並有區別地對待它們,這是值得稱道的。但是他將形聲結構的形成與發展分開,並忽視其符號整體的功能與作用,從而也就難以從形體來源的分析上陞到對形聲結構性質的正確判斷。不過應該承認,形聲結構是比較原始的表音符號。這是因為:第一,這種表音符號始終必須借助形符的輔助,形符的介入,使它與賴以產生的早期以形表意方式構成的文字符號在構形觀念上有著割不斷的聯繫。第二,形聲結構的聲符不是一種純粹的記音符號。聲符取自象形表意符號,在同一符號體系中,充作聲符的符號或表意,或表音,功用不一,互相交叉,有的符號甚至既作形符又作聲符,這種情形勢必對聲符記音產生干擾,此其一;本字注形而形成的形聲字,聲符的表音作用與表意作用因歷史的原因交融一體,因語源關係某些聲符的選擇受到聲符原本字的啟發而聲義相通(如「瑱」與「真」、「珥」與「耳」等),這又使得某些聲符作為記音符號的同時還與「義」有著或多或少的聯繫,此其二;同一聲符因歷史音變和地域方音而異讀並存,同一讀音因構形主體和時空差異而聲符各異造成一「聲」(符)多音和一音多「聲」(符),從而影響了聲符的表音效果,並使聲符系統相對較為龐大,此其三。以上三端使得形聲結構的聲符並不能發展成為一種純表音的符號。因此,形聲結構還只能說是一種借助形符標指的「準表音」的文字符號。雖然它的出現和發展,反映出漢字符號系統內產生了依音構形新方式,但這還不是一種徹底

---

12 孫常敘:〈假借、形聲和先秦文字的性質〉,載《古文字研究》(北京市:中華書局,1983年),第10輯。

的表音構形的觀念，它在一定程度上帶有它的母體——象形表意符號系統遺傳下來的某些因素。儘管如此，形聲結構的出現毫無疑問地表明瞭漢字構形由以形表意向記音表義的根本性轉變。

形聲結構出現之後，漢字一直保持著這一格局，成為一種以形表意符號、標形表音符號和各種變形符號的集合體，因此很難用某種簡單的方式對漢字的性質作出恰當的表述。對於漢字為何到形聲結構之後沒有再進一步向純表音文字發展，曾有許多學者作過探討。我們以為這與漢字符號的特點、漢民族的歷史文化傳統、漢字與漢語的關係等許多因素相關，應從這些相關方面去努力尋求令人滿意的答案，而不必拘泥於某些外國語言文字學者設定的所謂「世界文字發展的共同方向」和發展模式，忽略漢字自身的發展歷史與實際。

形聲結構的動態分析[*]

　　我們曾對古漢字形聲結構的形符、聲符分別作過探討[1]，那基本上是把形聲結構作為一個相對穩定的系統進行觀察的。古漢字階段，正是形聲結構發展完善的階段，不僅每個字有自己發生、發展的歷史，整個形聲體系也在發展、變化，而且社會、思維、語言及漢字系統的發展，也都對形聲結構發生影響，因此，僅作靜態的分析是不夠的，還必須從形聲結構的發展變化，以及影響其發展的各個方面進行動態的分析和多角度的觀察，才能對形聲系統的各種複雜現象作出較為合理的解釋。

　　形聲結構產生後若干年的歷史，因我們無法見到材料而不知其真面目。甲骨文時期，形聲結構顯然已經發展到自覺的階段。[2]但是，就當時漢字系統所反映的情況看，形聲結構還不是最主要的構形方式。西周期間，形聲結構有了一定的發展，不過總的看來，這種發展是緩慢的。春秋戰國期間，則是形聲結構的勃興時期。可以這樣說，自西周以來，漢字中新增的成分，基本上是利用形聲結構的方式創造的。就目前掌握的古文字材料來看，從殷商到戰國，可識的形聲字約兩千餘，殷商期間出現的約占百分之十七八，西周期間出現的約占百分之二十五六，春秋戰國期間出現的幾近百分之六十。[3]這表明，春

---

[*]　原載《淮北煤炭師範學院學報》1987年第1期。

[1]　參見本書所收〈形聲結構的形符〉、〈形聲結構的聲符〉二文。

[2]　參見本書所收〈形聲起源之探索〉一文。

[3]　《甲骨文編》（考古所編）、《金文編》（容庚編）、《古文字類編》（高明編）、《古漢

秋戰國以來，中國社會的急劇發展，思想文化各方面的突飛猛進，也間接地促進了漢字的發展，這種發展又突出地體現在形聲字的激增上。

與形聲體系總的發展趨勢相適應，形聲結構內部也在不斷發生變化。甲骨文中形聲結構的形符，基本上是形體簡單的象形字，這些象形字，「近取諸身，遠取諸物」，大都與人們日常行為、物質生產和精神活動有關，即使是反映自然界的動物、植物、天象、地貌的形符，對象也都是與人類自身活動有著最為密切的關係。西周早期，形符的構成沒有重大的變化，中、晚期開始出現新的情況，到春秋戰國期間，則發生了較為明顯的變化。除已有的部分形符有新的發展、分化以外，西周中晚期以來，出現了不少新的形符。較為主要的有：「走、頁、見、言、竹、玉、金、巾、羽、角、草、韋、邑」等。新增加的形符不再僅僅是簡單的象形符號了，還有「邑、走、韋」等會意字，在形符的選擇上已經由簡單趨向複雜。「係、竹、金、玉」等形符獲得了新的發展，成為非常活躍的構字因素，如從「係」的形聲字，甲骨文寥寥無幾，西周期間逐步增多，春秋戰國期間則大量湧現；「金」作為形符，西周中期已有所見，[4]如錄伯簋的「鎣」，史頌匜的「鉈」，西周晚期以後，從「金」的形聲字大量出現；「竹、玉」等形符的構字能力也是逐步加強的。增添新形符，反映了形符量的構成的變化，原有形符構字能力的增強，則是形符發展最主要的標誌。另一方面，已出現和新出現的一些形符，還發生某些分化現象，如由「人」分化出「屍」「卩」，由「大」分化出「立」，由「又」分化出

字字形表》（徐中舒主編）等書收錄的字數各有出入，加之目前部分字的考釋意見尚不統一，戰國期間的簡書、漢初帛書和簡書等材料還沒有得到系統整理，這些數位的精確性只能是相對的，但可以顯示總趨勢。

4　胡厚宣先生發現五期卜辭中有從「金」的形聲字，但因字下部殘損，無法確定，又僅此孤證，故目前我們仍認為甲骨文中沒有形符「金」。

「寸」，由「言」分化出「音」等，這也導致形符系統發生個別調整。[5]聲符從殷商以來，也在不斷地發展，由於聲符本身的相對穩定性和單一性的特點，[6]它的發展總的看來只體現在量的增加上，如古漢字階段的基本聲符，我們初步分析共五〇一個，其中殷商已有的基本聲符一八三個，西周新增一五七個，春秋戰國新增一六一個。[7]基本聲符量的不斷增加，為構造記錄不同語音的形聲字提供了基礎。

上述只簡略地展示了古漢字形聲結構的發展概況，形聲結構在發展過程中，受到各種相關因素的影響和制約，這卻是我們下文要著重分析的。

形聲結構的形符直接與概念發生聯繫，人們的思維運動，必定會在形符系統留下明顯的印跡，因此，形符的發展與思維的運動有著密切的關係。

思維能力的不斷抽象化、思維概括程度的日益提高，使形符表義由具體趨於抽象和概括。其表現為：某些早期表義範圍十分確定的形符，表義範圍逐漸擴大；表義具體的形符通過改換而趨向類化或變得更為概括。

形符「邑」，西周時期主要用於表示都邑，在「邦、都」等字中表義十分具體。西周晚期至春秋以後，「邑」的表義範圍逐步擴大，凡諸侯封地、一般地名之類，一律取「邑」為形符，出現了大量從「邑」的新形聲字，如：「邘、邛、鄆、郂、鄧、邾、郱、邻、郢、郘、都、鄲」等，都是春秋時期出現的；戰國期間出現的則更多，

5　筆者另有〈基本形符表〉，揭示形符發生、發展、分化等情況，因不便印刷，未能附錄於後。

6　參見本書所收〈形聲結構的聲符〉一文。

7　筆者另有〈基本聲符表〉，揭示聲符發生、發展、分化等情況，因不便印刷，未能附錄於後。

如：「邱、邖、邡、邲、邔、邦、邢、鄧、巷、鄄、郡、鄰、耶、鄙、鄲」等，這些字有很多本來只假借後來的聲符代用，如「邱、邦、邢、鄧、鄰、耶、鄙、鄲」，本只作「戉、寺、井、叟、炎、取、嗇、𠭯」，由於「邑」表義範圍的擴大，為它們過渡為形聲字提供了條件。「邑」由表示「都邑」的意義，擴大到表示所有諸侯封地和一般地名，是一個「具體、個別——抽象、概括」的過程，反映了人們思維的發展對形符的影響。大多數形符的表義範圍，隨著思維的日益發展都趨向擴大，因此形成了古漢字中很多形符表示的意義僅與字義相關聯，和同一形符可表示與之相關的多種意義的情況，造成了形符與字義的各種複雜的關係。[8]

思維概括程度的提高，對形符另一方面的影響，就是表義具體的形符發生改換，這與形符表義範圍的擴大顯示了同一趨勢。甲骨文還遺留了一些早期形符表示具體意義的例子，如甲骨文「臽」（即「陷」的本字，是一種狩獵方式），聲符「凵」（坎）不變，形符可以是「人」，也可以寫作「鹿、麋、犬、牛」等，因「臽」的對象不同而隨之改變。不同的形符表示不同的對象，表義很具體。後來廢棄異體，取「臽」為固定形體，以形符「人」代替和概括不同的對象。[9]牝，《說文》：「畜母也，從牛匕聲」，甲骨文因指稱的對象不同，形符「牛」也可以相應改變為「羊、豕、犬、馬」等，最後也只取「牛」作形符概括其餘。「臽」「牝」二字形符的發展，表明了形符由表示具體意義向表示一般意義的進步。與早期追求表義具體性相比，僅以一個形符代表和概括不同的對象，顯然是思維能力發展對形聲結構的積極影響。這種情況還屬少見，更多的是個別表意具體的形符改換為更

8　參見本書所收〈形聲結構的形符〉一文。

9　于省吾：《甲骨文字釋林》，頁270。

加抽象的形符，或不同的形符在不同的形聲字中發生著類似的變化，類化為同一個表義更加概括、抽象的形符。「城」本不從「土」，而從「𩫏」，這個形符本為城郭的象形（元年師兌簋），春秋晚期邾諧尹鉦、䣄羌鍾「城」才變為從「土」。取「土」為形符，是城郭土築的緣故。形符由「𩫏」變為「土」，表義趨於抽象。與「城」的形符演變相一致，從「𩫏」的形聲字都類化為從「土」，如「壤、坴、垣、堵、堨」等字，在競卣、坴卣、呂鍾、史頌簋、籀文等古文字材料中，本都以「𩫏」為形符，在秦公簋、兆域圖、《說文》等材料中都變為從「土」。再如「鑊」在甲骨文中從「鬲」，哀成叔鼎變為從「金」；「釜」金文從「缶」，「臣」金文本從「匸」，「鑑」「盤」金文從「皿」，春秋戰國期間也都類化為從「金」，或者加上形符「金」。形符「鬲、缶、皿、匸」本都是器之象形，作形符表義是相對具體和不同的，當都類化為從「金」之後，表義就由具體變得更加概括、抽象。這種類化，反映人們對不同器物質的一致性的認識，是抽象思維的結果。當然，這些字後來並非全部從「金」，這又說明形符的發展還受到其它方面的影響。但是，古漢字階段，形符由表義具體向概括、抽象方面的發展，則無疑表明思維發展對形符的推動作用。思維作為認識的高級階段，它愈是發展，對對象本質特徵認識就愈深刻，就愈能發現各種現象之間的廣泛聯繫性。在形聲結構中，形符概括性的加強，以及不同形符之間的類化，同一形符與多種概念之間發生關係，都是思維這種發展的直接體現。

思維發展日趨精密，導致部分形聲結構出現形符重疊繁複的現象。一方面思維的發展使形符變得更為概括、抽象；另一方面，漢字在構形上追求有理性，思維的精密化，使人們在形符的選擇上希求表意更為完密、具體，當感覺到某一形符表義還不夠明白具體時，就採取累加另一形符的辦法加以補充。在〈形聲結構的形符〉一文中，我

們曾分析了「累增形符」的情況，其中「盃、盤、盥、匜、篡」等字的形符累增都屬於這種性質。[10]形符累增，只是因思維發展的影響而發生的特殊現象，思維發展對漢字的影響是有限度的，不能超越漢字本身規律的約束，並且累增形符與形符發展的總趨勢並非一致，又與漢字由繁趨簡的規律相背離，所以這種現象在古漢字形聲體系中並不多見，它們只是出現於個別銘文中，行之不廣，最後也多歸於淘汰。

思維發展對形符的影響，是造成形符系統複雜性的原因之一，這裏只談到兩個較為主要的方面。同時也要看到，這種影響只能是外在的，它必須服從於形聲結構本身的特點和性質，所以思維的發展與文字的發展又不可等同起來。

形聲結構作為記錄漢語的漢字體系中最主要的部分，漢語的發展，必須會給它帶來影響，這主要表現在以下三個方面。

一、語音系統的發展，造成同譜系的形聲字的讀音分歧。對此，討論聲符表音功能時我們已經指出。[11]語音的不斷發展是語言發展的普遍事實，由於時代、地域不同，往往形成古今方雅之別。文字雖然隨著語言的發展也在不斷地發展，但總不能做到亦步亦趨，尤其象形聲結構這種性質的文字符號，一旦形成譜系，它的聲符的相對穩定性、譜系內部的互相制約關係，使它更無法迅速適應語音的發展。這樣，聲符的讀音與形聲字作為一個符號所代表的實際語音的分歧就不可避免地要發生，而語音本身變化的複雜性，使形聲譜系內部的讀音差異變得更為複雜。如果從整個漢字形聲譜系的音讀來看，語音的發展造成的這種分歧至為明顯。對於這一點，只要我們給予足夠的認識就可以了，目前尚沒有條件作出更為詳細的論證。

---

10 參見本書所收〈形聲結構的形符〉一文。

11 同上。

　　語音發展使形聲譜系的讀音發生分歧，又導致形聲結構聲符的相應變動，以盡可能適應實際的語音變化。如從「羸」得聲的字，分化為「贏、嬴、羸」和「蠃、蠃」兩類，前者屬來母、歌部，後者屬喻母（四等）、耕部，前人對此疑惑莫解，于省吾先生曾從古音通轉的角度，給予較為合理的闡釋。[12]「羸」作為聲符分化為兩類讀音後，從它得聲的字在結構上也自然受到影響，進行了相應的調節。如齏季鼎和喬君鉦都有一個「贏」字，在「贏」上又加注「呈」聲，「呈」屬定母耕部，注後一種讀音，形成兩體皆聲字，以避免與「贏」讀來母歌部的音相混，進而棄「贏」取「衣」為形符，遂分化出「裎」字。《說文》所收「贏」字，從衣、贏聲。典籍往往作「蠃」，也是因音變，而特注「果」聲，以示讀來母歌部之音，其後乃捨棄「贏」聲，取「衣」為形符，變為《說文》所收或體「裸」，從衣果聲。「裎、裸」的產生，是由於語音變化導致聲符讀音分歧後形聲系統內部的自動調節，其產生的方式、原因都是一樣的。《孟子》「祖裼裸裎」並用，《說文》「裸」「裎」同訓，都可證明二者同出一源。再如同從「古」得聲的字，分化為見母、匣母兩類後，金文常見器名「匜」因此而出現異形。這個字一般從匚，古聲。但魯士匜卻變「古」聲為「害」聲，季宮父匜變「古」聲為「獸」聲。「古」本讀見母，「害」屬匣母。「獸」典籍通常作「胡」，宗周鍾屬王名「獸」，典籍作「胡」，師毄鼎「獸德」，典籍作「胡」，如「胡福」。戜簋「戎獸」，典籍作「戎胡」，都表明「獸」也讀匣母。可以看出「匜」這兩個異體的出現，是由於適應聲符「古」存在的音讀分歧而作的有意變動。它們出現於春秋器銘中，表明從「古」得聲而讀為見、匣二母的分別，春秋時代大約已經發生。

---

12 于省吾：〈釋能和贏以及從贏的字〉，載《古文字研究》，第8輯。

　　語音發展是相對緩慢的，因此古漢字階段因語音分歧而出現的這類現象尚不多見，這表明古漢字階段聲符讀音分歧還比較小，聲符基本上能適應記錄語音的需要。

　　二、語義的發展促進形聲結構的孳乳分化。語義的發展是語言發展的一個重要方面。造成形聲孳乳原因之一的「字義引申」，指的就是語義發展對形聲結構的影響。[13]古漢語詞和字在書面符號形式上是相一致的，「字義引申」就是詞義引申。詞義通過引申不斷豐富，造成一個文字符號記錄相關的多種義項。各個義項因產生的先後不一，與本義的聯繫也就有親疏遠近之別，較遠的引申義項，就有可能分化為一個獨立存在的詞，這時與之相應就產生了一個新的記錄符號。此外，同一文字符號所記錄的詞的引申義項過多，與漢字專字專用的構造意圖也相矛盾，需要在文字符號上給予區分，從而孳乳出新字。古漢語由於詞義引申而產生的新的文字符號，大都利用形聲結構的方式來構造，語義發展促進了「形聲孳乳」。比如以下諸例：

　　「啟」甲骨文本象以手開戶之形，義為「開」，《說文》訓「啟」為「開」，即是它的本義。卜辭除用「啟」為「開」義外，又用以表示「啟晴」，這是引申用法，遂孳乳出「晵」，《說文》作「啓」，「雨而晝晴也」。再引申為「在前」「前導」之義（例見《綴合》471），即《周禮・鄉師》疏所云：「軍在前曰啟」。由此，前驅之開道兵器則曰「棨」，引申關係至為明顯。《說文》還有「晵」字，曰：「省視也」，段注：「如晝晴之明也」，這也是將「晵」與「啓」看作孳乳分化關係。「啓、晵、棨」都是為適應「啟」的詞義發展而孳乳出的新形聲字。

　　「聽、聲、聖、廷（庭）」等字的產生，也很典型地反映出語義

---

13 參見本書所收〈形聲結構的聲符〉一文。

發展對形聲孳乳的影響。「聽」甲骨文作「耵」，魏石經《尚書》古文還保留了這個形體，口耳會意。[14]甲骨文有「聽聞」和「聽治」兩個義項。「口有所言，耳得之而為聲」，[15]所以由「聽聞」之義引申出「聲」這一義項，在「耵」上加聲符「殸」，孳乳一個新形聲字。由「聽治」之義進一步發展，引申出「聖」義，《管子・四時》：「聽信之謂聖。」「耵」遂加「壬」聲，孳乳出「聖」字。甲骨文還由「聽治」引申出聽治之所「廷」（庭），因而又增加形符作「庿」，金文作「廷」，其後又分化出「庭」。甲骨文或以「聽」為「廷」（庭），《左傳》「聖姜」，《公羊》《穀梁》作「聲姜」，馬王堆帛書《老子》，「聖」甲本作「聲」，乙本作「聽」，都可證明「聽、聲、聖、廷（庭）」之間的音義相通關係，它們的孳乳途徑是明瞭的。

語義的發展是促進形聲孳乳的重要原因之一，形聲系統中有很大一部分字，就是在這種情況下產生的。因語義發展而產生的形聲字，大都是同源字，可以為語源的研究提供可靠的材料。

三、新詞的迅速產生，相應地出現大批新的形聲字。社會生產的快速發展，人類物質和精神生活的日益豐富，首先影響語言系統詞彙的發展。人們必須用大量的新詞反映人類各方面的進步，而大量的新詞產生，又要求有新的文字符號去記錄它們，於是又促進新字的產生。兩周中晚期以後，因此而產生的新字絕大多數是利用形聲結構方式創造的。如春秋戰國時期紡織業有了很大的發展，尤其是南方楚國更具領先地位，長沙、江陵、信陽等地楚墓多次出土精美的紡織品殘物。從遣策記載看，陪葬的紡織品名目繁多，也保留了一大批當時的文字資料。從江陵、仰天湖、信陽、望山等楚簡和長沙帛書等材料

14 郭沫若：《卜辭通纂》（北京市：科學出版社，1983年），頁489。
15 于省吾：《甲骨文字釋林》，頁83。

中，可以看到當時僅楚國新出現的與紡織業有關的各種從「係」的新形聲字就近百個。春秋戰國是一個輝煌的時代，社會各方面都飛躍前進，漢語在這個時代獲得了充分的發展，與此一致，漢字在這個時代也是發展變化最為劇烈的時代。形聲結構在這個時代的勃興，乃是當時社會、語言、文字發展的必然結果。當然，社會的發展與語言的發展是不同步的，語言的發展與文字的發展也是不同步的。

形聲結構作為古漢字構形方式的一種，其發展還受到漢字形體發展一般規律的影響，它必須遵從字形發展的一般規律。漢字形體的演進、簡化、規範化都影響或約束著形聲結構的發展，下面我們從三個方面看這種影響。

第一，形體演進造成的「訛形」「訛聲」。就古漢字自殷商至漢初這一千多年的發展來看，其形體的變化是巨大的。以甲骨文、西周早期和中期金文、東周以後的刻鑄款、竹簡和漢初帛書簡牘等文字材料作一排比，漢字形體的巨大變化便一目了然。尤其是秦代隸書的孕育，在結構上衝擊了整個古文字構造體系，對各種結構方式都發生重要的影響。因此，研究古漢字的結構要充分估計漢字形體演變所產生的影響。「訛形」「訛聲」就是形體演變對形聲結構影響的結果。「訛形」「訛聲」不是指古漢字中因偶然性而導致的詭變難識的現象，偶然性的訛變，與壞鑄、錯刻有關，一般屬於銘文創制過程中的疏忽。「訛形」「訛聲」則是在形體的自然演變中產生的，它們的訛變有形體上的聯繫和根據，並且因訛承誤，成為「形符」「聲符」，取得結構上的合法地位。如：

「者」，《說文》「從白朱聲」，形符「白」就是形體演變中產生的「訛形」，金文「者」從「口」不從「白」，在形體演變中出現了從「日、其、白」三種類型，小篆取「白」，遂訛為形符，其演變線索十分明顯（見圖一）。

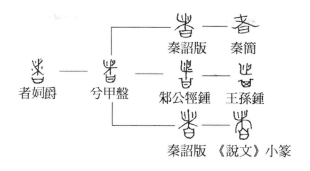

圖一

　　「喪」字，《說文》：「亡也，從哭從亡會意，亡亦聲。」這是根據小篆的形體。「喪」本與「桑」為一字，[16]甲骨文用作人名、地名或借作「喪亡」的「喪」，金文出現訛從「亡」的形體，「亡」是由「桑」的根部訛變而來的。旂作父戊鼎、毛公鼎、量侯簋三器中，中間一長彎筆直貫而下，還保存了桑樹根幹相連的形狀，齊侯壺「喪」下部已與主幹分離作「亡」，同器或體下部「亡」省略，更表明當時訛從「亡」是無疑的了。「喪」訛從「亡」，與它的假借義「喪亡」有一定關係，應是訛變的形符，《說文》作會意兼聲處理，就是考慮到義的這種聯繫性（見圖二）。

　　「鬲」，本是象形字，金文曾訛為從「羊」。「鬲」下部本象三款足，其變化是從中間一足開始的，逐漸分離並訛變出「羊」來，其演

變過程是很清晰的（見圖三）。

召仲鬲　　孟鼎　　南姬鬲　　伯姜鬲　　同姜鬲

圖三

　　「者、喪、鬲」等字形體演變的結果，都訛變出與形符有關的因素，都是訛形的例子。由於形聲字的日益發展，漢字表音性的增強，還有一些非形聲結構的字，訛化出聲符來，這就是「訛聲」。訛變而來的聲符，有些與字音只能求大致的相似。因為形體自然演進的規律是不可違背的，即使可以加入某些主觀因素，也有一定限度，訛聲只能是象徵性的。過去對「訛聲」未有引起足夠的注意，下面略示幾例：

　　「甫」，《說文》：「男子美稱也，從用父，父亦聲。」「父」是訛變而來的聲符，其演變的關鍵是中間一長豎上部的彎曲。「父」「甫」同音，典籍用作男子美稱時可互通。所以許慎說「甫」從「父」，又說「父亦聲」。從「甫」的演變歷史來看，許慎說「從父」是根據假借義釋訛聲，不可靠（見圖四）。

宰甫簋　　甫人匜　　殷句壺　穌甫人盤　甫丁爵

圖四

　　「良」，《說文》：「善也，從富省，亡聲。」從富省不夠準確，「良」與「富」無關，「亡聲」則是訛聲，季良父盉等已訛變的與「亡」相近，到古璽則已訛為聲符（見圖五）。「亡」的訛聲與「喪」從「亡」的訛變極為近似。關於「良」的構造本義，至今還存在各種不同說法，無定論。

甲骨文　季良父盉　尹氏匜　齊侯匜　古璽　秦簡　《說文》小篆

圖五

「冶」，《說文》：「銷也，從仌臺聲。」此字形、聲皆為訛體。戰國文字中「冶」很常見，異體數十種。[17]「冶」乃是由一種省形訛變，變「二」為「仌」，變「㠯」為「臺」（見圖6）。

二年寧鼎　　陽安君鈚　　兼陵公戈　　穌冶人妊鼎　《說文》小篆

圖六

此外「匹」金文曾訛從「匕」聲（大鼎），「壐」或訛從「王」聲（古璽），「兩」或訛從「羊」聲，等等。

「訛形」「訛聲」是古漢字演變過程中的特殊現象，它們既是漢字形體演進的自然結果，又是古漢字趨向符號化和表音化的表現。「訛形」的存在，說明它已經突破了構形有理性的束縛，形符成為一個象徵性的符號，並不注重其實際的表意效果，這與整個漢字體系由「象形」為基礎的書寫方式，向象徵性的線條藝術發展的趨勢是相一致的。「訛聲」的出現是形聲結構的日益發展，漢字表音趨勢不斷增強給形體演變帶來的積極影響。「訛聲」雖然只能取得近似的表音效果，但是，由於部分部件變為聲符，整個結構就成為表音為主的結構方式了。「訛形」「訛聲」作為形聲結構中的特殊要素，儘管從構形的有理性看有其消極的一面，但是從漢字發展的總趨勢看，應該是形體

---

17 黃盛璋：〈戰國「冶」字結構類型與分國研究〉，見國際中國古文字學研討會論文集編輯委員會編：《古文字學論集・初編》（香港：香港中文大學，1983年）。

演變給形聲結構的有益影響。漢字形體演變過程中，形符、聲符變得泯滅不存或混此為彼的情況，也時有發生，這一問題我們打算討論漢字字形訛變時再作專門的探討，這裏就從略了。

　　第二，簡化律造成的「省形」「省聲」。簡化是漢字形體發展的一條重要規律，簡化的根本目的，是將繁複的形體變得簡易些，以利於使用。簡化貫穿在漢字發展的全過程中，古漢字階段就顯得十分突出，這早已引起學者們的注意。簡化衝擊了漢字結構的有理性，象形、會意、指事、形聲等結構方式，都可能因此而受到影響，失去其構形的本旨。「省形」「省聲」就是簡化對形聲結構影響的結果。正確揭示省簡的過程，可以使我們對省形、省聲後的結構獲得合理的解釋。許慎著《說文》已經注意從「省形」「省聲」的角度分析那些因省簡而造成結構不明的形聲字。如「鏊、耆」等字下，許慎正確地指出了字的形符是「從某省」，在「馨、秋」等字下，則正確地說明了「某省聲」。《說文》指出省形者少，指明省聲者多達三百餘處。儘管許慎由於時代、材料的局限，對某些具體字的分析不一定很妥當，但他能從省簡的角度揭示省簡後的形聲結構，是頗具卓識的。古文字中尚有很多不曾為許慎見到的省形、省聲的例子，如「府」或從貝，少府小器「貝」省作「目」；「騎」，古璽從「馬」省其身；「雖、鷗」古璽從「隹、鳥」而省其頭部；「昂、晨、星」，皆由從「晶」省為從「日」；「醜」從「鬼」省頭部（盟書），這些都是省形的例子。「盧」聲符「虛」省「虍」（盧金）；「襲」聲符省作「龍」（天星觀楚簡）；「棺、館、輨、箈、綰」等字聲符「官」省作「㠯」；「席」聲符「石」省作「厂」（衛鼎）等，都是省聲的例子。「省形」「省聲」早已為研究者認識到，無須多言。「省形」「省聲」後，形符或聲符已失去它應有的作用，形聲結構的合理性也不復存在，這時整個形聲字只作為一個約定俗成的符號，無法直接分析和探求其結構原意。只有尋

找出未曾省簡的原型，才能對省簡形體作合理說明，因此，研究形聲結構，充分認識簡化規律所產生的這一影響是很有必要的。

第三，規範化促使異體淘汰。古漢字處於發展完善的階段，由於時代、地域、個人書寫習慣的差別，同一字往往存在著種種不同的異體，或是筆劃結構繁簡不一，或是偏旁部位變動無定，或是正反橫豎不論，或是形符、聲符變換歧出，如此等等，都是發展中的古漢字結構不定型、書寫不規範的表現。春秋戰國期間，「言語異聲，文字異形」的情況更為突出。文字符號的社會性要求它必須有固定的形體和統一的書寫形式，字形的過分分歧，勢必影響它作為交際工具的職能的發揮，所以，由不規範趨向規範乃是文字形體發展的普遍規律。秦並六國，曾經以官方的行政命令，罷除六國古文中「不與秦文合者」，實行「書同文」，這一行動對古漢字的規範化起到了很大的推動作用。現在能見到的秦權量、詔版上的文字，就是當時「書同文」的範本。規範化對形聲結構最有力的影響就是淘汰大量的異體。在〈形聲結構的形符〉一文中，我們指出古漢字階段，形符分歧十分突出，造成了眾多的異體。它們的最後劃一，則是通過規範化實現的。「造、甌、腹」等字數十種異形，到小篆都被淘汰，只確定了一種標準寫法。這類材料甚多，我們不再列舉。不屬結構分歧，因書寫差異而造成的異形，在古漢字中更為普遍，如「陽」，僅戰國貨幣文字中就有三百六十餘種不同寫法，[18]到小篆則歸於一體。秦實行「書同文」，使異形突出的形聲字與其它文字一樣，首先在官方文書中得到劃一，這是形聲結構發展過程中的重大飛躍。一方面，規範化促使形聲結構的異體劃一；另一方面，形聲結構的劃一又奠定了漢字規範化的基礎。

---

18 商承祚等：《先秦貨幣文編》（北京市：書目文獻出版社，1983年）。

　　字形發展的一般規律對形聲結構的影響，揭示了形聲結構發展與漢字形體發展的密不可分的關係。只有從整個漢字系統的發展考察，「訛形、訛聲、省形、省聲、異體劃一」等現象才能獲得較為合理的解釋。

　　本文從不同角度，把形聲結構放在一個動態系統中考察，以進一步揭示形聲結構某些複雜現象形成的原因。通過初步分析，我們看到形聲結構的形符最易受到思維和語言發展的影響。思維的發展直接影響形符，造成它的疊加、改換和表義複雜化；語義的發展促進形聲孳乳，而孳乳的主要環節則在於附加形符或改變原字的形符；當由此而形成的新字有些還不能立即獲得獨立的資格時，就作為原字的異體暫時處於過渡狀態，這反映在形聲系統內就是異形分歧，因此，古漢字階段形符的變動不居和異形分歧就顯得十分突出。語音發展比較緩慢，聲符雖然因語音的發展而出現讀音分歧，或發生改換，但在古漢字階段並不顯得突出，所以，聲符具有相對的穩定性和單一性。形聲結構的發展與整個漢字形體的演變密切相關，形體發展的一般規律對它的約束作用，使它往往違背結構的內部規律而發生種種變異，訛變與省簡現象就是因此而產生的。這些現象的出現，打破了形聲結構的有理性，使形聲系統內增添了一些特殊的成分，造成了形聲系統的複雜性。

中篇
考辨・闡釋

古文字考釋的方法[*]

古文字學作為一門學科，方法論的研究極為重要。任何一門獨立的科學，由於研究的對象不同，研究問題的方法也因之而異。只有運用科學的方法和手段，才能獲得可靠的正確的結論，以建立起一門學科的基本格局。因此，方法論是古文字學不可忽視的問題。回顧古文字研究的歷史，不同時期，由於研究者科學思維水準的差異，取得的成就是不一樣的。從縱的方面看，研究方法日趨嚴密，往往是後出轉精；從橫的方面看，處於同一時期的眾多古文字研究者，成就大小也是不一樣的。如果排除其它因素，成就的大小，一般取決於科學思維水準的高低和研究方法的正確與否。

于省吾曾指出：「過去在古文字考釋的方法上，長期存在著唯物辯證法和唯心主義形而上學的鬥爭。古文字是客觀存在的，有形可識，有音可讀，有義可尋。其形、音、義之間是相互聯繫的。而且，任何古文字都不是孤立存在的。我們研究古文字，既應注意每一字本身的形、音、義三方面的相互關係，又應注意每一個字和同時代其它字的橫的關係；以及它們在不同時代的發生、發展和變化的縱的關係。只要深入具體地全面分析這幾種關係，是可以得出符合客觀的認識的。」[1]這是非常精闢的論述，是于省吾從事古文字研究數十年的經驗總結。這一論述正確地闡明了古文字研究的基本指導思想，即唯

＊ 原載《文物研究》（合肥市：黃山書社，1990年），第6輯。
1 于省吾：《甲骨文釋林·序》。

物辯證法。于省吾在羅振玉、王國維之後能新釋甲骨文字三百餘個，
或發前人之未發，或糾正前人之紕繆，成就卓著，是與他在正確的指
導思想下從事研究分不開的。在唯物辯證法這一總的原則指導下，我
們就可以對歷代考釋古文字的經驗加以總結概括，披沙揀金，綜合論
證，探索出一套考釋古文字的行之有效的科學方法。

一　字形比較法

　　古文字釋讀的依據主要是字形，字形是從事古文字研究的基礎。
在古文字考釋中，字形比較的方法是一種最為簡便而有效的方法。在
人類文化史上，古文字作為某種文字的歷史形態，經歷種種嬗變，它
可能與現行文字相關聯，也可能與現行文字相脫節，某些古文字甚至
成為一種早已被淘汰的系統（如古埃及聖書文字）。無論怎樣，要想
釋讀歷史上曾經存在的古文字，最好的辦法莫過於尋找一個比較對照
的系統。古埃及聖書文字、美索不達米亞楔形文字的鑿破鴻蒙之功，
就應該歸功於比較的方法，如古埃及聖書文字的辨認，就是從 Rosetta
雙語題銘的比較研究入手的。Rosetta 刻石同一內容用了聖書字、民
書字和希臘文字，前兩者記的是埃及語，後者記的是希臘語。由於這
件寶物提供了三種字體兩種語言的對比材料，古語文學家才得以通過
比較打開了釋讀埃及文字的神秘大門。[2]
　　古代漢字的研究相對說來更有許多有利條件。漢字古今發展一脈
相承，沒有中斷，儘管幾千年來發生了種種變化，但其根本性質沒
變，現行漢字本身就是一個完整的對照系統。古漢字的研究開始於古

2　〔德〕Johannes Friedrich，高慧敏譯：《古語文的釋讀》（香港：商務印書館，1979
　　年），頁36。

今漢字交替後不久的兩漢，當時不乏對古漢字有較高修養的學者。他們的成果，在許慎所著《說文解字》一書中得到了集中的反映。《說文》以小篆為對象，參照古、籀文，附以釋形、說義、注音，為我們建構了一個比較完善的參照系統。而且，這個系統本身以篆書為核心，下與隸書（今文）相對照，上與古籀相比較，運用的基本方法就是字形比較法。因該書宗旨的限制，作為對照的隸書，只是一個潛在的系統。魏三體石經，古文、篆文、隸書三種字體並存，其比較對照的用意十分明顯。三體石經不僅規模大，而且是同一語言的代表不同發展階段的三種字體，作為字形比較研究的資料，它比 Rosetta 刻石更為理想。像《汗簡》《古文四聲韻》等古文字字書，也為進行字形比較研究提供了大量可資參照的材料。正因為有這些條件，歷史上不管是發現汲冢竹書，還是金文、甲骨文，很快都能有眾多學者發表考釋意見，而這些考釋無疑大多數是建立在字形比較的基礎上的。但是，這並不意味著「字形比較法」在古文字研究史上早已成為一種自覺的方法。直到清代，孫詒讓、吳大澂等人才比較有意識地運用這一方法，此前，在一些研究者中運用這一方法取得成就和違背它妄呈臆說的情況是並存的。近代以來，人們才逐步認識「字形比較法」的作用。羅振玉「由許書以溯金文，由金文以窺書契」，即以《說文》作為比較系統考證金文，以金文作為比較對象辨認甲骨文。一些古文字學家所總結的：據金文釋字、據《說文》釋字、據《汗簡》釋字等，均以一種已識字形作比較，辨認未識字，都屬「字形比較法」的範疇。到唐蘭先生才明確提出「對照法」或「比較法」。[3]然而，即使到今天，從事古文字研究的學者，並不是都能自覺運用這一方法。

　　所謂「字形比較法」，具體說來就是利用漢字系統性和古今發展

3　唐蘭：《古文字學導論》，頁163。

的相互關係，拿已經確認的字（或偏旁）與未識字（或偏旁）作形體上的細緻對比，來考釋未識字，這種比較可以分為縱橫兩個方面。橫的方面，即將同一時代層次的已識字與未識字相比較，求同別異；縱的方面，則是尋求某一字形在不同時期發展演變的線索，將同一字形不同時代的書寫形態排成系列，以溝通古今之間的聯繫，從而達到以今識古的目的。如果古今字形未曾發生根本的變化，有時甚至可能跨越不同時期，尋找直接的對應關係，這種比較更為簡單省事。

　　漢字作為一個符號系統，在同一歷史層次中，各種字形之間存在著不可分割的聯繫，同一字或同一偏旁，出現在不同環境，其符號形式也應該是基本一致的。這樣，利用處於同一歷史層次的字形材料作比較，就可以辨認未識字。如〈宰𤔲父簋〉「鬐屯」二字，自宋以來，諸家皆從呂大臨釋為「帶束」，只有孫詒讓所釋是對的。孫氏詳細比較了二字在金文中多次出現的字形，指出：前一字只是「筆劃少有減省」，後一字在傳摹中「有訛挩」，確認了字形，並以《尚書》「黼純」讀之，結論正確無疑。[4]孫氏用的就是橫向的字形比較。再如于省吾考釋甲骨文的「心」字，也是利用字形的橫向比較。甲骨文「心」字與「貝」二字字形相近，過去的研究者，一直未能正確地分辨，誤釋「心」為「貝」。于省吾從甲骨文「心」與「貝」二字比較中，發現其細微差別，同中求異，把二者區分開來，又根據對「心」出現的語言環境和「心」旁諸字的分析比較，發現「心」在不同的環境和合體字中，形體有其一致性，從而確認出「心」和一系列從「心」的字。[5]

　　縱向比較的前提條件，是要掌握同一字在不同時代的字形資料，尤其是典型的字形。這些資料如果按時代前後排列成系列，足以顯示

4　〔清〕孫詒讓：《古籀拾遺》卷上〈宰𤔲父簋〉。

5　于省吾：《甲骨文字釋林‧釋心》，頁361。

出該字發展演變的軌跡。這種比較由古及今，循序遞進，自然就溝通了已識字與未識字的聯繫。縱向比較，不僅可以認識未知字，而且可以細緻觀察字形演變的細節，總結一些規律性的東西。如「宜」字，按縱向比較，可排成如下系列：

| 甲骨文 | 卯卣 | 秦公簋 | 宜戈 | 盟書 | 璽文 | 楚簡 | 小篆 |

《說文》：「宜，所安也，從宀之下，一之上，多省聲。」通過字形的縱向比較，我們可以清楚地看到這個字的發展演變過程，以及字形演變中的訛化現象，許慎據小篆解說字形的錯誤之處也就一目了然了。[6]充分地佔有不同時代的字形資料，運用縱向比較，釋出的字大抵是可靠的。

如果字形變化不大，就可以省去縱向比較的一些不必要環節，如直接利用《說文》《汗簡》等書保存的字形，與甲骨文、金文或戰國文字相比較考釋未識字，在古文字考釋中就運用得很普遍，有時甚至利用隸書與古文字相比較認字。這是因為大多數字形，雖然因時代而變更，但並不是變得面目全非。《汗簡》所存字形以戰國文字為多，《說文》除小篆屬秦漢時期的字形為古文字的最後形態外，還保留了不少籀文和古文，利用它們作為參照考釋古文字，也屬於縱向比較。用這種方法辨認的古文字占相當大的比例。金文考釋起步較早，有些已經確認的字，同樣可以作為比較對象來辨認甲骨文，如孫詒讓《契文舉例》一書，考證甲骨文「甲丙丁戊庚辛壬癸」等字，以金文作為比較對象，考證「子申亥互帝我求」等字，均以《說文》古文為比

---

6 「俎」「宜」同源，甲骨文、金文均象肉在且上之形，《說文》對「宜」字形、義的解說均誤。

照，而釋「羌啟年牢且省禹及受豐京」等數十字，則直接以《說文》篆文作對比，這都是縱向的比較。

對於難識字的考證，往往是縱向和橫向比較的交叉運用。利用縱向比較尋找出字形演變的關鍵環節，利用橫向比較，揭示處於同一時代層次的字形變化的同步性，加強論證力量。因此，縱橫比較的配合運用，得出的結論更為可靠。于省吾釋甲骨文「屯」就是運用字形比較法釋字的典型例子。[7]甲骨文「屯」是常見字，骨臼刻辭「某示若干屯」的辭例多次出現。除于省吾先生釋為「屯」外，尚有其它六種說法：

一、葉玉森疑為「矛」，王襄又以所謂「枡」字為證，提供了字形比較的依據。董作賓進一步分析「矛」的字形演變。

二、郭沫若釋為「包」的古文，謂有所包裹而加緘縢之形。

三、唐蘭以為是豕形無足而倒寫者。

四、丁山據「今屯」「來屯」辭例，釋為「夕」。

五、胡厚宣純由辭例入手釋為「匹」。

六、曾毅公釋為「身」，引申為一副稱一身。左右肩胛骨為一對，稱一身。[8]

以上各家除胡厚宣、曾毅公二位外，都或詳或略地對字形作了縱橫比較，有的還以辭例佐證，然結論各異。

于省吾細緻地羅列了「屯」字字形演變的材料，分析了字形變化

7　于省吾：《甲骨文字釋林‧釋屯、蓄》，頁1。

8　以上葉說見《殷虛書契前編集釋》卷五、王說見《簠室殷契類纂》卷一、董說見《帝矛說》（載《安陽發掘報告》，4期）、郭說見《骨臼刻辭之一考察》（收入《殷契餘論》）、唐說見《天壤閣甲骨文存》、丁說見《甲骨文所見氏族及其制度》、胡說見《武丁時代五種記事刻辭考》（收入《商史論叢初集》，3冊）、曾說見《甲骨叕存》，各家說均見李孝定編：《甲骨文字集釋》（臺北市：中央研究院歷史語言研究所，1970），第一，頁171-182。

的環節，尤其是正確地釋出了「春」字，糾正了釋「㮔」等錯誤，使橫向比較建立在可靠的基點上，遂使結論確定不易。

諸家對「屯」的考釋，啟發我們如果不注意下面幾個問題，即使運用「字形比較法」，也不一定能得出正確的結論。首先，必須詳細佔有字形資料。釋「矛、包、豕」等說，也利用了字形比較，但其共同的缺點，是縱向比較的材料不系統，僅以個別字形為比照，具有較大的隨意性，因此，結論不甚可靠。于省吾先生的結論之所以可信，是由於他掌握了比較全面的字形材料，並將這些字形按時代發展排成系列，清楚地揭示了「屯」字逐步演變的軌跡。大凡全面掌握同一字形在不同時代演變的材料，進行客觀地排比，一般都能得出較為正確的結論。而信手拈來的比較材料，往往忽視其時代的先後，將不同時代層次的字形，作為比較的對象，結果只能是簡單比附，形似神離，難於得出可靠的結論。

其次，運用「字形比較法」，要注意可比性。「字形比較法」，必須是同一字形（或偏旁）在同一時代層次或不同時代層次的比較，一般說來，用作比較的對象應該是確定無疑的。倘若比較的對象或字形模糊不清，或考釋未有定論，或為訛變特例，或因鑄刻殘損，皆不具有可比性，不能作為比較的對象。如釋「屯」為「矛」者，皆以「㮔」所從「矛」為比較，但所謂「㮔」則是甲骨文「春」的誤釋，用作比較的字本身就未考定明白，自然就不具備可比性。其實金文「㮔」從「矛」與「春」字所從有明顯的區別，如果進行縱向比較，釋「㮔」之可疑立現。于省吾先生也用了同一字形，但是他從字形縱向比較和辭例兩方面確認它為「春」字，這就為字形的比較提供了可靠的依據。郭沫若釋「包」所用的比較字形（偏旁），是不屬於同一歷史層次的訛變形體，不具備橫向的可比性。唐蘭指出了這一點，然而他又誤釋為「豕」，所用來比較的字形可能是「豕」的殘損之形，辭

例不明，同樣不具備可比性。將不具備可比性的材料用於字形比較，必然要犯主觀片面的錯誤。「可比性」是字形比較應該堅持的原則。

最後，運用「字形比較法」應以形體為客觀依據。字形是客觀存在的，在進行字形比較時，我們應該防止先入為主、強說字形、生硬比照以附會主觀想像的做法。正確的結論只能是通過字形的認真分析比較之後得出的。董作賓釋「矛」，也從縱向比較了「矛」的字形演變，然而他所提供的初形是杜撰的。唐蘭釋「豕」認為是「豕」無足倒寫，這不合乎古文字構形和書寫的規律，帶有很大的主觀性。丁山釋為「夕（月）」的主要依據是辭例，對字形也作了望文生義的解釋。他們都是古文字研究卓有成就者，像唐蘭還特別注重考釋方法的正確性，稍一疏忽，都難免犯主觀想像的錯誤，更不用說一般的研究者了。因此，進行字形比較時，我們必須注意每一個環節，嚴格堅持從客觀實際出發、以形體為依據的基本原則。

二　偏旁分析法

漢字就結構單位而言，可分為獨體與合體。合體是由獨體運用一定的方式組合而成的。對合體字形體進行解剖，其最小的音義單位，就是偏旁。對不認識的字，通過分析，確定構成它的各個偏旁，將這些偏旁與已識的字相比較，再組合起來認識所要考釋的字，這種方法就是「偏旁分析法」。與「字形比較法」不同，偏旁分析法是通過漢字內部結構的分析來認字的。因此，對那些結構明晰，但因為沒有足夠資料進行系統的字形比較，或較易辨認，無須煩瑣比較的字，「偏旁分析法」則是行之有效的重要方法之一。

分析漢字結構是研究漢字形音義關係的重要手段。當文字學尚處

在萌芽時期，即有所謂「夫文，止戈為武」，[9]「於文，皿蟲為蠱」[10]等說法，這就是通過離析構字偏旁來說明形義關係的。許慎著《說文》，全面利用了這種方法，取書名為「說文解字」，突出地反映了該書分解離析漢字結構以說明形音義關係的特點。「偏旁分析法」作為考釋古文字的方法可以說是直接導源於《說文》的。宋人考釋金文已知運用這一方法，到清代金石學復興，運用此法釋字更為多見。如孫詒讓每釋一字，大多要對偏旁結構進行分析比較。他釋「靜」就是一個很好的例子。

> 𡥈𡥈，竊以此二字所從偏旁析而斠之，而知其形當以作𡥈者為正，其字即「從青爭聲」之「靜」也。何以言之？𡥈字上從「生」明甚，「生」下係以「井」者，當為井中一「‧」缺耳（尤盂正從井，《汗簡》「女部」載「靜」字古文作𡥈，云出《義雲章》，按蓋借「姅」為「靜」），「青」從生丹，《說文》「丹」之古文作彤，此從井即從古文「丹」省也。右從𡥈者即「爭」字。《說文》「爭」「從𤔲𠂆」，「𤔲，從爪從又」。此作𡥈者，爪也，𠂆者𠂆也，𠂇者又之倒寫也（小臣繼彝從𠂇不倒）。齊侯甗：「卑旨卑瀞」，「瀞」字作𡥈，「齊邦灶靜安寧」「靜」作𡥈，其以𡥈為「青」，與此異，其以𡥈𡥈為「爭」，則此彝𡥈即「爭」形之確證也。[11]

孫詒讓利用「偏旁分析法」「析而斠之」，並借助於字形的橫向比較，糾正了阮釋「靜」為「繼」的錯誤，其方法之縝密，由此可見。

9　《左傳‧宣公十二年》。
10　《左傳‧昭公元年》。
11　〔清〕孫詒讓：《古籀拾遺》（北京，中華書局，1989）卷中〈繼彝〉。

　　將偏旁分析作為一種考釋方法正式提出的，是唐蘭先生。在《古
文字學導論》一書中，他專門論述了這個方法，並且展示了自己用
「偏旁分析法」釋群字的兩組例子。他指出：「這種方法最大的效
驗，是我們只要認識一個偏旁，就可以認識很多的字。」由於他認出
了甲骨文偏旁「斤」，從而認識了「折、斫、兵、炘、昕、斧、新」
等從「斤」的字二十多個。[12]于省吾先生釋「心」一例也是這樣，他
先用字形比較考得「心」字，將它與「貝」區別開來，進而利用偏旁
分析辨認群字，認出了一系列舊所誤識或不識的從「心」的字。[13]

　　「偏旁分析法」是建立在對漢字內部結構正確認識的基礎上的，
它將漢字內部結構按其組合規律進行解剖，有著充分的客觀根據。中
國文字學很早就創建了漢字結構的理論和方法，為「偏旁分析法」提
供了理論依據。因此，「偏旁分析法」是一種注重分析的科學方法。
要使「偏旁分析法」最大限度地發揮作用，我們必須注意兩點：

　　其一，要充分掌握同一偏旁的各種變體。對於每一偏旁的歷史演
變及同一時代的各種異體有了全面的瞭解，分析時我們就有了充分的
可資比較的對象，以準確無誤地確認未識偏旁，為進一步的考釋奠定
基礎。如果我們對偏旁的分析辨認有誤，其結果必然導致整個考釋的
錯誤。清人的考釋中，運用「偏旁分析法」失誤，主要是由於偏旁資
料掌握不充分，對同一偏旁的變異寫法誤認的結果。如阮元釋邾公華
鍾將「名」誤釋為「聽」，就是對「夕」的偏旁掌握不全。[14]孫詒讓是
精於偏旁分析的，但因對偏旁認識失誤而錯釋的甲骨文字也不在少
數。如「生」即「往」之古文，甲骨文作𤙃，從止王聲。孫詒讓說：
「字恒見難識，疑當為臺字之省，《說文》『至』部：『臺，觀四方而

12 唐蘭：《古文字學導論》，頁175、195。

13 于省吾：《甲骨文字釋林‧釋心》，頁361。

14 〔清〕阮元：《積古齋鍾鼎彝器款識》卷三〈邾公華鍾〉。

高者也，從至從高省，與室、屋同意，之聲。」此上從「⺊」為『之』，與『市先』二字同，下從太，實非『太』字，疑當為『從高省』，猶『就』從『京』作「杏」也。」他對「生」的誤釋，主要錯在對偏旁「王」的誤認上。他如「既」誤析為「從欠從豆」，是由於錯認偏旁「㿝」為「豆」，「劦」（嘉）誤釋為「奴」，是對偏旁「力」不甚了然，誤認為「又」所致。[15]可見，如果不充分掌握偏旁資料，即使諳熟「偏旁分析法」也不能保證釋字無誤。孫詒讓著《契文舉例》僅見到劉鶚《鐵雲藏龜》所刊佈的材料，對甲骨文的偏旁缺乏系統的掌握，出現上述的錯誤在所難免。

其二，分析偏旁要像庖丁解牛，因循自然之理，防止主觀臆斷，割裂字形。如果我們分析時，不以偏旁為單位進行，將同一偏旁肢解，或切割為不成偏旁的筆劃，違背漢字構形的基本程序和規則，就難於得出正確的結論。古文字考釋中因割裂字形而致誤的也不在少數。如《捃古錄金文》所收《日壬卣》有⻖字，為人名，吳式芬引許印林說：「⻖即⻖，既字從之，⺍象舉手，從手既聲，乃摡字，此又省其㿝。《集韻》摡、无同字，注云：『《博雅》：取也，一曰拭也，或作撫』。正其字矣。」[16]其實這個字是「何」（「荷」之本字）的古體，象一人肩有所荷。許氏將人形分割為兩部分，又將所荷之物與人頭部視為一體，字形割裂分解，只得以省某自圓其說，又引後世字書材料論證，雖然煞費苦心，結論仍然難以成立。割裂字形的分析法，缺乏科學的依據和基礎，自然是要失敗的。

在上述誤認誤析偏旁中，我們看到釋字者因錯誤不能自圓其說，常常以「從某省」為搪塞之詞。偏旁的省略，在古文字結構中確實

---

15 〔清〕孫詒讓：《契文舉例》（濟南市：齊魯書社，1993年），下卷，頁77、106、94。
16 〔清〕吳式芬：《捃古錄金文》卷二・上〈日壬卣〉。

有，但必須有充分的字形比較資料證明，倘若忽視了這一點，就易於犯主觀附會的錯誤。

「偏旁分析法」釋字的可靠性在於它堅持客觀的科學分析，在偏旁離析、辨別、解說的每一環節，都要細心謹慎，以字形為依據，遵循漢字結構的規律，否則，就動搖了它的基礎。孫詒讓在利用偏旁分析時取得了很大的成就，同時也出現了許多錯誤，這可以給我們以有益的啟示。

「偏旁分析法」將未識字結構分析清楚，但是最後解決字的形音義關係，仍要借助字形的比較。偏旁的確認本就是一個字形比較的過程。如果找不到作為比較對照的偏旁和對應字，即使我們利用「偏旁分析法」可以明白無疑地隸定該字，依然不能真正認識這個字。如唐蘭釋從「斤」的字，于省吾釋從「心」的字，不少都只是隸定出來，而未能最後認定，都是因為這個緣故。因此，在考釋古文字時，偏旁分析的運用也有一定的局限。要徹底釋讀一個字，還需要其它考釋方法的輔助。

三　辭例歸納法

在考釋古文字時，常有這樣的情況，由於時代久遠或鑄刻原因，字形有的殘缺不全，模糊不清；有的變化特異，詭譎難辨；有的雖形體清晰，卻不傳後世；有的形雖可說，義則無解。諸如此類，「字形比較法」和「偏旁分析法」都顯得無能為力，必須借助其它的釋字手段。「辭例歸納法」的運用，可以在一定程度上解決這類問題。

「辭例歸納法」，是依據未識字出現的語言環境，通過對一系列辭例的分析、比較、歸納，從而達到釋字目的的方法。

任何文字都是語言的符號，漢字作為記錄漢語語詞的符號，形、

音、義三位一體。清王筠曾說:「夫文字之奧,無過形音義三端。而古人之造字也,正名百物,以義為本,而音從之,於是乎有形。後人之識字也,由形以求其音,由音以考其義,而文字之說備。」[17]「字形比較法」和「偏旁分析法」即依據漢字形、音、義三者的關係,由字形進而瞭解它代表的音義。另一方面,漢字作為記錄語言的符號總是出現於一定的語言環境和具體的辭例中。所謂語言環境,這裏除指未識字所出現的上下文關係,還包括它鑄刻的位置和使用的場合;所謂辭例,即詞語按一定規則組成的序列,在這個序列中,各個詞語是有機聯繫的,存在著相互依存和制約的關係。因此,當語境和辭例清楚時,出現於該語境或辭例中的未識字所代表的詞義範圍就有了大致的限定,這種限定引導我們沿著詞義指示的方向,由義推及形與音,並通過相同辭例的歸納,以達到釋讀未識字的目的。「辭例歸納法」是建立在文字形、音、義三位一體以及文字與語言關係的理論基礎上的。許多古文字考釋的成功例子,表明「辭例歸納法」只要運用得當,是可以解決一部分問題的。

「辭例歸納法」的作用主要體現在如下兩個方面。

一、就辭例以辨釋字形。這就是利用語境和辭例的歸納,確定未識字代表的詞義範圍,並與相同、相近辭例的比較、歸納,以啟發字形的辨釋。如召伯虎簋有「⊓餘既☑有司」一語,第一字過去釋「月」或「曰」。孫詒讓從辭例入手,認為:「作『月』義不可通,且金文『月、曰』二字並無如此作者,以文義考之,當為『今』之變體。『今余』連文金文常見」。於是他列舉金文「今余」連文的八個例子以為輔證,從而認定此字為「今」,糾正了誤釋。[18]這是利用辭例的

---

17 〔清〕王筠:《說文釋例·自序》。
18 〔清〕孫詒讓:《古籀拾遺·召伯虎簋》。

歸納，確認形體有變異的字。金文「訊」字，字形特別，不見於古代字書和典籍，各家考釋意見不一，或釋「傒」，或釋「緯」，或釋「緘」，或釋「絢」，均非確釋。陳介祺根據此字出現的語言環境，「折首五百，執𥄕五十」，發現它與《詩經》「執訊」的「訊」相當，在其它場合也都出現於「執」字之下，而且虢季子白盤所記正是攻伐玁嚴狁之事，遂按字義定為「訊」字。[19]吳大澂也主此說，並認為從係從口，執敵而訊之。[20]王國維考察了敔簋、虢季子白盤、兮甲盤、師寰簋、不嬰簋等器銘文，細緻比較了此字出現的語言環境，均在「執」之後，正如《詩經》「執訊獲丑」「執訊連連」等語相近，進一步論證此字為「訊」，義為「俘虜」，遂成定論。[21]「訊」的考釋是由歸納銘文辭例與典籍例證比較而確定的。于省吾先生釋甲骨文「攺」也是運用「辭例歸納法」的典範之作。甲骨文「攺」雖形有變化，但結構明晰，均「象以樸擊蛇」，那麼，它到底是一個什麼字？義訓如何？于先生由辭例歸納入手，將有關此字的辭例歸納為「攺」「卯或歲與攺連言」「攺人」「攺羌」「攺牲」等五類，列舉二十八條辭例，然後通過分析、歸納，輔之以字形的說明，論證推考出「攺」即《說文》「敡」，異文作「肔」，本義為以樸擊蛇，引申為割裂肢解。[22]

　　上述三例，皆以「辭例歸納法」考釋未識字，在考釋過程中，字形的比較分析同樣也起到作用，歸納的結果，尚須與字形的解釋相合，否則也難成定論。

　　二、就辭例以推求字義。有些古文字字形結構清楚，但是不見於後代字書或典籍，無法利用字形比較來最後確認它，那麼要瞭解它的

19　〔清〕吳式芬：《捃古錄金文》卷三中〈虢季子盤〉。

20　〔清〕吳大澂：《說文古籀補》（北京市：中國書店，1990年），卷一，頁11。

21　王國維：《王國維遺書‧六‧不嬰敦蓋銘考釋》。

22　于省吾：《甲骨文字釋林‧釋攺》，頁161。

含義，就全得憑藉「辭例歸納法」了。如甲骨文「屮」字，在武丁時期的卜辭中是常見字。孫詒讓、羅振玉、王國維等人都釋為「之」，但其形與甲骨文「之」有明顯的差別。胡小石先生在《說文古文考》《甲骨文例》兩書中，根據此字出現的語言環境、辭例，認為它與「又」「有」等義相同；「考卜辭用屮之例，或以為『又』，如：『俘人十屮六人』（菁華六頁），即『俘人十又六人』。『自今十年屮五』（簠室殷契徵文十一第六十一頁），即『自今十又五年』也。或以為『有』，如：『允屮來艱』（菁華一頁），即『允有來艱』也。或以為『告』之省，如『貞，屮於且丁』（前編卷一、十二頁）：即『貞，告於祖丁』也。其用與『之』絕異。」[23]郭沫若也認為：「凡卜辭用此字，均與『又』字義相同……唯字形尚未得其解。」[24]通過學者們對相關辭例的綜合研究，「屮」在甲骨文中分別相當於後來的「有、又、祐、侑」等，已無疑義，但是，字形仍是一懸案。這是因為這個字在武丁之後逐漸消失，而用「又」取代它，字形沿續的中斷，為考釋帶來困難。「屮」字義項的歸納之所以意見較一致，是因為「屮」「又」通用的辭例為「屮」讀如「又」音提供了證明，而「有」也以「又」為聲。

　　有時辭例明確，含義範圍也可以確定，但到底釋為何字何義最恰當，卻頗有爭論。甲骨文「囚」字的考釋就極有代表性。此字甲骨文使用頻率很高，常見辭例如「有～」「亡（無）～」「旬有～」「夕亡（無）～」「唯～」「不唯～」等，就其出現的辭例考察，其含義為「凶災咎禍」之類是無疑的。到底是什麼字？各家之說則很不一致。有「𠬝、戾、凶、緐、𡧜、骨、禍、悔、咎」等說法，幾乎著名的古

23　胡小石：《甲骨文例》，刻印本，卷一，1頁，1982年。

24　郭沫若：《卜辭通纂》，第17片考釋，見《郭沫若全集·考古編》（北京市：科學出版社，2002年），卷2，頁230-231。

文字研究者，如王國維、郭沫若、于省吾、唐蘭、陳夢家、胡厚宣、
葉玉森等人，都發表過意見，但都沒能最終解決這個字的釋讀問題。
可見，僅僅依靠辭例的歸納，有時釋義也難於落實具體。同一語義範
圍，可選擇的近義詞有時是多個的，這就為最後的判定帶來困難。用
「戾、凶、禍、悔、咎」等字去替代「囙」字，大抵都可以說得通，
甚至都能找到典籍辭例為證。事實上「囙」只能代表其中或此外的某
一個意義，這樣，僅就辭例則難於定奪。于省吾先生認為讀「咎」可
信，並提出了三條驗證「囙」字讀音的材料：一、周〈魯侯簋〉「魯
侯又（有）囙工」，郭沫若讀為「有猷功」，而囙即囙之異，與「猷」
相通；二、臨沂漢簡「堯問許囙」，「許囙」凡三見，即「許由」，囙
通「由」；三、《龍龕手鑑》「口」部上聲有囙字，音「其九反」，囙、
猷、由、咎，「均屬古韻幽部」。[25] 根據這些材料，大致可以排除
「戾、凶、悔、禍、卟」諸說，範圍逐步縮小。但是字形為何也只能
存以待考。

　　還有一些字，辭例明晰，字義也無疑，字形卻難於理解。如宋人
發現金文中有「乙子」「癸子」等，歷來不得其解，根據甲骨文保存
的殷商的干支表，可知殷商皆以「子」為「巳」，遂解決一大疑案，
所謂「乙子、癸子」，實為「乙巳、癸巳」。但是，甲骨文有「巳」
字，干支為什麼全部用「子」？又成為一新的疑案。又如中山王器圓
壺有銘文「方數百里」、兆域圖有「王堂方二百尺」等語，「百」作
全、全形，是「百」絕無可疑，但是這個字形卻很特別，至今找不出
令人滿意的解釋。

　　由此可見，「辭例歸納法」儘管可以確定意義範圍，甚至能夠斷
定具體的含義，卻不能最後認定未識字。字形的確認還必須借助其它
手段。

---

25 于省吾：《甲骨文字釋林・釋囙》，頁231。

　　此外，「辭例歸納法」還可能說明辨別字形。有的字因形體同源，難於分辨，就得依靠辭例的幫助，如甲骨文的「比」與「從」、「月」與「夕」、「女」與「母」、「立」（替）與「立」、「寅」與「黃」、「人」與「尸」等，字形間儘管有相對的區別，但很細微，只有通過辭例和語境，才能準確無誤地分辨出來。至於判斷一字多義的具體義項，尋求同音通假，離開辭例就無所憑藉了。因此，「辭例歸納法」無論是釋字釋義，還是分辨字形、尋求通假，都具有一定的實用價值，它可以補「字形比較法」「偏旁分析法」之不足，應該重視。

四　綜合論證法

　　上述三種方法的運用，可以解決古文字釋讀的基本問題。對於某些疑難字的考釋和構字本義的探求，事實上是一項更為複雜而艱巨的工作，往往需要調動各種相關的知識和手段，以盡可能充分的材料，從不同角度和層次進行綜合論證，這種方法我們姑且稱之為「綜合論證法」。運用「綜合論證法」，既要立足於文字和語言這一基點，又要求能夠高屋建瓴，將要解決的問題置於人類社會歷史文化的宏觀背景中加以考察，以尋求適切的答案。

　　文字和語言都是人類文化的重要方面，文字的構造及其發展，與特定時代社會歷史文化有著密切的關係。古文字在一定程度上積澱了古代社會的物質文化和精神文化，從古代的語言文字，可以窺測古代人們的某些習俗、觀念和心理。正是在這種意義上，于省吾曾說：「中國古文字中的某些象形字和會意字，往往形象地反映了古代社會活動的實際情況，可見文字本身也是很珍貴的史料。」[26]古文字本身

---

26 于省吾：《甲骨文字釋林・序》。

這一特性表明，通過對古代歷史、文化、習俗等方面的考察，有可能為釋讀疑難字、探求構字本義提供線索，這正是問題的兩個方面，也是「綜合論證法」賴以建立的基本依據。

考釋古文字可以利用的古代社會歷史文化資料，有三個主要的方面：一是有關的文字記載，包括傳世的和出土的文字材料，這是最重要的部分；二是先秦的實物，主要是經考古調查、發掘而瞭解到的各種遺物、遺址；三是殘存於不同民族的古代風尚習俗。因此，對某些古文字進行綜合論證時，經常涉及古文獻學、歷史學、考古學、文化人類學、民俗學等眾多領域和學科，其綜合性的特點十分明顯。

「綜合論證法」是現代科學方法，一方面它體現了唯物論的反映論和辯證法的觀點；另一方面又顯示了古文字學與其它學科的交叉關係。這一方法的產生和運用，表明古文字學的高度發展以及古文字研究者理論修養的深厚和學識的淵博。我們認為較早地開創性地運用這一方法的是郭沫若。郭沫若一開始研究古文字，就在目的和方法上有明確的追求，他既總結了王國維、羅振玉等人的研究方法，指出：「大抵在目前欲論中國的古學，欲清算中國古代社會，我們是不能不以羅、王二家之業績為其出發點了。」同時又明確地表示，「我們所要的是材料，不要別人已經穿舊了的衣裳；我們所有的是飛機，再不仰仗別人所依據的城壘。我們要跳出了『國學』的範圍，然後才能認清所謂國學的真相。」這就是說要利用舊有材料，以新的方法和觀點加以研究，從而揭示中國古代社會的真實面貌。他的目的，就是要填寫中國在世界文化史上的白頁。他的第一部研究古文字的著作《中國古代社會研究》正是在這種動機下寫作的。在初版〈自序〉中，他說：「本書的性質可以說就是恩格斯的《家庭、私有制和國家的起源》的續篇。研究的方法便是以他為嚮導，而於他所知道了的美洲的印第安人、歐洲的古希臘羅馬之外，提供出來了他未曾提及一字的中

國古代。」也讓那些「國故」夫子們知道，戴東原、王念孫、章學誠之外，「還有馬克思、恩格斯的著作，沒有辯證唯物論的觀念，連『國故』都不好讓你們輕談。」[27]郭沫若明顯接受了馬克思、恩格斯科學世界觀和方法論的影響，因而，在古文字研究領域，能夠異軍突起，成就卓著。他考釋古文字，不僅能嫻熟地運用字形比較、偏旁分析和辭例歸納等方法，而且還有一顯著特點，就是以世界文化史和中國古代社會歷史為廣闊的背景，從人類社會的發展演進的角度來思考問題。如〈釋臣宰〉一文，以社會發展與階級的產生、分化，結合古文字資料，論證「臣民」與「宰」字的構形本義，指出「臣民均古之奴隸，宰亦猶臣」，「一部階級統治史，於一二字即已透露其端倪，此言文字學者所不可不知者也。」〈釋支干〉詳考十干、十二支的產生及構形本義，以巴比倫古十二宮與十二辰、巴比倫星名與十二歲相比較，對中國古代天文曆法及其相關的問題，發表了一系列獨特的見解。[28]〈殷彝中圖形文字之一解〉，通過對圖形文字的具體分析，最後得出結論：「準諸一般社會進展之公例，及我國自來器物款識之性質，凡圖形之作鳥獸蟲魚之形者，必係原始民族之圖騰或其孑遺，其非鳥獸蟲魚之形者乃圖騰之轉變，蓋已有相當進展之文化，而已脫去原始畛域者之族徽也」，遂為圖形文字的考釋點破迷津。[29]他如〈釋干鹵〉〈釋黃〉〈釋鞞鞍〉等文，[30]也都屬於這一類型。這些文章在思考

---

27 以上引文均見郭沫若：《中國古代社會研究・自序》（北京市：人民出版社，1954年）。

28 以上二文均收入郭沫若：《甲骨文字研究》，見《郭沫若全集・考古編》（北京市：科學出版社，2002年），卷1。

29 郭沫若：〈殷周青銅器銘文研究〉，見《郭沫若全集・考古編》（北京市：科學出版社，2002年），卷4。

30 均見郭沫若：《金文叢考》，見《郭沫若全集・考古編》（北京市：科學出版社，2002年），卷5。

和解決問題時，不僅能從宏觀上著眼，而且在具體論證過程中，盡可能引用實物材料、典籍記載和民俗資料，其思路之廣闊，論據之宏富，論證之充分，都是空前的，在方法上有著明顯的綜合論證的特點。

　　將「綜合論證法」作為一種考釋方法宣導的是于省吾。在〈釋羌、苟、敬、美〉一文中，于省吾指出：「我們對於某些古文字，如果追溯其構形由來，往往可以看出有關古代人類的生活動態和風俗習慣，值得我們很好地加以利用。與此同時，我們如果留意古代史籍和少數民族志中所保存的古代人類生活習慣，也可以尋出自來所未解決的某些古文字的創造本意……在我們已經看到和掌握到大量古文字的今天，不應局限地或孤立地來看問題，需要從事研究世界古代史和少數民族志所保存的原始社會人類的生產和生活的實際情況，以追溯古文字的起源，這是研究古文字的一種新的途徑。我寫這篇論文，便是走向新闢途徑的初步試探。」于省吾雖然沒明確提出「綜合論證法」，但他所宣導和運用的正是這一方法。這篇文章作為示範性作品，可以給我們很多啟發。文章的第一部分是釋「羌」，僅就這一部分看，其綜合論證的特點就表現得很充分。文章首先引了《詩經》《國語》等七種古籍材料及甲骨文等古文字資料，考察了羌族與華夏民族的關係，指出：「古代華夏民族在很長時期內，與羌族既有婚媾血緣的聯繫，又有戰爭上的頻繁接觸，比任何其它外族的關係都較為密切」，這一結論為問題的進一步討論規定了大的歷史文化背景。其次，追溯「羌」字字形演變和構形由來，提出「羌」字來源於「羌族有戴羊角的習俗，造字者遂取以為像」的見解。接著列舉了中外十二條材料，證明戴羊角、牛角或鹿角以為飾，是世界上各原始民族的習見風尚，並進而對這些材料展開討論，揭示了「戴羊角偽裝狩獵──一般裝飾──美觀、尊榮──禮神裝飾」的發展過程，從人類物質精神文化的發展來解釋戴角這種習俗的產生、發展和演變。最後根據華

夏民族與其它民族的物質文化交往關係對漢字的影響，作出如下結論：「由於當時羌族有著戴羊角的習俗，造字時取其形象，在𠂉（人）上部加以羊角形構成𦍋字。因為羌人經常被中原部落所俘掠，所以又係索於頸作𦍋形。晚期卜辭和金文中的羌字上部所從的羊角形訛變為從羊，小篆因襲未變，許氏遂根據已經訛變的羌字誤解為『從人從羊，羊亦聲』的合體形聲字。」[31]他對羌字的構形本義及發展演變的精闢論斷，完全是建立在綜合論證的基礎上的，與郭沫若的有關考釋文章在方法上極為一致，只是于省吾先生更為明確地將這種方法作為一種釋字新途徑提出來。此外，于省吾先生的〈釋孚〉〈釋聖〉〈釋庶〉等論文，也都是利用「綜合論證法」的成功之作。

由於郭沫若著作的廣泛影響和于省吾的進一步倡明，「綜合論證法」的作用和意義，已為不少學者認識到，並在考釋中加以運用。像林澐的〈釋王〉[32]、黃錫全的〈甲骨文「屮」字試探〉[33]等，都是利用綜合論證法去探求構字本義的，而他們則直接受教於于省吾先生。不過「綜合論證法」作為一種考釋方法，目前還未能成為更多的古文字研究者手中的武器，這種方法難度大，需要有較高的理論素養和多方面的知識準備，固然是其主要原因，但對它缺乏充分的論證和推闡也不能不說是原因之一。

上述四種方法皆來自於古文字考釋經驗的總結，都是建立在唯物辯證法的基礎之上的。作為四種方法，它們各有側重，涉及對象的層次不盡相同。「字形比較法」側重字體形態的縱橫比較和聯繫，從文字的表層入手；「偏旁分析法」分解字形結構部件，則進入到漢字的

---

31 于省吾：〈釋羌、苟、敬、美〉，載《吉林大學社會科學學報》1963年第1期。
32 林澐：〈釋王〉，載《考古》1965年第6期。
33 黃錫全：〈甲骨文「屮」字試探〉，載《古文字研究》（北京市：中華書局，1981年），第6輯。

內部層次;「辭例歸納法」卻從文字符號代表的語言層面尋求解決問題的線索;「綜合論證法」在前三者的基礎上,從人類文化的角度去考察,是一種更深層的研究。它們又是相互聯繫、互為補充的。字形是考釋的根本依據,「辭例歸納法」和「綜合論證法」脫離了字形,就會成為空中樓閣,無所傍依。背棄字形的任何考釋,都失去了客觀依據,自然得不出正確結論,因此「辭例歸納法」的終結點是解決字形問題,「綜合論證法」的出發點亦是正確的字形分析。而運用「字形比較法」和「偏旁分析法」得到的結果,往往需要以具體的辭例驗證,如于省吾先生每釋一字,除詳考字形結構的來龍去脈,還要逐一驗之辭例,必使暢通無礙,才下最後的結論。在考釋過程中,這四種方法並不是孤立運用的,它們互相滲透和補充,從不同的角度揭示問題的真相。古文字研究者,為了問題的解決,應當盡可能地調動一切有效的手段。

方法論的研究,是古文字學的薄弱環節。本文只是綜合了古文字研究若干成功的經驗,還是很初步的。古文字學研究要進一步推向深入,建立其方法論系統是不可忽視的工作。不唯如此,近年來發表的有關古文字考釋和研究的某些論著中,違背古文字考釋和研究的基本原則和方法,標新立異,以惑視聽者並非少見。我們感到,方法論的研究,對保證古文字研究的科學性、純潔性,尚有不可低估的現實意義。我們希望能讀到更多的有關這方面的權威性論著。

卜辭所見「中」字本義試說[*]

　　「中」字甲骨文、金文異體甚多，大致可分為以下三種基本類型：
A〔（金文）　〔（金文）　B〔（甲骨文）〔（金文）　C中
（金文）

　　「中」的構形本義，曾有不少古文字學家予以探討，但眾說紛
紜，未有定論。由於三種類型的差別，有人將 A 型釋「游」（柯昌
泗）、釋「旗」（高田忠周）或「旗」的初文（馬敍倫）、釋「㫃（高
鴻縉）。B 型都一致釋「中」，然於其構形本義，也各呈異辭：高田忠
周謂「中」字「從㫃從中，中亦聲」，為「中廷專義字」；林義光說
「本義為射中之中『○象正鵠』，〔象矢有繳形」；郭沫若謂「中字豎
畫上下有同數之旒，或二或三，乃指事字，與本末同意，謂中央之圓
適當正中也」；商承祚：「豎旂宜正，故從｜在○中間以見義」，馬敍
倫：「〔為什伍集中之義。」C 型，郭沫若認為是「箭射中的中，一
圈示的，一豎示矢，乃會意字」；高田中周也說「象射侯形」，「其本
訓當為矢箸正也」。¹上引諸說，可歸納為「旗屬」和「中的」二說，
而於三類字型關係的認識殊不明確。唐蘭先生分析「中」字字形演化
最為詳審，他指出三種類型代表同一字發展變化的不同階段。對於
「中」的構形本義，唐先生卻也未能擺脫「旂旗」之屬的解釋，並申
論「中」「最初為氏族社會中之旗幟」，「上下為遊，中間之方框乃由

---

* 原載《文物研究》（合肥市：黃山書社，1988年），總第3期。

1 上引諸家之說的出處，均見周法高主編的《金文詁林》（香港：香港中文大學，1975
　年）「中」字條下。

直畫飾點，以雙鉤寫出而成。」²

根據殷墟卜辭提供的材料，我們認為「中」可能不是「旂旗之類」，而是我國古代測風工具的象形字，試述如次：

卜辭有以「中」測風的記載。卜辭「立中」一語多次出現，在有些卜辭中，我們看到一個有趣的現象，卜問「立中」時，「亡（無）風」「允亡（無）風」常常同時出現，如：³

（1）□亡風，易日。／丙子其立中，亡風。八月。（7396）

（2）□酉卜，賓貞：翌丙子其□立中，允無風。（7370）

（3）□其立中，亡風。／□亡風，易日。（7371）

（4）癸卯卜，爭貞：翌□中，亡風。丙子□允亡〔風〕。（13357）

（5）□中，丁酉□風□。（13343）

（6）□爭貞：翌丙子其立□風，丙子立中，〔允〕亡風，易日。（43045）

從這些卜辭可以看出，「立中」可以確定風之有無，因此，可以肯定占卜「立中」與測風活動有關係。（1）（2）（3）（4）（6）等例都無疑表明這一事實，（5）例雖殘，也存「中」、「風」二字，其缺可補。

---

2 唐蘭：《殷墟文字記・釋「中」》（北京市：中華書局，1981年），頁48-54。

3 本文所引甲骨文材料取自郭沫若主編的《甲骨文合集》（簡稱《合集》，北京，中華書局，1978-1982），為方便起見，只標明著錄號，文字隸定一般用寬式，「[]」用來表示作者酌補的甲骨刻辭殘缺文字，「□」用來代表甲骨刻辭殘缺的部分；也間或引用其它著錄，所引簡稱一如〔日〕島邦男：《殷墟卜辭綜類》（東京都：汲古書院，1971年）。

當然也有出現「立中」而不出現「亡風」「允亡風」記錄的卜辭：

（7）□卜，爭貞：王立中？（7365）

（8）己亥卜，爭貞：王勿立中？（7367）

（9）辛亥貞：生月乙亥酚係，立中。（32227）

這一類「立中」是否與上舉各例相同？我們認為答案應該是肯定的。只是「立中」所測結果未曾記錄而已。有些殘辭，保留了「立中」如7376、7372反等。也可能殘損的正是「亡風」「允亡風」之類的驗詞。例（9）「立中」出現於「酚係」等祭祀之辭之後，殘片33096作：「□亥□彡係，立中」，34563作「□彡酚□中」，都與此例相近，這三片卜辭均見於四期。為什麼貞卜祭祀之辭要附記「立中」，還值得進一步研究。但是祭祀卜辭後附記有關氣象情況的卻甚為常見，如《粹》13、16、26、70、217、456等片，及《續》6.11.3、《庫》29等，都可參證。《合集》32214片，同版有「伐」祭，也有貞卜「立中」的。

7369、7371、40354等片，同辭還出現「易日」一語，32226片云：甲寅卜：「弜立中，乙卯不易日」。「易日」郭沫若讀為「暘日」，指的是一種天象，即《說文》所謂「日覆雲，暫見也，猶言陰日」。[4]「立中」不僅與「亡風」而且與「易日」同辭或同版出現，可進一步證明「立中」與氣象觀測活動的密切關係，因為風向與天氣陰晴相關，測風也就可以預知天氣的變化。

卜辭中還保存了大量占卜「風」的記錄，就有關卜辭看，當時已形成了初步的分級概念，有「小風」「大風」、「大撒（驟）風」之

4　郭沫若：《古代銘刻匯考四種・「易日」解》（東京都：文求堂書店，1933年）。

別。14294片卜辭云:「東方曰析,風曰脅;南方曰因,風曰散。西方曰豐(介),風曰?。〔北方曰夗〕,風曰役」,14295版也有四方風的記載,風名和方名與此辭稍有差異。[5]據此可知當時四方與四方風已有專門的命名,殷代對風的觀測已經達到相當高的水準。「風」之所以引起殷人的高度重視,一方面是由於風的大小直接影響人們的生產和生活;另一方面,通過對風的觀測,可以幫助預測天氣的陰晴冷暖變化。我國農村至今仍十分重視利用這方面的經驗,這種經驗凝結在大量的農諺中。卜辭有關「風」的大量記錄,也說明殷代完全可能已運用某種工具對風進行觀測。

唐蘭先生以「中」為「旂旗」之屬,建旗以致眾人的說法影響甚大。[6]但是從卜辭內容看,「立中」以致眾人,尚未發現十分有利的證據。《合集》中有以下幾例,看起來好像與戰爭之事相關,如:

(10) a貞:今者勿正土方
　　 b貞:立中
　　 c貞:□立□　　　　(39883)
(11) a□今者勿收人
　　 b 貞:勿立中　　　(7374)
(12) a□爭貞:戉戋,出□
　　 b 戉弗其□
　　 c□來甲辰立中□　　(39981)
(13) 癸酉貞:方大出,立中(?)於北土(33049)

---

5 本條刻辭釋文和增補參見以下二文:胡厚宣:〈釋殷代求年於四方和四方風祭祀〉,載《復旦學報》1956年第1期;于省吾:〈釋四方和四方風的兩個問題〉,見《甲骨文字釋林》。

6 唐蘭:《殷墟文字記・釋「中」》,頁48-54。

　　以上各例，都不能直接證明「立中」與「立旗致眾」有關。考察圖版可知：39883片a與b、c兩條卜辭之間，7374片a條與b條之間，都刻有分界線，表明「正土方」、「奴人」與「立中」是兩條內容不同的卜辭。39981片，a、b兩辭明顯為對貞句關係，b條可補為「戊弗其弋，出□」，因而同版c條雖有「立中」，卻可能是另一條卜辭。這種同版之中，不同內容卜辭交錯的現象，在甲骨刻辭中是大量存在的，如39701片云：「貞：不其受年／貞：王勿奴人」，前者是關於年成的，後者一般則認為屬於征伐一類。僅以《卜辭通纂‧征伐》一類卜辭為例，與征伐類內容同版出現的就有占卜「生死」「祭祀」「生育」「寧風」等內容的卜辭，如492、493、496、504、525、554、565等片。因此，上舉三條卜辭，不能因為同版有「戰爭征伐」等內容的卜辭出現，就認為它們可以證明「立中」是「立旗致眾」。例（13）「中」寫作「中」，與卜辭「立中」通常寫法有很大的差別，「立中」的「中」，豎畫上下都有曲畫，中間是比較方正的矩形，這個「中」，則與「立事」的「事」（𠭯）上部相同，我們懷疑它可能是「立𠭯」的「事」省刻了「又」，不管如何，應注意到其形體的特殊性。根據卜辭「立中」等材料出現的情況，我們難以遵從唐蘭先生的說法。

　　從辭例和卜辭有關「風」的記錄入手，我們認為「中」是測風的工具，考之於字形，「中」作為測風器具的象形字，也甚契合。舊釋「中」字構形本義，多以為是旌旗之屬，乃是根據「中」字有類似「㫃」的附著物立論的，因有九斿、六斿、四斿旗之說，進而在典籍中尋找證據。這可能是一種誤會。與卜辭其它旗類字相比，「中」字所從，與「㫃」是有明顯差別的，「中」有斿無旗，這一點唐蘭先生也已指出。[7]我們認為，「中」所附之物，不是旗之斿，而是用來測定

7　唐蘭：《殷墟文字記‧釋「中」》，頁48-54。

風之有無和方向的「綐」。「綐」用帛條或羽毛編織成帶狀，只是與斿類似而已。就「中」字 A 型而言，直畫乃象長標杆，上下對稱地係以「綐」用來測風。「綐」之所以取上下相對稱或分為上中下三部分，則是為了確定風向的準確性。唐蘭先生認為 A 型是「中」字原型[8]，而這種原型正是早期原始而又簡單的測風器具的形狀。B 型「中」字在中部加上了方框，我們覺得它不是標明中間位置的指事符號，也非「飾點」以雙鉤寫成，而是代表四方。四方座標的確定，就可以準確無誤地測定八面來風了。這類字形代表了測風器具的發展。方框甲骨文有時寫得亦方亦圓，不甚規整，金文則大多變為橢圓形，這是文字書寫和風格流變所致，也正是文字之所以為文字而不等於實物的特點的反映。而 C 型「中」字，則完全是後來字形的省簡，一般不用於本義。根據「中」字字形提供的材料，我們大致可以瞭解殷代測風器的性質及其發展。

考察古籍中關於我國古代測風器的記載，也還能看到「中」字所象與後來測風器原理的一致性。古代測風器，典籍中叫「相風」「相風鳥」或「五兩」。這方面零星記載現存最早的材料是漢代的。西漢劉安等撰《淮南子・齊俗訓》云：「故終身隸於人，闚若綐之見風也，無須臾之間定矣」。許慎注云：「綐，候風也，楚人謂之五兩。」據《北堂書鈔》卷一百三十八「舟部」「伍兩」條所引，許注原為「綐者，候風之羽也」。[9]唐李淳風《乙巳占》云：「凡候風者，必於高迥平原，立五尺長竿，以雞羽八兩為葆，屬竿上以候風，風吹羽葆平直則占……羽葆之法，先取雞羽中破之，取其多毛處，以細繩逐緊夾之，長短三四尺許，屬於竿上，其扶搖、獨鹿、四轉、五復之風各

8　同上。

9　劉文典：《淮南鴻烈集解》卷十一〈齊俗訓〉。

以形狀占之」。[10]這段記載可以說明我們理解《淮南子》所記及許慎的注文。劉安等所見和唐代李淳風所描述的測風器，與「中」的形制未必就完全一致，但顯然與 A 型的「中」字所象類似。「繘」本從「係」，顯係絲帛之屬，編為羽繩的「羽葆」，當為後來的改進。《後漢書・張衡列傳》記載，「陽嘉元年（132年），復造候風、地動儀」，但未見關於「候風」的詳細記述。佚名氏《三輔黃圖》引晉郭延生《述征記》曰：「長安宮南有靈臺，高十五仞，上有渾儀，張衡所制，又有相風銅鳥，遇風乃動。」[11]此相風銅鳥是否即為張衡所造的「候風」儀，不得確知。《藝文類聚》引晉傅玄〈相風賦〉云：「乃構相風，因象設形。蜿盤獸以為趾，修建竿之亭亭。體正直而無橈（撓），度經高而不傾。棲神鳥於竿首，俟祥風之來征。」這篇賦文《太平御覽》也節引了，只是文字上稍有出入，題為鄭玄所作。[12]據傅玄賦文的描述，可以得知另一種形制稍不相同的測風器──「相風鳥」，其所異於「中」字所象和《淮南子》所記者，應是測風器由簡樸向複雜、美觀的一種發展，其基本原理並無大的差別。魏晉之後，關於相風的記載更多，無須備列。

　　西漢以後典籍所載之「相風」有簡單實用的，也有高級、複雜、講究美觀的，那麼，其原始形制到底怎樣？又起源於何時？這是研究科技史所要提出的問題。晉崔豹雲：「伺風鳥，夏禹所作也。」[13]這未

---

10 李淳風：《乙巳占》卷十「候風法」條，叢書集成初編本。

11 《三輔黃圖》，作者佚名，其成書不晚於南北朝，據四部叢刊廣編本，臺灣商務印書館印行。

12 《太平御覽》卷九「天部」九所引，「題鄭玄相風賦」，全部引文比《藝文類聚》卷六十八所引多出三十九字，僅此段文字有出入者，如「獸」作「虎」，「橈」作「撓」，「經」作「徑」，「高」作「挺」，「俟」作「候」。史書不言鄭玄有賦作，傅玄所作賦多有傳世，風格與此相近，且《藝文類聚》出於《御覽》之前，引證也較嚴謹，故從之。

13 崔豹：《古今注》卷上，四部備要本。

必有據，只極言來源之古。《宋書・禮志五》載：「《周禮》辨載法物，莫不詳究，然無相風、罼罔、旄頭之屬，此非古制明矣。何承天謂戰國並爭，師旅數出，懸烏之設，務察風祲，宜是秦制矣。」何是劉宋著名科學家，曾參與《宋書》編纂，其中〈天文志〉、〈律曆志〉即出自他之手，這裏記錄的只是他對「相風」起源的推測。根據卜辭提供的材料，今天我們可以推定，「相風」之原始形制類似「中」字所象，至遲殷代已經有了這種測風器具。沿經周秦，到東漢經科學家張衡的改造，變得更加精密、複雜而美觀。但從傅玄對「相風鳥」的描述來看，其基本結構和原理與「中」字還是一致的，只不過將「統」改為「神鳥」而置於「竿首」而已。據王仁裕《開元天寶遺事》「相風旌」條載，唐代「五王宮中，各於庭中豎長竿，掛五色旌於竿頭，旌之四垂綴以小金鈴，有聲即使從者視旌之所向，可以知四方之風候也。」可見到唐代類似A型「中」的構形簡單的測風器還在使用。

　　古籍中關於「相風」的各種文字，可佐證我們關於「中」字所象乃為測風器之說，因此，「中」不是會意字，也不是指事字，乃是一個象形字，中豎象長竿，上下等數曲畫像「統」，中方框代表四方的座標。問題是：「中」在典籍中沒有作為「相風」之名的材料保存。我們認為這一問題，可作如是答：「相風」乃是根據「中」的作用──「觀測風」所作的一個新的命名。由於「中」的引申義增多，詞義系統日趨複雜，「相風」遂取代了「中」表示測風器具這一義項，「中」字則只用於各種引申義項。時代更移，典籍湮沒，「中」之本形本義遂致不可考。今有甲骨卜辭之文，才為我們解決這一問題提供了新的線索。類似這種情形的，在漢語詞彙發展中並非絕無僅有。有典籍可考的，如「領」本指「頸」，到後代只用於引申義，而本義由「頸」表示，發展到現代漢語，「脖子」取代了「頸」。如果「領」

變為「脖子」的中間環節缺乏材料，或古籍中不保存「領」作為「脖子」的材料，那麼二者的關係也同樣茫然無解了。「書」本有「信」一義，「信」古指「信使」，後以「信」取代「書」這一義項，「書」只保留了「書寫」和「書寫後訂成冊的作品」之類的義項，也屬相同的現象。[14]這只是隨手取來的例子，在漢語詞彙發展史中，類似以「相風」取代「中」，以「相風鳥」取代「相風」，又以「伍兩」取代「相風鳥」之類的更名換姓而不易其主的現象不是個別的，這牽涉到詞語命名及其發展問題，不便深論。

確定了「中」的構形來源，關於「中」的各項引申義就比較容易理解了。對「中」為何有「中央」「正」等引申義項，舊說多所牽強。唐蘭先生說：「中本徽幟，而其所立之地，恒為中央，遂引申為中央之義，因更而引申為一切之中」。[15]此說雖比較圓通，也還難令人信服。就我們所釋字形而言，「中」作為測風器，其標竿立於四方座標（□）之中心，故「中」有中央之義，同時觀測風向，總是以測點為中心，因此「中」引申出「中心」「中點」「中間」諸義項是順理成章的。卜辭「王作三自，左中右」（粹597），「中」即對左右師而言，位屬於「中」，還有大小上下之「中」，如卜辭「中宗者承大宗而言。中丁者承大乙、大丁、大戊而言」，「中子者乃對大子、小子而言」；[16]伯仲之仲作「中」，則是就其位居「伯」之下、「叔」之上而言，「仲」乃後起分別字。「中」有「正」一義，也是由構形本義引申。候風中所立之長竿不僅位居於中，且「體正直而無橈（撓）」，「既修且貞（正）」，[17]自然就引申出「正」這一義項。「中」的引申義進一步

14 王力：《漢語史稿》（修訂本）（北京市：中華書局，1980年），頁497、547。

15 唐蘭：《殷墟文字記・釋「中」》，頁48-54。

16 唐蘭：《殷墟文字記・釋「中」》，頁48-54。

17 〔晉〕傅玄〈相風賦〉云：「翟翟竹竿，在武之庭，厥用自然，既修且貞，插羽其

抽象，「正」可以引申出「中的」之「中」，「中央」即不偏倚，又可引申出「中和」一義。儘管引申義可以越來越抽象，而溯本求源，又都與「中」字構形本旨相關聯。

綜上所述，謂「中」為測風器的象形字，從卜辭辭例、字形、典籍材料和詞義的引申系統諸方面看均無牴牾。這一結論如能成立，不僅對解決「立中」等卜辭的釋讀問題提供新的線索，而且為古代科技史的研究提供了較可靠的古文字資料。我們撰寫此文時，查閱了有關科技史論著，[18]發現一些著者根據甲骨文有「倪」字，而確定殷代有測風器。這是由上引《淮南子・齊俗訓》「闚若綆之見風也」之「綆」字，傳世版本作「倪」所致。「倪」為「綆」之訛，莊逵吉、王念孫等考證甚精，已證其誤。[19]引者忽略了這一點，根據「倪」卜辭中有對應字，就草率肯定卜辭「倪」就是殷代測風器的證據，這顯然是不妥當的。實際上甲骨文的「倪」與測風器毫無關係，這一點應該予以糾正，而應以「中」字及相關卜辭提供的材料來替換這一錯誤的引證。

首，丹漆弗營，經之營之，不日而成」。見《太平御覽》卷九「天部」。

18 王鵬飛：〈中國古代對天氣現象的觀測和理論〉，見自然科學史研究所主編：《中國古代科技成就》（北京市：中國青年出版社，1978年）；杜石然等編著：《中國科學技術史稿》（北京市：科學出版社，1982年），頁193。

19 劉文典：《淮南鴻烈集解》卷十一〈齊俗訓〉。

釋琉璃河太保二器中的「宋」字[*]

北京琉璃河出土罍盉二器，係西周早期遺物。兩器同銘，分別鑄於器、蓋，銘文涉及召公封匽等重大歷史事件，是西周早期歷史研究的一次重要發現。[1]兩件器物公佈之後，得到學者的高度關注，並有多篇論文做過深入討論。[2]這些論文在許多重要問題上形成了一致的意見，但是有些疑難字的考釋還存在分歧，甚至對器主的確定、銘文的理解和斷句也意見不一。本文所釋「宋」就是一個尚待討論的疑難字。

「宋」在罍盉器、蓋銘文中，寫法略有差異，其形如下：

罍腹　　　罍蓋　　　盉腹　　　盉蓋

這個字構形特別，各家所釋分歧最大，有釋「垂」、釋「窭（窶）」、釋「宅」、釋「東」、釋「柬」、釋「寓」、釋「寢」等各種意見，皆未能為學術界公認。[3]

---

[*] 選自張光裕、黃德寬主編：《古文字學論稿》（合肥市：安徽大學出版社，2008年）。

[1] 中國社會科學院考古所、北京文物研究所：〈北京琉璃河一一九三號大墓發掘簡報〉，載《考古》1990年第1期。

[2] 參見〈北京琉璃河出土西周有銘銅器座談紀要〉，載《考古》1989年第10期；周寶宏《近出西周金文集釋·克罍、克盉銘文集釋》（天津市：天津古籍出版社，2005年）輯錄了各家對二器考釋的意見，甚便稱引，本文所引各家說皆可參見該書。

[3] 各家所釋可參見周寶宏：《近出西周金文集釋·克罍、克盉銘文集釋》。

　　細審罍盉二器四篇同文銘文，罍腹一篇是相對規範的，其它三篇則字形偶有省訛。因此，討論此字，當以此篇銘文為準。罍腹此字，結構明晰，與其它三形相比，銘文從「宀」無別，罍器字從「止」，盉器不從。差異較大者只在中間部件，罍腹銘文所從作□，罍蓋、盉器蓋銘文則作□、□、□，殊難辨認，各家考釋分歧蓋因此而生。

　　確認□為規範形體，這個字就較容易解決了。我們認為這個字可以隸定為「寏」和「宋」，中間所從的□，乃「弔」字，是該字的聲符。「弔」見於甲骨文，作「□」。[4]甲骨文「師」，以「弔」為聲符，作□、□、□、□、□、□、□、□、□等形[5]。于省吾先生〈釋弔、師〉一文，對「弔」「師」作了精確考證，所釋應無疑義。[6]金文從「弔」的字有「秭」「姊」和「師」等。[7]「弔」分別作以下諸形：□、□、□、□、□、□，靜簋「弔」作□，石鼓文「越」從「弔」作□。從甲骨文到金文，「弔」的形體變化，主要表現在上部短橫有作兩斜畫或重疊的，如□、□、□、□、□、□，豎畫下部或作□、□、□，或徑作一豎。這種細微的變化，在古文字形體變化中是常見的，如「屯」作□或□[8]、「每」作□或□、□[9]，至於豎畫下部徑省作一豎在甲骨文中已習以為常。綜合「弔」在甲骨文、金文中的各種異形，我們對罍蓋、盉器「弔」的異形就比較容易理解了，這個疑難字中部所從部件就是「弔」字應該是毫無疑問的。

　　辨明瞭該字從「弔」，這個字就可以隸定作「寏」「宋」。二形不

4　中國社會科學院考古研究所編輯：《甲骨文編》（北京市：中華書局，1965年），附錄上五，頁645。

5　同上書，卷十四・四，頁533；又附錄上一二五，頁885。

6　于省吾：《甲骨文字釋林・釋弔、師》。

7　容庚編著：《金文編》（北京市：中華書局，1985年），頁507、800、937。

8　中國社會科學院考古研究所編輯：《甲骨文編》，卷一・九，頁18。

9　同上書，卷一・十，頁19。

見於《說文解字》和其它字書。上海博物館所藏戰國楚竹書《周易》
恰好保存了這個字的後一形體。如：

第七簡：「六四，帀（師）左●，亡咎。」

馬王堆帛書《周易》作：「六四，師左次，無咎。」傳世本《周
易》同於馬王堆帛書，與上海簡●相對應的字皆作「次」。《上海博物
館藏戰國楚竹書》（三）將這個字隸定作「宋」，讀為「次」是完全正
確的。[10]

第五十三號簡：「六二，遊（旅）既●，襄其次，导（得）僮僕
之貞。九三，遊（旅）焚其●，喪其僮僕，貞貞礪。」

馬王堆帛書本作：「六二，旅既次，壞其茨，得童剝，貞。」傳
世本作：「六二，旅即次，懷其資，得童僕，貞。九三，旅焚其次，
喪其童僕，貞，厲。」與上博楚竹書●對應的也都作「次」。

這證明上博楚竹書的「●」就是傳世文獻和馬王堆帛書的
「次」，其字隸定為「宋」，從「朿」聲讀「次」，與甲骨文「師」從
「朿」聲讀「次」同理。戰國楚竹書、馬王堆帛書和傳世文獻相互印
證，使我們確信罍、盉二器上出現的這個「窔（宋）」字，就是戰國
楚竹書「宋」的早期字形，也就是傳世文獻「次止」之「次」的古字。

于省吾先生指出：甲骨文師，讀作「次」，「次之訓止或舍係典籍
常詁」。「師為朿的孳乳字，次為後起的借字」。[11]罍、盉銘文與上博楚
竹書等新材料，不僅更加證明於說確不可移，而且還為進一步梳理各
形體之關係提供了可能。

甲骨文「朿」也有「次止」之用法，如《合集》一五三二正：
「貞：王其歸朿於●女？／貞：勿朿於●……」《說文解字》卷六下：

---

10 馬承源主編：《上海博物館藏戰國楚竹書》（上海市：上海古籍出版社，2003年）
（三），頁146。

11 于省吾：《甲骨文字釋林·釋朿、師》。

「帒，止也。」《汗簡》下之二・八三：「次」古文作帒，古文顯然是
「帒」用作「次」。[12]《說文解字》卷八下：「次，不前不精也……古
文作帒。」段玉裁謂：「不前不精皆居次之意也。」《說文》古文最有
可能是由「帒」之古文所訛。[13]「帒、次」在形義方面的糾葛應該是
古代二字使用情況的反映。

　　甲骨文「師」從「自（師）」，即文獻「次止」之「次」的古字，
也作「𣥐」，在「自（師）」下加上指事符號。甲骨文「在某師」，多
與軍事行動有關，其字也可加「止」，《京都》二八七一片「師」即作
𣥐。罍銘「𡨁」從「止」與此一致。「𡧛」從「宀」與訓「次」為
「舍」相關。《周禮》《儀禮》《禮記》等典籍中，「次」或訓作「廬」
「亭」「候樓」「喪寢」等，「次」本也可指「處所」。《周禮》「授八次
八舍之職事」，注：「在內為次，在外為舍。」這都可以為「𡧛」從
「宀」提供合理的解釋。朱駿聲《說文通訓定聲》釋《說文解字》古
文「次」，「疑本為茨之古文，象茅蓋屋次弟之形」。章太炎《文始》
謂「古文象次舍之屋，變易為茨，以茅蓋屋也。」[14]雖然他們對《說
文》古文的解釋不一定正確，但是他們都注意到「次」與「屋」之關
係，這也對我們理解「𡧛」何以從「宀」是有啟發的。總之，由住止
義引申為住止之所，或由房舍義引申為住止，都是符合引申一般規則
的，在字形上就表現為增加「宀」或「止」等意符。

　　由甲骨文等古文字資料，我們大體可以勾勒出這個字使用沿革的
線索：甲骨文表示「次止」可以用「帒」或「𣥐」，「師」則可能是在
前者基礎上發展而來的，並且一直沿用到西周。西周早期出現

12 黃錫全：《汗簡注釋》（武漢市：武漢大學出版社，1990年），頁86。

13 黃錫全：《汗簡注釋》（武漢市：武漢大學出版社，1990），頁86。

14 章太炎：《文始》二「隊脂諄類」，見《章太炎全集》（上海市：上海人民出版社，
　　1999年）（七），頁222。

「窴」，至戰國「宷」行而「飰」廢，其後遂借「次」為「廕」，故傳
世文獻與漢代早期出土文獻皆以「次」為「宷」，「皀、飰、宷
（窴）」等早期字形因此而失傳。

　　儘管我們對「窴（宷）」字字形作以上分析，但是在罍、盉銘文
中是否就可以讀作「次止」之「次」呢？由於各家對銘文的理解頗有
分歧，斷句也很不一致，故按我們對銘文的認識，將全銘重新斷句並
抄錄如下（銘文隸定用寬式）：

　　　王曰：「太保！唯乃明乃心，享於乃闢。」余大對，乃享命，
　　　克侯於匽，事羌、狸、虘、雩、馭、岩。克宷匽，入土眔厥
　　　嗣，用作寶尊彝。

　　我們認為，在銘文中可以將「宷」讀為「次」，理解為「居次」
於匽。從通篇銘文看，太保受封於匽，得以在匽居次，接收所封疆土
及相關職事，是順理成章的事情，因此，讀「宷」為「次」當無可疑。

說迻*

迻字見於麥尊、麥方彝、史頌簋、蔡侯紳鍾等器，舊說紛歧，未有定論。徐同柏以為即古「匡」字，謂迻字從羊與生（匡所從）一聲之轉；吳大澂謂字從辵從匚從羊，疑即「臧」之古文；許印林以為與「揚」字、「將」字近；劉心源疑是「迂」「迬」二字。後出諸說大抵由以上各家之說生發，或以為釋「匡」為是，讀為「眶」或「將」；或以為迻與「迻」兩字有別，迻從羊聲，讀為揚。[1] 近年新發現的包山楚簡多次出現此字，為我們重新檢討諸說，斟酌是非，提供了可能。

迻，金文作遷，楚簡作遷、徬[2]。字從辵（或彳）匡聲（或羊聲）。其用如：

（1）唯歸，迻天子休，告亡尤。（麥尊）

（2）用䢃侯逆迺（周）迻明令。（麥尊）

（3）用䡣井侯，出入迻令。（麥方？）

---

* 原載《古文字研究》（北京市：中華書局，2002年），第24輯。

1 諸說均見周法高主編：《金文詁林》卷二，0210字下。

2 金文迻字，或摹寫史頌鼎作遷，或直接隸寫成遷，均不妥，史頌諸器均從羊，唯鼎銘「羊」其一上部稍殘，其一中畫平收作坐，當從羊變異（《三代》4·26）。麥尊從「羊」作坐，亦中畫內收。蔡侯鍾之迻摹本作遷，中部之坐，各鍾銘皆斑駁不清，難以確定。故摹寫為迻之字，金文中並無確證。金文字或作徎（《三代》16·39），從彳從辵無別。楚簡一般作迻，或省作逘，諸形見滕壬生：《楚系簡帛文字編》（武漢市：湖北教育出版社，1995年），頁151-153。

（4）頌其萬年無疆，日遅天子覣令。（史頌簋）

（5）雀＝鑾政，天命是遅（遅）。（蔡侯紳鍾）

因對遅的認識不一，對這些用例的解釋也不盡相同。今天看來，唯有徐中舒的解釋是正確的。徐氏在《金文嘏辭釋例》「日遅」、「日用鬺」條，對遅字已作出如下論說：

> 遅從匚羊二聲，與從將聲字，古並在陽部，故日遅之遅，日用鬺之鬺，皆當讀如《詩・敬之》「日就月將」之將。《毛傳》「將，行也」，言奉行也。「日遅天子覣命」者（引者按：覣，當隸作覣），言日奉行天子之大命（孫詒讓《古籀拾遺・追簋篇》，以覣為頵字之變體，《說文》「頵，大也」），「日用鬺朕闢魯休」者（引者按：語出小克鼎，詳後文）……言日用奉行吾君之魯休命也。又井侯尊雲「唯歸遅天子休告亡尤」，告誥同，誥即命也，將命亦古成語。《論語・憲問章》「闕黨童子將命」，《集解》引馬融曰：「闕黨之童子將命者，傳賓主之語出入。」其在金文如：「用喃井侯出入遅命」（麥？）、「用龢侯造（引者按：即上引麥尊之逆）舟遅明命」（井侯尊，引者按：即麥尊）。此遅命、遅明命、即將命、將明命也。麥？出入遅命，尤與馬《注》「傳賓主之語出入」相合。[3]

徐氏讀遅為「將」，證之文獻和相關金文辭例，甚為允當。然而此說並未能獲得公認。如唐蘭說：麥尊「遅天子休」的遅就是《說

---

3 徐中舒：〈金文嘏辭釋例〉，見《徐中舒歷史論文選輯》（北京市：中華書局，1998年），上，頁556-556。原載《中央研究院歷史語言研究所集刊》第6本第1分（1936年3月）。

文》的「迀」字。在這裏讀如皇和唯。[4]將麥方彝的「出入逛令」，意譯為「出入美命」。[5]李孝定則認為：「徐同柏、孫詒讓二氏釋為匡，至確。」「（徐說）於義雖亦可通，而於形無徵，『鱻』固當讀為『將』，逛仍以釋匡，於形音義均較順適也。」[6]馬承源等編《商周青銅器銘文選》則吸收了徐說。[7]

包山等楚簡中逛的出現及其用例，為徐中舒讀逛為「將」提供了非常有力的證據。包山簡用逛多達四十九例，[8]如：

（6）不逛龔倉以廷，阱門又敗。（2-19）

（7）不逛邻大司敗以盟……阱門又敗。（2-23）

（8）大司馬悊骸逛（逛或作送）楚邦之帀（師）徒以救郙之歲。（2-228）

以上三例是逛在包山簡中的典型用法，《包山楚簡》整理者，採用了徐中舒的說法，並注作「率」。[9]《楚系簡帛文字編》所引常二、秦九九·一二兩例，一曰「逛其眾」，一曰「逛其□孫人□」，與包山簡用法相同。《說文》：「將，帥也。」段玉裁注雲：「帥當做衛，行部

4　唐蘭：〈論周昭王時代的青銅器銘刻〉，載《古文字研究》（北京市：中華書局，1980年），第2輯。

5　唐蘭：《西周青銅器銘文分代史徵》（北京市：中華書局，1986年），卷四下「昭王」，頁254。

6　李孝定：〈金文詁林讀後記〉（臺北市：中央研究院歷史語言研究所，1982年）。李氏文中謂史頌鼎之一逛字中似從「王」，麥尊兩逛字從「生」，故逛匡為一字之異，蓋對字形失之於核查。

7　馬承源主編：《商周青銅器銘文選》（北京市：文物出版社，1988年），第3冊之麥方尊、麥方彝注。

8　張守中撰集：《包山楚簡文字編》（北京市：文物出版社，1996年）。

9　湖北省荊沙鐵路考古隊編：《包山楚簡》（北京市：文物出版社，1991年），注（54）。

曰：『衛，將也。』二字互訓。《儀禮》《周禮》古文衛多作率，今文多作帥。毛《詩》『率時農夫』，韓《詩》作帥……毛《詩》『將』字故訓特多，大也、送也、行也、養也、齊也、側也、願也、請也，此等或見《爾雅》，或不見，皆各依文為義，亦皆就疊韻雙聲得之。」將迋讀為「將」，用來解釋楚簡，均十分合適，學者少有疑義，有些學者隸定包山楚簡甚至將迋直接寫作「將」。[10]楚簡用迋之例，典籍多用「將」，不煩徵引。而徐氏讀金文迋為「將」，由楚簡可得到進一步的證明。

　　就金文諸例而言，徐氏或許在理解上未必完全正確，但並不影響其讀「將」的結論。如例（1），將「告」讀「誥」，謂「即命也」，大家並不贊同。即便「告」屬下讀，「迋天子休」之「迋」依然可讀為「將」。《詩・商頌・那》：「顧予烝嘗，湯孫之將。」《正義》：「箋以湯孫為太甲，故言太甲之扶助。傳以湯為人之子孫，則將當訓為大。」此句又見〈烈祖〉篇，《正義》：「故知本之傳，於上篇以『湯孫』為『湯為人子孫』，則此亦當然，祭中宗而美湯之為人子孫者。」[11]《正義》從毛傳將兩詩的「將」理解為「大」或「美」。王引之《經義述聞》卷五：「〈破斧〉篇『亦孔之將』，毛傳曰：『將，大也。』家大人曰：大與美義相近。《廣雅》曰：『將，美也。』首章言將，二章言嘉，三章言休。將、嘉、休皆美也。將臧聲相近，『亦孔之將』，猶言『亦孔之臧』耳。」「迋天子休」，猶「將天子休」，亦即稱美天子的賞賜。「對揚天子休」「對揚天子丕顯休」「揚王休」等屢見於金文，此例「迋」與「對揚」之「揚」亦音同義通。小克鼎「克

10 陳偉：《包山楚簡初探》（武漢市：武漢大學出版社，1996年）；袁國華：《包山楚簡研究》（香港：香港中文大學博士論文，1994年）；李家浩：〈鄂君啟節銘文中的高丘〉，載《古文字研究》（北京市：中華書局，2000年），第22輯。

11 《毛詩正義》（北京市：中華書局，1980年），卷二十，十三經注疏影印本。

其日用鬻朕闢魯休」,「鬻」相當於「遑」。金文「鬻言」,即《詩》「我將我享」之「將享」。《玉篇》:「鬻,煮也。」《說文》:「鬻,煮也。」段注:「鬻,亦作鬻。」小克鼎之鬻與「遑天子休」之「遑」相當,其異體正從「羊」得聲。這也可證明讀遑為「將」是可取的。

例(2)、(3)之「遑明令(命)」,徐氏謂即古之成語「將命」,並引《論語・憲問》馬注為證。《論語・陽貨》:「將命者出戶,取琴瑟而歌,使之聞之。」疏:「將猶奉也,奉命者主人傳辭出入人也。」《禮記・少儀》:「聞始見君子者,詞曰:『某固願聞名於將命者。』鄭注:「將猶奉也。即君子之門而雲願以名聞於奉命者,謙遠也,重則雲固奉命傳辭出入。」孔疏:「將命謂傳辭出入通客主之言語者也。」例(2)、(3)之「遑(明)令」讀作「將(明)命」是非常合適的。麥受到井(邢)侯的恩寵賞賜,表示要因此而「齭(過)侯逆遑將明命」或「出入將命」,意謂奉事邢侯左右,為其傳辭將命,出入奔走。因此,唐蘭認為「逆遑」即「逆周」,「就是來回的意思」,與麥方?的「出入」義同,是十分正確的。[12]

史頌器中的「日天子遑覜令」,舊說甚多,徐中舒謂即《詩・敬之》「日就月將」之「將」,可謂一語中的。例(1)「遑天子休」,小克鼎作「鬻朕闢魯休」,「遑、鬻」互通,此例「日遑天子覜令」讀作「日將天子頮(訓大)命」,也應該是順理成章的。《逸周書・祭公篇》有學者認為「是真正的西周文字」,文中就有「用克龕紹成康之業,以將大命」之語。[13]蔡侯紳鍾「天命是遑(遑)」讀作「將天命」較之「匡天命」似乎更為妥當。「將天命」見於《尚書・湯誥》,其文曰:「肆臺小子,將天命明威,不敢赦。」

---

12 唐蘭:〈論周昭王時代的青銅器銘刻〉,載《古文字研究》,第2輯。

13 李學勤:〈師詢簋與《祭公》〉,載《古文字研究》(北京市:中華書局,2000年),第2輯。

　　就以上對用迁之例的全面檢討，迁相當於典籍的「將」應無疑
義。不僅如此，迁的形體也與「將」有一定的關係。史惠鼎「惠其日
迁（就）月瓺」即引詩《敬之》「日就月將」句。李學勤指出：
「『月』下一字，從『匸』『爿』聲。《說文》說『將』字從『醬』省
聲，而『醬』從『將』聲，近人都認為『將』應從『爿』聲，因而鼎
銘這個字讀『將』是容易理解的。」[14]史惠鼎讀作「將」的這個字作
𬇙，實際上「爿」聲是重疊的，𬇙本就從爿（豎畫為借筆），中又加
爿為聲。這個字形可能就是「臧」的異文，《古文四聲韻》「臧」的古
文作𬇙（出《義雲章》），「藏」的古文作𬇙（出《古孝經》）、𬇙（出
《古老子》），從匸、壯聲，壯即從爿聲。古文字中許多形聲字的聲符
較小篆為繁複，聲旁有的就是「以小篆的聲旁為聲旁的一個形聲
字」，如「焰」戰國文字作「燩」、「均」戰國文字作「𡎺」等。[15]以此
推論，「匪」作為匚的異形完全可能，因而史惠鼎這個字與《古文四
聲韻》「臧」的古文當是一字之異。由於「匸」上同時附著「爿」
聲，很自然使我們聯想到金文輔白迁父鼎中那個從爿從匚的字，可能
那個字就是在匚上又加爿聲的。𬇙與瓺相比較，從文字構形及演變規
律推測，前者當是後者的原形，即由𬇙而瓺，也可能是書寫者覺得原
𬇙中「爿」聲不夠顯著，遂又加爿聲以取代羊聲。如果這個推測成
立，史惠鼎這個讀作「將」的字為將從匪聲的迁讀作「爿」聲的
「將」又提供了一個很好的證據。《三代》一三‧三一收白𬇙（？）
卣銘文兩件，頗疑𬇙從匚從爿，只是爿略有省簡（一件不清晰），可
能是瓺的一個異體。

14 李學勤：〈史惠鼎與史學淵源〉，載《文博》1985年第6期。該文收入李學勤：《新出
　青銅器研究》（北京市：文物出版社，1990年）。

15 裘錫圭：〈戰國璽印文字考釋三篇〉，見《古文字論集》（北京市：中華書局，1992
　年），頁471。

　　逛字或作██（《三代》16‧39），從彳與從辵無別。銘文為「██徣父庚寶？」，徣同樣可讀作「將」，猶奉也。

　　郭店楚墓竹簡《尊德義》篇第二四號簡有一字作██，從辵從██，包山簡逛或作██（228）、██（239）、██（236），從匚省作██、██或██，此簡██也可能為形省。██之下部██頗似衣之下部，我們以為當是兼之下部訛省。同篇二一號簡兼（養）作██，《老子》甲三五號作██，包山楚簡兼作██、██等可資比勘。██下部因佈局經營省去一個██形即作██，匚省作一與包山簡作██、██相類。██、兼作聲符無別，故此字可隸定作逛，即逛之異文。簡文曰：「為邦而不以禮，猶██之亡逛也。」從文義看，██當為住所之專用字，段玉裁《說文解字注》「所」字下云：「用為處所者，假借為處字也，若王所、行在所之類是也。」此字從所從人，當是借為處所之所的專用字，加人以表義，這種方法符合古文字假借字發展為形聲字之通例，例不煩舉。逛，當讀作「牆」。「牆」為「爿」聲，逛通常讀作從「爿」聲之「將」，自然亦可讀為牆。全句的意思是：「治理邦國而不用禮，好像人之住所而無牆。」用住所之牆比喻禮之於治國的作用，通俗而貼切。《詩‧牆有茨》：「牆有茨，不可掃也。中冓之言，不可道也。」毛傳：「牆所以防非常。」鄭箋：「國君以禮防制一國，今其宮內有淫昏之行者，猶牆之生蒺藜。」毛傳、鄭箋有助於我們理解此句用喻之意。《左傳‧昭西元年》載叔孫語云：「人之有牆，以蔽惡也，牆之隙壞，誰之咎也？」可見將治國、為人處世之禮儀準則比作牆體，認為它可以發揮治理國家、規範個人行為以蔽惡的作用，是先秦人們的通常看法。因此，將此句釋作「為邦而不以禮，猶所之無牆也」，是有根據的。此句的句型結構與《禮記‧禮運》之「治國不以禮，猶無耜而耕也」完全一致，只是喻體不同，所要強調的「禮」的作用不同而已。

　　我們梳理了逽及其異體和相關字，可以得出如下兩個結論：一是逽之音讀與從爿聲的字相近同，而以爿為聲的字上古皆屬陽部，其聲紐為齒音精係或莊係；而所從匩（羊）當以「羊」為聲符，上古屬餘紐、陽部，與爿聲相近。二是逽在用法上通常相當於典籍中的「將」，或通從爿聲的字（如牆）。逽字不見於傳世文獻，其用作聲符的「匩」則見於甲骨文。王襄已經注意到史頌簋所從之匩與甲骨文匩同，他釋為「匡」。[16] 姚孝遂認為：「匩」「卜辭用為動詞：『癸酉卜，王匩，隹入於商』（《庫》273），『貞，好匩於……』（《庫》1517）。其義不詳。」[17]《合集》殘辭有「惠匩缶」（15949）、「令（？）匩」（18652）。甲骨文「匩」字用例甚少，難以確說，似乎亦可讀作「將」。「王匩隹（惟）入於商」，匩即行也。卜辭有「敦缶」「酌缶」「隻缶」「缶其來見王」等，[18]「匩缶」也可能讀作「將缶」，「將」或為「我將我享」之「將」，或為「將率」之「將」，也可能讀為「戕」，不能確知。

　　將古文字資料與傳世文獻相比較，凡古文字用逽之例，傳世文獻多用「將」。而《說文》訓「將」為「帥」，這並非其構形本義。甲骨文中「鼎」作 、 、 等形，從鼎 聲。 從肉爿聲。於省吾以為甲骨文 即鼎字所從之 ，應隸定作朋，「乃將之初文」，「本象祭祀陳列肉類於幾案之形」。[19]「將」之義訓文獻甚多，「皆各依文為義」。而「將」之「行也、奉也、送也、衛也」等義項均與行走義相關，顯然不是「將」構形本義的自然引申，當是其借義。而文獻諸例中「將」

16 于省吾主編：《甲骨文字詁林》（北京市：中華書局，1996年），頁2193。

17 于省吾主編：《甲骨文字詁林》（北京市：中華書局，1996年），頁2193。

18 諸例見姚孝遂主編：《殷墟甲骨刻辭類纂》（北京市：中華書局，1996年）「缶」字下。

19 于省吾：《甲骨文字釋林・釋朋》（北京市：中華書局，1979年），頁422。

表示與行走有關的上述一組義項，古文字資料中恰恰都用「迋」。而迋從辵匡聲，辵正是漢字中表示與行走義相關的專用義符。因此，我們有理由推測，「將，行也」之「將」是一個借字，其本字正是迋字。由於迋為借字「將」所奪，故「將」行而「迋」廢，迋字功能也就由「將」字肩負，使「將」成為一個義項複雜的字。這種情況與「襲」作為借字取代表示「追襲」之「襲」的本字「邎」，而「襲」之本字遂廢而不用是一樣的。[20]這是漢字內部調整的一個值得重視的現象。

此外，甲骨文中尚有一字作𢕬或𢔐，研契者謂是徉（佯）字，[21]是否與迋字相涉，尚待研究。

---

20 黃德寬：〈「絲」及相關字的再討論〉，載《中國古文字研究》（長春市：吉林大學出版社，1999年），第1輯。

21 于省吾主編：《甲骨文字詁林》，頁2286-2287。

「絲」及相關字的再討論[*]

　　裘錫圭〈釋絲及從絲諸字〉一文，辨認出璽印文字中的鸞、戀、戀、彎諸字，並揭明絲「本身就是一個從言絲聲的形聲字」，作為聲符在以上諸字中寫作絲。[1]這些結論都是十分正確的，已為學術界所公認。近年來出土的晉侯𫤨盨銘文，提供了討論相關問題的新的資料和線索，故撰此文，談談我們的一些不成熟的看法。

　　晉侯𫤨盨被盜出後流失海外，一九九二年春由上海市博物館收歸。盨共兩組六器，收歸四器。其第一組器蓋銘文同文，共六行三十字，有如下銘辭：

　　　　其用田獸（狩），甚（湛）樂於邍（原）𨖷（隰）。

馬承源〈晉侯𫤨盨〉一文，考證了該器銘文。上舉銘文「原隰」之「隰」作（𨖷），正是一個從絲的字。馬先生指出：「𨖷，讀隰。邍隰一詞，見於文獻，《周禮·夏官》：『邍師，掌四方之地名，辨其丘陵墳衍邍隰之名。』《說文》：『邍，高平之野人所登』，『隰，阪下濕也』。《爾雅·釋地》：『下濕曰隰，大野曰平，廣平曰原，高平曰陸……陂者曰阪，下者曰隰……』邍隰為高平和低濕之地。」「隰字下從辵從𢇛，石鼓𢇛𣆘作『溼』，所從聲符與此相同，絲上有一橫

---

[*]　原載《中國古文字研究》（長春市：吉林大學出版社，1999年），第1輯。

[1]　裘錫圭：〈釋絲及從絲諸字〉，載《古文字研究》（北京市：中華書局，1983年），第10輯。該文收入《古文字論集》，頁473-497。

連，大約是簡筆。《史懋壺》作☒字像絲在機上整理，矢盤作☒是另
一變形。」[2]馬文讀☒為「隰」顯然是正確的。這個字又見於戜簋、
敔簋等器，分別作☒、☒，商器☒鬲、☒簋用作人名的字，也當是這
個字。裘先生文中曾討論了這個字，他說：「目前我們對這個字還提
不出肯定的意見來。不過如果『☒』字所從的『絲』是一個音符，或
者兼有表音作用的意符的話，這個字就很可能是遮闌的『闌』的古
字。」[3]由於晉侯蘇盨銘文此字讀作「隰」，就為「☒」及「絲」的辨
認提供了可能。

首先，我們討論☒字。此字除晉侯蘇盨，用作「隰」外，在銅器
銘文中，有三例富有討論價值：

戎伐䣄，戜達（率）有嗣（司）師氏奔追☒戎於㘭林，博
（搏）戎馘。

（戜簋，《商周青銅器銘文選》三・115）

南唯屍（夷）遷殳（？），內（入）伐渻、鼎、夤泉、裕敏、
隓（陰）陽洛。王令敔追☒於上洛、炘谷，至於伊。

（敔簋，《商周青銅器銘文選》三・286）

不行王命者，怘（殃）☒子孫。

（中山王兆域圖，同上四・582）

對於前兩例，舊或釋「御」、釋「迎」。裘先生已論其非，並認
為其字以「絲」作為音符可能讀遮闌之「闌」，銘文「追闌」猶言追
蹤邀擊；後一例朱德熙、裘錫圭以為應讀為「連」，馬承源讀為

2　馬承源：〈晉侯蘇盨〉，見香港中文大學中文系編：《第二屆國際中國古文字學研討
　　會論文集》（香港：香港中文大學，1993年），頁221-229。

3　裘錫圭：〈釋絲及從絲諸字〉，見《古文字論集》，頁479。

「㝏」。[4]由於現在已確知其字音與「隰」相同或相近，以上讀法就沒有語音依據了。

根據「隰」音這一線索，我們認為「㠯」可能讀作「襲」。「襲」，《說文》：「左衽袍，從衣龖省聲。」其字從衣，為衣物之用字，學者無異辭。[5]然而，典籍中「襲」還有另一常見用法。《左傳》莊公二十九年：「凡師，有鐘鼓曰伐，無曰侵，輕曰襲。」這種用法與「襲」的構形本義似乎關係不大，應該是假借義。「輕曰襲」，說明「襲」是一種特別的軍事行動。《左傳》襄公二十三年經：「齊師襲莒」，注：「輕行掩其不備曰襲。」《正義》曰：「是輕者舍其輜重，倍道輕行，掩其不備。」《左傳》僖公三十二年載，秦穆公將襲鄭，「訪諸蹇叔。蹇叔曰：『勞師以襲遠，非所聞也。』」《公羊傳》僖公三十三年記同一事，語有不同，曰：「千里而襲人，未有不亡者也。」注曰：「輕行急至，不戒以入曰襲。」《呂氏春秋‧悔過篇》記載蹇叔之言，則曰：「臣聞之，襲國邑，以車不過百里，以人不過三十里，皆以氣之趫與力之盛至。是以犯敵能滅，去之能速。」《國語‧晉語五》：「是故伐備鐘鼓，聲其罪也；戰以錞於丁寧，儆其民也；襲侵密聲，為蹔事也。」注：「蹔其無備。」《玉篇》：「蹔，不久也，與暫同」，即快速之意。綜合文獻對「襲」的解釋和運用，可知「襲」是一種輕裝疾行，快速出兵，攻敵不備的戰法。《孫子‧九地篇》：「兵之情主速，乘人之不及，由不虞之道，攻其所不戒也」，《吳子‧料敵》：「襲亂其屯，先奪其氣，輕進速退」，體現的都是這種用兵之道。根據上引文獻材料，將戜篒、敬篒㠯字讀作「襲」頗為通暢。戜篒「奔追㠯」連用，由「奔追」二字可知，戜與戎作戰是在快速運動

4　裘錫圭：〈平山中山王墓銅器銘文的初步研究〉，載《文物》1979年第1期；該文收入
　　馬承源主編：《商周青銅器銘文選》（北京市：文物出版社，1986年）（四），頁582。
5　丁福保編纂：《說文解字詁林》八上「衣部」。

中進行的,「奔走、追逐、襲擊」戎敵,正是「輕行疾至」具體的記載,故「犯敵能滅」,取得勝利。敔簋記載敔受王命出兵,「追𧽅」南淮夷於上洛,大獲全勝。敔此次出戰,當也是「輕行疾至」,乘其不備而克敵制勝的。《左傳》成公十七年:「舒庸人以楚師之敗也,道吳人圍巢,伐駕,圍釐、䴢,遂恃吳而不設備。楚公子櫜師襲舒庸,滅之。」這段記載所用「襲」字可與𢆶簋、敔簋銘文相印證。「𧽅」前「追」的用法,也為將它讀作「襲」提供了有力的語境條件。「追」的這種用法,典籍中常見。《公羊傳》莊公十八年:「夏,公追戎於濟西。此未有言伐者,其言追何?大其為中國追也。此未有伐中國者,則其言為中國追何?大其未至而豫禦之也。」注:「以兵逐之曰追。」《左傳》僖公二十六年經:「齊人侵我西鄙,公追齊師,至巂,弗及。」這些「追」的用法與𢆶簋、敔簋相同。「追𧽅」連用,讀作「追襲」也顯得十分自然。[6]

　　「襲」在𢆶簋銘文中就有,銘曰:「永襲㐁身」,顯然與「輕曰襲」的「襲」不相干。既然「襲」的這種用法是假借而來,那麼「𧽅」是否可能就是其本字呢?其字從「止」或從「辵」無別,表示與行走相關的意義,與「奔、追」相一致。而其音與「隰」同。典籍「隰」「濕」「溼」(濕之異體)每互用無別。[7]《石鼓文·萃𡸁》:「原溼陰陽」,「隰」正作「溼」,「㬎」作為聲符與「㴳」相同,而且「㴳」還是「隰」的古體。趙幣「㴳城」即「隰城」,字作𡎆,從土

6　裘錫圭〈關於晉侯銅器銘文的幾個問題〉一文中也將這個字讀為「襲」,與本文意見一致。一九九三年香港會議筆者首次閱讀馬先生文,對此字的釋讀已有初步想法,此文成稿時卻未能讀到裘文,因而失引,特此說明。裘文載《傳統文化與現代化》1994年第2期。

7　高亨纂著:《古字通假會典》(濟南市:齊魯書社,1989年),部第六(上),頁179-180。

𢎿聲，[8]「𦈚」（襲）以絲為聲符，與「隰」的異體「溼」、古體「㳫」所從聲符相同，而「隰」「襲」古音均為邪母緝韻入聲，故「襲」可作為「𦈚」的借字，「𦈚」也可借作「隰」。當「襲」借作「𦈚」之後，假而不歸，「襲」行而「𦈚」廢，當「𦈚」作為「輕曰襲」的本字出現時，我們反而迷惑不解。

我們將「𦈚」讀為「襲」，並進而指出它就是「襲擊」之「襲」的本字，那麼，《中山王兆域圖》的「恣（殃）𦈚子孫」之「𦈚」如何解釋呢？這個字即「𦈚」省𦈚形，為「𦈚」的省寫無疑，將它讀作「襲」，也文意可通。《廣雅・釋詁》：「襲，及也。」《楚辭・九歌・大司命》：「綠葉兮素枝，芳菲菲兮襲予」，注：「襲，及也。」「殃襲子孫」，就是「殃及子孫」。

其次，我們討論「絲」之音義與構形由來。從上文「溼」「㳫」「隰」與「𦈚」（襲）等字，我們可以肯定𢎿（絲）作為音符古屬邪母緝韻，讀與「隰、襲」同。戰國印文的「絲」單獨使用，《說文古籀補補》以為即《說文》「係」字，並說：「許氏說：『係，繫也』……此上冂即象連繫之形。」[9]由於裘錫圭考釋出戰國文字繺作偏旁寫法與此相同，認為「『絲』字的讀音一定跟『繺』相同或相近」，「考慮到語音條件，『絲』『係』為一字的可能性就不存在了。」因此，提出「絲」「可能是跟『聯』字聲義並近，並且為『聯』所派生的一個字，也可能就是『聯』的初文」。[10]誠然，如果釋「絲」為「係」，「係」上古為匣母支部字，與「繺」的讀音（來母元韻）確實遠隔。根據上文所論，「絲」做聲符的字屬邪母緝韻，同樣與「繺」的讀音相差很大，如何解釋這一現象呢？下面我們來看金文「顯」

8　朱華：《三晉貨幣》（太原市：山西人民出版社，1994年），頁71。

9　丁佛言輯：《說文古籀補補》（北京市：中國書店，1990年），卷12，頁7。

10　裘錫圭：《古文字論集》，頁477。

字，《說文》以為「顯」的聲符是「㬎」，而金文字形表明這個聲符無疑是從「絲」的。[11]「顯」上古音屬曉母元部，與「隰、襲」的讀音差別與「絲」等相似。考《說文》及後世字書，以「㬎」為聲符（或省聲）字按讀音可分為兩組：濕、隰、塤（堨）、溼（㬎省聲）為一組，其讀音屬緝韻；顯、㬎（㬎）為另一組，其讀音屬元韻。《廣韻》顯、隰、溼、堨、㬎、塤、㬎、㬎、㬎、礘等字分別列緝、合二韻；㬎（又音）、顯、㬎等屬銑韻，聯、絲等屬仙韻，先仙同用，先銑為平上關係，此為一組。這樣看來，以「絲」為聲符的字，早就分列在兩個韻部。依古韻三十部分，兩部之間只有看做「旁轉——對轉」關係，才能從音理上勉強說得通。但是，《廣韻》銑、合二韻均列「㬎」，認為這個字兩讀。如果按這個線索，也許「絲」在古文字中本來就有邪母緝韻和來母元韻兩讀。考慮到「絲」與「㬎」、「絲」存在著較為複雜的讀音關係，因此，「絲」也就未必是「聯」的初文了。因為正如裘先生所言，這種初文關係的推論，不僅是建立在「聯」與「絲」的讀音相近的關係上，還「是以承認《說文》以『連』為『聯』之本義的說法為前提的。其實許慎所說的本義不見得一定可靠。許慎以『耳連於頰』來解釋『聯』字的從『耳』，顯然很牽強。」[12]由於「絲」讀「絲」音不是唯一的，所以，對「絲」字的構形及其意義的探討，就不能僅僅以音作為基本依據，主要還應從字形方面尋找線索。

　　絲字甲骨文作 🝆，甲骨文與商代金文中有 🝆、🝆、🝆 字，學者釋作「係」或「絲」。[13]對 🝆 字，裘先生認為丁山釋「攣」可能是正確

---

11 容庚編著：《金文編》（北京市：中華書局，1985年），頁628-629。

12 裘錫圭：《古文字論集》，頁477。

13 于省吾主編：《甲骨文詁林》，頁3201-3206；周法高等編：《金文詁林》（香港：香港中文大學，1975年），頁7209-7211。

的。[14]《說文》「係」下列籀文🐛，「奚」下謂「🐛，籀文係字。」《說文古籀補補》釋古印文「絲」為「係」，顯然參照了《說文》籀文形體。從甲骨文🐛與🐛可通用來看，將「絲」與「🐛」相比較釋作「係」是很合理的。以此，《說文古籀補補》的考釋有成立的可能。高洪縉說：「按係字初文俱象手持絲形，與許書籀文合……金文🐛字見顯字、溼字偏旁，亦像二絲聯繫形。小篆作🐛，殆又省之耳。」[15]姚孝遂認為：「契文『係』字作🐛🐛🐛🐛象聯聚眾絲之形。《廣雅·釋詁》；『聯』『係』均訓『連』。此當為『係』之本義。《說文》以『聯』從『耳，耳連於頰也』，殊牽傅。『聯』當為『絲』之衍化。」[16]按照這些說法，「絲」、「🐛」即「係」字，本象「聯聚眾絲之形」，故《說文》謂「係，繫也」可從。

　　釋「絲」為「係」之說，從字形上看雖比較合理，但是還缺乏直接有力的證據。《說文》提到的從「係」的「孫」和從「係」省聲的「奚」，在古文字資料中，可以提供一些佐證。許慎認為「孫」從子從係。係，續也」。這是就小篆字形而言的。金文「孫」字習見，似無明顯從「係」之形。但細審金文諸「孫」字，其所從「係」往往與「子」之一臂相聯繫，這種寫法與「🐛」之所從兩「係」幾乎都連綴在「言」字中堅兩側的斜筆（有時連成直線）或頂部的橫畫上完全一致。[17]金文「孫」字都寫作🐛、🐛，少有例外。有些寫法則明顯地要強調連綴關係，如🐛（女尊）、🐛（縣改簋）、🐛（子璋鍾）、🐛（王子午鼎）、🐛（子賡盆），等等。[18]「係」與「子」相聯繫的意圖十分清

---

14 裘錫圭：《古文字論集》，頁478。

15 周法高等編：《金文詁林》，頁7211。

16 于省吾主編：《甲骨文字詁林》，頁3206。

17 裘錫圭：《古文字論集》，頁476。

18 容庚編著：《金文編》卷一二「孫」字條。

楚。這一點清人王筠早已發現，他曾指出：「若謂此係即絲字，孫、絲雙聲，則嫌迂曲。唯銘文之作❀、❀者最多，檜妃彝作❀，係皆在臂之下，因得繫屬之義，而知小篆之從係，非漫改古文也」。[19]「孫」從「係」「繫連」於臂的寫法與「繼」的寫法的一致性當不是偶然的巧合。由此出發，將「係」「𢇶」解釋為一字之異也是順理成章的。

《說文》謂「奚」「從大𢇶省聲；𢇶籀文係」。此字見於甲骨文，作❀、❀，乃「嫛奴」之本字。就甲骨文而言，許說從𢇶省聲不確。[20]不過金文中有一個❀字，[21]可能是「奚」的異體，加注❀聲（也可能是❀加注奚聲），這個字應是一個兩體皆聲字。如果確是「奚」的異體，則從另一個方面證明許慎認為「奚」與「係」讀音相同是有所依據的。「雞」從「奚」聲，甲骨文或從❀，[22]秦漢隸書中也多有其例，寫作❀、❀、❀等，[23]「奚」當即「𢇶」省，也就是「係」的異體。「奚」「係」上古均屬匣母支部，「雞」屬見母支部，讀音近同，故「奚」「係」（奚）作聲符可互換。古文字資料中「奚（係）、𢇶（𢇶）」作為「奚」的加注聲符或互換聲符的存在，不僅為許慎「奚」為「𢇶」省聲說提供了某些佐證，也表明「絲」（𢇶）釋作「係」在讀音上也是可以成立的。

據上所述，則《說文古籀補補》釋「𢇶」為「係」可從。「𢇶」當即「繫聯」之「係」的古體，原象聯聚眾絲之形，故可有「連繫」「連屬」和「連續」等義。釋「𢇶」為「係」，「係」古音為匣母支部，與「隰、溼、翾（襲）」及「繼、顯、聯」等讀音均相差較遠，

---

19 王筠：《說文解字句讀》卷二十四。

20 于省吾：《甲骨文字釋林・釋奚》。

21 于省吾編著：《商周金文錄遺》（北京市：中華書局，1993年），頁92。

22 羅振玉輯：《殷墟書契前編》二・三十六・六。

23 漢語大字典字形組編：《秦漢魏晉篆隸字形表》（成都市：四川辭書出版社，1985年）卷四「雞」字條。

以現在古音學研究的成果，很難做出合理的解釋。林澐先生曾論述過古文字中「一形多用字」現象，他認為如同納西象形文字一樣，商代文字體系中，存在著用一個字形代表兩個讀音不同、用法有別的字，如位與立、外與卜、月與夕、王與士等字，本來都是一形兩用，然後才分化為兩字的。「一形之所以能有多用，是因為在用以形表義的方法記錄語詞時，某種事物符號，既可以用來記錄該事物本身的名稱，又可以從象徵、借喻等角度記錄其語詞。這樣，同一字形的讀法就不固定，其正確的誦讀，只能依靠上下文的字元的提示作用。」[24]林先生所說的一形多用字，字形字義都有聯繫，但其讀音不同，也就是取一字形義與另一詞的某種聯繫，借用為另一詞的書寫符號，這樣同一符號就產生了兩種用法和音讀。如「月」和「夕」字形本來不分，「立」和「位」更是如此，一形兩用，讀音不同，完全依靠上下文判定。但它們彼此之間在字形字義兩方面的聯繫還是很容易看出來的。隨著文字體系的日趨嚴密，通過構造專用字（分化字），這類一形多用現象就不復存在了。按照林澐先生的這一觀點，對「絲」的讀音分歧，我們似乎可以作出如下推測：「絲」為「係」的本字，因象聯聚眾絲之形，又用此形表示「聯」，讀作「聯」；「戀、顯、聯」等字中正是以此音作聲符的，所以古文字中「戀」及從「絲」聲諸字與「係」形同而音異。其後以「戀」取代「絲」並派生出「聯」字，它們與「係」就徹底分化了。「㬎、隰、溼、邐」等以「絲」為聲符與「係」的音讀分歧，可能也是這種一字多用、音讀不一造成的，有待進一步考察。

最後，我們再討論一下與「絲」相關的另一個分化字「㿱」

---

24 林澐：〈士王二字同形分化說〉，見吳榮曾主編：《盡心集——張政烺先生八十慶壽論文集》（北京市：中國社會科學出版社，1996年）。

（繼）。甲骨文有█、█，舊釋█（絕）。中山王器、新出郭店楚簡
《老子》中的「絕」，表明它本是會意字，為以刀絕絲，與此字明顯
不同。姚孝遂認為：「字當釋█……█則為編連諸絲形。《說文》：
『繼，續也。從糸█。一曰反█為█。』」「繼乃█字所累增，為形聲
字，字亦作█。」[25]甲骨文又有█、█，史懋壺█、散氏盤█與此當
是一字，諸家釋「涇」可從。[26]「涇」字所從的「絲」寫作█或█，
即甲骨文之█字，增加橫畫當是強調兩絲相連屬之意，散氏盤「涇」
所從█形曲線，連屬纏繞之意尤為明晰。█與█作聲符相通，姚孝遂
謂█是█的分化字，釋作「█」（繼）可信。「█」金文作█（拍敦
蓋），以「二」代替一「麼」，字形已有省訛。「繼」是「█」的累增
字，《說文》與「係」同訓「續也」，典籍「繼」字也多訓「連續」
「連綴」；「繼」古音也屬見母支部。「█」（繼）與「係」形音義的密
切聯繫，一方面表明「█」（繼）是由「係」派生出來的；另一方面
也為將「絲」釋作「係」提供了一個旁證。

25 于省吾主編：《甲骨文字詁林》，頁3201。
26 同上書，頁3207-3208。

說「也」[*]

　　古漢語最重要的語氣詞「也」字，隨著古文字資料的大量發現，越來越清晰地呈現出它的本來面貌。古文字中的「也」，主要見於楚簡、秦簡及石刻與其它戰國銅器銘文。其例如下：

　　（1）占之，恒貞吉，少又（有）憂也。（包山231）

　　（2）凡此篒（篇）也，既聿（盡）遝（逯）。¹（包山204）

　　（3）聞之於先王之法也。（信陽1-07）

　　（4）虗哉，不智也。（信陽1-014）

　　（5）卅三年單父上官勹（庖）夸（宰）熹所受坪安君者也。²（平安君鼎）

　　（6）建日，良日也。（秦簡《日書》甲種14正貳）

　　（7）民或棄邑居野，入人孤寡，徽人婦女，非邦之故也。（秦簡《為吏之道》引《魏戶律》）

　　以上見於晉、楚、衛、魏、秦等國古文字資料的「也」，大體寫作如下各形：

---

* 原載《第三屆國際中國古文字學研討會論文集》（香港：香港中文大學，1997年）。

1 釋文參見曾憲通：《包山卜筮簡考釋（七篇）》，見香港中文大學中文系編：《第二屆國際中國古文字學研討會論文集》，頁411。

2 李學勤：《新出青銅器研究》（北京市：文物出版社，1990），頁279-280。

睡虎地秦簡是秦文字的代表，其「也」字的運用，呈現出一種很有趣的現象。在《日書》甲、乙兩種中，以用「也」為主，只是偶而出現「殹」（也）。兩種《日書》共用「也」近八十次，而用「殹」（也）的大約占其十分之一；相反，在其它秦律文書中，基本用「殹」而不用「也」。只有《法律答問》簡六四、《為吏之道》簡四五肆以及此篇所引《魏律》和引文後的一段話用了幾例「也」字。這似乎表明，秦文字主要用「殹」為「也」，秦簡中用「也」之例，可能是受他國文字的影響，而《日書》多用「也」則可能是楚文字的影響所致。

中山國銅器銘中的「也」作🔣，釋「施」讀為「也」之說可從。[3]這也是「也」的一種特殊的借字。除以上古文字資料所見「也」字外，春秋晉國器欒書缶也有一個「也」字，銘文曰：「余畜孫書🔣擇其吉金」，🔣舊釋「巳」，遂屬下讀。[4]由楚文字看，此字釋「也」字無疑。[5]此銘應讀為：「余，畜孫書也。」與《左傳》宣公十六年：「餘，而所嫁婦人之父也」，哀公十四年：「餘，長魋也」，十五年：「子，周公之孫也」等辭例相同。戰國早期的曾侯乙墓編鍾銘文「某

3　朱德熙、裘錫圭：〈平山中山王墓銅器銘文的初步研究〉，載《文物》1979年第1期。該文收入《朱德熙古文字論集》（北京市：中華書局，1995年），頁92。《論集》編按：「後來我們感到釋此字為『施』根據不足，而且『它』『也』古音有異，『施』恐不能讀為『也』。」

4　容庚《金文編》收入卷一四「巳」下。編按：學者或以為從器形和文字風格看，此器可能是戰國楚器。

5　裘錫圭、李家浩：〈曾侯乙墓鍾磬銘文釋文與考釋〉，見湖北省博物館編：《曾侯乙墓》（北京市：文物出版社，1989年），頁555。

律之在某國遅為某律」一語多次出現，「遅」處一字寫作ᢈ、ᢈ、ᢈ、ᢈ
等形，學者多傾向於釋「號」。[6]釋此字為「號」，在字形上還難以解
釋得圓滿。裘錫圭、李家浩根據上列最後一形作ᢈ，指出「此字也可
能是『也』字」。我們認為此字以釋「也」為是，ᢈ與楚簡之「也」
字形體相同，儘管只有一例，但其結構清晰可靠，毋庸置疑，其它寫
法只是增加ᴐ、一兩種符號，這與戰國古文字附加裝飾符號可能屬於
同樣的性質，[7]也許它就是「也」在曾國文字中的變異。從辭例看，
「某律之在某國遅為某律」，釋為「也」符合古漢語的語法習慣。古
漢語一般在主謂結構中插入「之」字，使之成為名詞性片語作主語，
常與語氣詞「也」搭配使用。[8]如：「夫子之在此也，猶燕之巢於幕
上」（《左傳》襄公二十九年）、「湯之問棘也是已」（《莊子‧逍遙
遊》）、「事物之至也如泉原」（《荀子‧君道》），鍾銘之「割肄之才
（在）楚也為呂鍾」等，與以上各例相當。這種「之」字句中的語氣
詞「也」有時可以省略，如「吾之不遇魯侯，天也」（《孟子‧梁惠王
下》）、「喜怒哀樂之未發謂之中」（《禮記‧中庸》）；而鍾銘此類文例
有時也省「也」，作「某律之在某國為某律」，與此相一致，故釋ᢈ、
ᢈ等為「也」似較合理。此外，若此字為「號」，不僅字形有礙，文
例也有未安。釋「號」屬下讀為動詞，「號為某某」，雖於文義可通，
但此文句為判斷語氣，「號」作動詞似有未當，且動詞一般說來省略
較少，而「號為」連用也出現較晚。

以上諸例，為目前古文字資料中所見「也」字，在晉、楚、曾、
衛、魏等國寫作ᢈ，而秦通常寫作「殹」，也偶而寫作ᢈ，中山國則

---

6 裘錫圭、李家浩說同上注；曾憲通：〈曾侯乙編鍾標音銘與樂律銘綜析〉，見饒宗
　頤、曾憲通：《楚地出土文獻三種研究》（北京市：中華書局，1993年），頁126。

7 何琳儀：《戰國文字通論》（北京市：中華書局，1989年），頁229-234。

8 王力：《漢語語法史》（北京市：商務印書館，1989年），第十六章。

寫作「施」。結合傳世典籍，可以看出，「也」是通行體，而「殹」「施」則反映了地域性用字習慣的差異。根據這些古文字資料，我們認為有兩個重要問題值得進一步討論：一是從文字學看，「也」字形體的來源與發展問題；二是從漢語史看，書面文本中最重要的語氣詞「也」最早出現於何時？

關於「也」的形體來源問題，學術界已形成比較一致的看法，即認為「也」與「它」同源或同字，或曰「也」由「它」分化出來。如劉心源認為：古文「它也」同字，小篆始分為二，隸書「它也」相混；高田忠周則以為：「也」即「它」之變化，古有「它」無「也」；容庚更認為：「它與也為一字，形狀相似，誤析為二，後人別構音讀。然從也之迆、攺、馳、阤、杝、施六字，仍讀為它音，而沱字今經典皆作池，可證徐鉉曰：『沱沼之沱……今別作池非是』，蓋不知也即它也。」「它也同字」之說，似乎已成定論，學者少有異議。只有郭沫若曾指出：「也」與「它」（即蛇）古亦有別，因古音相同，世多混為一字，謂「也它」為一字則非也。[9]論者之所以誤以為「也它」同字，一是所見金文資料無確定無疑之「也」字，不知古文字「也」之原貌；二是傳世典籍從「也」從「它」之字多相混，[10]作聲符二者互用無別，故認為二者同字自然而然。

由地下出土古文字資料看，春秋到秦漢之際，「也」與「它」之字形分別明顯，各成發展系列。「也」字字形發展，除上列各例外，馬王堆漢墓帛書作乜，銀雀山漢簡作它、乜，定縣漢簡作乜，居延漢

---

9 以上所引各家說均見周法高主編：《金文詁林》「它」字下；容說見《金文編》「它」下注文，頁876。

10 《墨子・小取篇》：「關也者，舉也物而明之也」，「也物」不辭，畢沅以為「也」字衍，王念孫則正確地指出「也與它同」，這是二者相混的典型例子。見〔清〕孫詒讓：《墨子間詁》，中華書局《諸子集成》本（北京市：中華書局，1996年），冊4，頁251。

簡作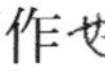，武威簡作，其發展變化蹤跡可尋。[11]而「它」的典型字形，兩周金文如下：（乖伯簋）、（齊侯敦）、（鄭伯匜），[12]包山楚簡作（包山164），睡虎地秦簡作、或；馬王堆帛書作、等，進而發展為（居延甲172）、（熹平石經）。可以看出，「也」與「它」是兩個字形來源完全不同，各有其發展線索的字，二者既非同源又非同字。考察以「也」或「它」為偏旁的字例，可以看出，二者相混大都是隸變之後才發生的，如「蛇」，馬王堆帛書等資料中均從「它」，在武威醫簡及其後的漢隸中才出現從「也」的寫法；金文「匜」均從「它」，信陽楚簡從「金」從「它」，「它」寫作（2-204），雖不甚清晰，但筆意可察，武威簡從「也」，寫作「鉇」（《特牲》四九）；他如「地、施、杝、馳、他、阤、貤」等從「也」的字，在秦簡、馬王堆帛書、銀雀山漢簡等較早的文字資料中，都從「它」，而在居延、武威、定縣和漢碑等相對較晚的文字資料中，才書寫成「也」（或許有的只是與「也」形近）。[13]這表明上述從「也」的字，大多是隸變及其定型階段才出現的。我們認為這是由於「也、它」二字（字元）在隸變過程中形體越來越相近，遂致混同。而且二字（字元）不唯形近，其音本也相近。「它」上古為透母歌部，「也」為餘母歌部，韻部相同，聲紐同屬端係。讀音相近當也是其混用不別的原因之一。傳世典籍中從「也」從「它」異文雜錯，其例甚夥，僅高亨《古字通假會典》「歌部・它字聲係」所收即有數十例，蓋均因隸變之後「它、也」形音相近所致。

11 參見漢語大字典字形組編：《秦漢魏晉篆隸字形表》卷十二・三〇「也」字下所收各例。

12 參見容庚：《金文編》卷十三「它」字下所收各例。

13 所舉諸字例可參見陳振裕、劉信芳編著：《睡虎地秦簡文字編》（武漢市：湖北人民出版社，1993年）；漢語大字典字形組編：《秦漢魏晉篆隸字形表》。

綜上所述，古文字中的「也」與「它」本非一字，它們各有其來源，隸變後因形音相近混而不別，從「它」之字多從「也」作，遂造成傳世典籍中二字（字元）的糾葛不清。

關於先秦語氣詞「也」最早出現於何時？這是漢語史討論的重要問題。王力認為：「直到西周時代，語氣詞還用得很少。在整部《尚書》裏，沒有一個『也』字……春秋時代以後，語氣詞逐漸產生和發展了。」向熹則指出：「也，不見於甲骨文、西周金文和《尚書》。《詩經》《左傳》及其它上古典籍常見。」[14]限於資料，他們都沒能對「也」作為語氣詞出現的時間作出明確的結論。王力似乎主張「也」字出現於春秋之後，向熹以《詩經》為較早用「也」字的典籍。考察《詩經》「也」字的分佈，國風六十四例，小雅九例，大雅三例，頌（商頌）一例。由於各詩產生的時代難以確定，又經廣泛流傳和整理，因此，作為語言史的資料，《詩經》有其局限性。從地下出土材料看，欒書缶鑄造於春秋晉景公或厲公之時（前600-前573），此器「也」字的確認，為古文字資料中「也」字運用的時代的確定提供了依據，其它材料都不早於此器。[15]據此，可以認為春秋時代語氣詞「也」在書面文本中已經出現，這與《詩經》等使用「也」的情況可相互印證。那麼古文字中有沒有使用「也」的更早的材料呢？這裏我們討論一個有爭議的例子。

西周康王二十三年鑄造的大盂鼎，在總結殷商亡國教訓時說：「我聞殷述（墜）令（命），隹（唯）殷邊侯田（甸）雩（與）殷正百辟，率肄（肆）於酉（酒），古（故）喪自（師）巳女（汝）妹

---

14 王力：《漢語語法史》（北京市：高等教育出版社，1993年），第二十三章；向熹：《簡明漢語史》（下），頁112。

15 編按：如果此器確實為楚器，那麼這段關於「也」出現時代的討論就不能成立。關於欒書缶的國別和時代尚需進一步研究。

（昧）晨又（有）大服。」此器銘文為大家熟知，「巳」字作♀，下部較為曲折。自清代以來，學者多主張此字釋「巳」，與《尚書·大誥》：「巳！予惟小子」之「巳」用法同，為語首歎辭。然而，此字與宣王時期的毛公鼎及吳王光鑒、蔡侯盤等時代較晚的器物中所用「巳」相比，字形稍有區別，其下部與欒書缶的「也」倒頗相似，我們懷疑它就是早期的「也」字。如果釋「也」，則屬上讀，此句為「古（故）喪𦥎（師）也！」於文義倒也通暢。如《荀子·王霸》：「闇君必將急逐樂而緩治國，故憂患不可勝校也，必至於身死國亡然後止也。」〈堯問〉：「昔虞不用宮之奇而晉並之，萊不用子馬而齊並之，紂刳王子比干而武王得之，不親賢用知，故（一本作而）身死國亡也。」兩例均先陳述原因，然後用「故……也」句式來強調其結果的必然性，可資參考。以上分析如能成立，則「也」字用為語氣詞的時代可提早到西周早期。這只是一例孤證，尚有待於新材料的進一步證實。

楚簡《周易》「杲」字說[*]

上海博物館藏戰國楚竹書《周易》第十五簡《豫》卦釋文作：「上六：杲（冥）餘（豫），成又（有）愈（渝），亡（無）咎。」上六爻辭的釋文，應該說是大體準確的，但是釋作「杲（冥）」的這個字還需要進一步討論。

原書注釋部分對這個字的考釋如下：

杲（以下用 A 代替，引者注），疑「杲」字，《說文・木部》：「杲，明也，從日在木上。」馬王堆漢墓帛書《周易》、今本《周易》均作「冥」，則日當在木下，為「杳」字，《說文・木部》：「杳，冥也，從日在木下。」疑當讀為「明」，如此，則與簡文合。[1]

從注釋文字看，作者或疑 A 是「杲」字，對照今本和馬王堆本異文作「冥」，而「冥」《說文》正用來訓釋「杳」字，作者遂認為釋「杲」之字 A「日當在木下，為『杳』字」，似乎又懷疑「A」為「杳」之誤寫或異文。而接著說「疑當讀為『明』，如此，則與簡文合」，又以為「冥」讀為「明」，這樣就合於簡文「杲」（訓為「明」），這似乎又在為作者釋A為「杲」提供證明。由這段考釋文字，可以看出對 A 到底釋作「杲」還是「杳」，考釋者是疑惑不定的，而以「冥」讀「明」一句又讓人感到作者更傾向釋A為「杲」。

---

* 原載《中國文字研究》（南寧市：廣西教育出版社，2005年），第6輯。

1 馬承源主編：《上海博物館藏戰國楚竹書》（三）（上海市：上海古籍出版社，2003年），頁158。

　　對 A 字的考釋，已有學者提出不同意見。陳偉懷疑「這個字也許是『某』的另一種寫法，在竹書本《周易》中讀為『晦』，與『冥』字辭義相同。」[2]徐在國認為這個字「當分析為從木、冥聲，釋為楳。」同時指出上博竹書（二）《容成氏》三七簡中「皮」後之字當釋「冥」。[3]《容成氏》三七簡這個字作🝰（以下簡稱 B），何琳儀疑為「幻」之變體，通作「眩」，[4]劉釗則認為是個會意字，推測其為「眇」的本字。[5]徐在國將 A、B 聯繫起來考慮是非常合理的，但直接將它們釋作「楳」和「冥」似乎還缺乏足夠的依據。[6]陳偉疑為「某」的異文，「某」包山簡作🌳、🌿，與A形分別明顯，似乎不太可能為一字的另一種寫法。

　　相比較而言，《周易》原注釋者濮茅左的意見有可能更為接近真實。由於他對釋 A 為「杲」的依據，「杲」與他本作「冥」是何關係，「杲」為何要塗上一半（不足）黑色等問題，沒能作出充分的論證，尤其是又疑「冥」（明母耕部）讀為「明」（明母陽部）以牽合其釋 A 為「杲」，使整個考釋文字顯得矛盾而無據，難以令人信從。我們認為要解決這個問題，一是要確認未塗黑的基本字形是否為「杲」；二是塗黑是否有別義的功能，即塗黑後的 A 是否依然為

2　楚竹書《周易》文字試釋，載《簡帛研究》，http://www.jianbo.org/admin3/list.asp？id=1143。

3　上博竹書（三）《周易》釋文補正，載《簡帛研究》，http://www.jianbo.org/ADMIN3/HTML/xuzaiguo04.htm。

4　何琳儀：〈第二批滬簡選釋〉，載《學術界》2003年第1期。

5　劉釗：〈容成氏釋讀一則〉（二），載《簡帛研究》，http://www.jianbo.org/wssf/2003/liuzhao02.htm。

6　徐釋「楳」是從李零說，李零在〈讀《楚系簡帛文字編》〉一文中，將從C之字均改釋為從「楳」，並說此字為「楳櫨」之「楳」，「其字象瓜在木上」。李零：〈讀《楚系簡帛文字編》〉，載中國文物研究所編：《出土文獻研究》（北京市：科學出版社，1999年），第5集，頁147。

「杲」；三是他本異文「冥」與 A 是何關係；四是所得結論與 A、B 在《周易》和《容成氏》中的運用是否吻合。

首先，我們要進一步討論 A 字未塗黑時的基本字形。A 字除去塗黑部分，即作昇（以下簡稱 C）。C 字在戰國文字中主要見於以下材料：

《信陽楚墓》竹簡1-023：「……州，昊昊昇﹦，又晶日……」，劉雨釋其字為「杲」。[7] 何琳儀《戰國古文字典》「宵」部「杲」下收此例，指出「日傍或橫置作❶形」，並引《詩經・衛風・伯兮》「杲杲日出」為證。[8]

C 用作人名，何琳儀釋作「杲」，[9] 李守奎《楚文字編》改釋為「果」。[10]

楚簡中以 C 為偏旁的字，見《楚系簡帛文字編》550頁、684頁、937頁所收，分別從邑、從衣和從係，這三個字李零改釋為鄍、褬、繜，將 C 釋作「冥」。[11]

A 字除去塗黑部分即與以上作 C 形（即「日」橫置木上）的字相同。信陽楚簡表明 C 字釋作「杲」是有據的。「杲」從日而不橫置的在戰國文字中多作人名。楚帛書丙篇有「少杲」，或讀「少皞」，「日」不橫置。饒宗頤考證說：「杲字從日從木甚明，諸家均釋杲，是。少杲疑讀為少昊……《楚辭・遠遊》：『陽杲杲其未光兮。』少昊意義當如此。餘月為四月，其氣如初陽之杲杲未光，故於是言少昊之名。」[12] C 用作偏旁的三個字，目前還難以確認。朱德熙等考釋《望

7　河南省文物研究所編著：《信陽楚墓・信陽楚簡釋文與考釋》（北京市：文物出版社，1986年），頁125。

8　何琳儀：《戰國古文字典》（北京市：中華書局，1998年），頁297-298。

9　同上。

10　李守奎編著：《楚文字編》（上海市：華東師範大學出版社，2003年），頁345。

11　李零：〈讀《楚系簡帛文字編》〉，見《出土文獻研究》，第5集，頁147。

12　饒宗頤、曾憲通編著：《楚帛書》（香港：中華書局香港分局，1985年），頁76。

山楚簡》時提到從係從 C 的字與曾侯乙墓竹簡所記車馬器中一個從
「呆」的字有關，疑二字所指為同一種東西，這也是將 C 看做
「呆」。[13]「日」作偏旁側向橫置見於郭店竹簡《語叢》四「早」字、
「晨」字，《太一生水》「時」字，也見於戰國文字「咳」「期」「明
（盟）」等字。[14]與「日」字橫置相類似的就是那些用作偏旁的「目」
字，如「眠」「盰」「睘」「眥」「盲」等。[15]「目」字橫置時外框用筆
的起止方式，與 C 字更為接近。由以上討論表明，將 A 字未塗黑的
基本字形 C 釋作「呆」是有可能的。

其次，我們要解決塗黑後的 A 是否依然是「呆」的問題。上引
《周易》釋文疑 A 為「呆」字，但對塗黑未予注意。何琳儀釋《容成
氏》三十七號簡 B 字時，指出「以黑白相間表示迷惑之意」；劉釗則
說「本象『目』一邊明亮，一邊暗昧形」，是個「會意字」；對於 A
字，徐在國認為「右部有一小部分塗黑，當是有意為之」。[16]他們都認
為塗黑是有別義作用的，這顯然是合理的推測。從 A、B 兩字看，塗
黑當是一種別義手段，或是一種因利乘便的構字方法，即塗黑的 A 與
未塗黑的 C 不會同樣都是「呆」字。如果塗黑確實具有上述作用，
那麼這則是楚文字中的一種值得注意的新現象。在漢字體系中，我們
還沒有發現類似情況可以為此提供有力的證據。不過比較文字學卻為
我們提供了旁證材料。據王元鹿《比較文字學》所論，早期文字具有

13 湖北省文物考古研究所、北京大學中文系編：《望山楚簡》（北京市：中華書局，
　1995年），頁116注11。《楚系楚帛文字編》（滕壬生編，武漢，湖北教育出版社，
　1995）頁1040收有曾侯乙墓這個字，但將曾63、123等簡此字從「呆」摹作從
　「果」有誤。
14 湯餘惠主編：《戰國文字編》（福州市：福建人民出版社，2001年），頁460、470、
　471、472。
15 諸字見湯餘惠主編：《戰國文字編》「目」部。
16 諸家說出處分別見上文注釋。

塗色特徵，如埃及早期文字、印第安墓誌銘、阿茲忒克文字等都證明早期文字的顏色與某些特定的意義有關，中國早期的大汶口文字和少數甲骨文也有塗色現象，而納西東巴文則有以黑色表義和別義的情況。他認為：「由於早期文字處於一個文字發展較為原始或較不成熟的狀態中，所以往往在文字符號記錄語言時缺乏適當的手段，於是色彩便成為一種記詞的補充性手段。雖然這種手段不甚便利，但是從理論上說，一旦原無色彩的文字中使用了一種色彩（即增加了一種色彩），記錄的詞便可能成倍地增加。」[17]在對納西象形文字與古漢字的比較研究中，王元鹿提出了「黑色字素」的概念，即指「納西東巴文字中為區別意義或標示讀音所塗的黑色」。[18]楚文字已經高度發達，這種較為原始的構形手段是否會偶而使用，確實令人疑惑。但是，納西象形文字以黑色來構字的例子是頗富啟發意義的旁證材料：[19]

（1）✲天地之際發白也，從天白有光。（46）

　　✦天地之際昏黑也，從天黑。（45）。

（2）✧光也，象光芒四射。（27）

　　✦暗也，無光也，從光黑。（28）。

（3）❂明也，從日發光。（35）

　　❂日暈也，氣圍繞日，周匝有光。（51）。

（4）❧樹也。（170）

　　❦黑樹也。謂此鬼界之樹。（269）。

---

17 王元鹿：《比較文字學》（南寧市：廣西教育出版社，2001年），頁37-39。

18 王元鹿：《漢古文字與納西東巴文字比較研究》（上海市：華東師範大學出版社，1988年）。

19 以下各組材料均選自方國瑜編撰《納西象形文字譜》（昆明市：雲南人民出版社，1995年），每例後括弧中的數位為原書收字編號。

（5）🐦花也，象花冠。（178）

　　🐦毒草也，毒也，從花黑，以示其毒。（235）。

（6）🐦吃也，口中有物。（764）

　　🐦苦也，有物出口外，亦表示味苦。（772）。

　　這幾組字，都以增填黑色構成一個與原字意義相反或者相對的字，如（1）、（2）、（3）組之「光、明」與「黑、暗」義相反；（4）、（5）、（6）組實際相當於相對反義關係。這幾組納西象形文字，尤其是前三組例子，幾乎可以與「杲」填黑構字直接對比：我們說 C（未填黑）是「杲」字，那麼填黑後的 A 則應是與之意義相反的一個字。考諸漢字系統，這個字最大的可能就是「杳」。《周易》注釋考釋中已引述了《說文》「杲」與「杳」的解釋，「日」在木上或木下，是這一對意義相反的字構形表意的差異。楚簡中在「杲」上填黑構成「杳」，與上列納西象形文字構形如出一轍。「杲」義為「明」，「杳」義為「冥」（《說文》：「冥，幽也」），意義相反。因此，《周易》此字可能不應釋「杲」而應釋作「杳」，是以黑色為區別造出來的一個異體字。

　　如果將 A 形直接釋作「杳」，就很自然地解決了楚簡《周易》與其它各本此字異文作「冥」的關係，即楚簡《周易》使用了一個同義的「杳」（《說文》訓作「冥也」）來替代「冥」，或其它各本以「冥」來替代了表「冥」義的原字「杳」。「杳、冥」二字不僅同義，典籍還經常連用，故以「杳」替代「冥」或以「冥」替代「杳」，就較易理解了。當然也不排除「杳」假借作表示「幽冥」義的「窈」或「窅」的可能性。在傳世先秦典籍中「杳」與「窅」「窈」之間互相通用，

其例甚多，從同源詞方面看，它們彼此有著密切的關係。[20]

　　最後來看《容成氏》三十七號簡 B 字，有的學者以為是 A 字的省簡，可從。如此，則 B 字也就是「杏」的簡省。從各家所釋看，釋「杏」也較為合理。劉釗引《韓詩外傳》卷三「喑、聾、跛、眇」四種殘疾連續排列的用例，與《容成氏》簡文相對照，指出 B 相當於「眇」字，典籍中「跛眇」也常連用，故將 B 直接釋「眇」。[21]這是一個很重要的意見。不過直接釋 B 為「眇」，在字形上還顯得證據不足。如果我們釋「杏」成立的話，那麼「杏」就可讀作「眇」。二字古音同屬宵部，聲紐通轉，[22]形音均較妥帖。這也給本文釋A為「杏」，謂 B 為 A 省者提供了驗證。

　　通過以上討論，我們提出楚簡《周易》A 字可能就是「杏」字異文，是用塗黑而造出的一個異體字，《容成氏》三十七號簡那個疑難字則可能是 A 的省文，讀作「眇」。這些討論的基礎是釋 C 為「杲」，但楚簡中從 C 的另外三個字到底如何解釋還難以確定，這關係到本文結論是否能成立，尚須進一步研究。

20　高亨纂著：《古字通假會典》，幽部十七（上），頁708-709。

21　劉釗：〈容成氏釋讀一則〉（二），載《簡帛研究》，http://www.jianbo.org/wssf/2003/liuzhao02.htm。

22　黃焯：《古今聲類通轉表》（上海市：上海古籍出版社，1983年），頁176、275諸條。

關於古代漢字字際關係的確定[*]

　　字際關係指的是形、音、義某一方面相關聯的一組字之間的關係。異體字、繁簡字、古今字、同源字、通假字、同形字等，都是從字際關係角度提出的概念。漢字的整理、研究以及古代書面文獻的訓釋，字際關係的確定是重要的基礎性工作。

　　在古代漢字的整理、研究過程中，字際關係的確定涉及文字的考釋、工具書的編纂等不同方面，進行古文字的信息化處理工作，也必然經常遇到這個問題。姚孝遂先生主持編纂《殷墟甲骨刻辭類纂》時，對「文字形體的同異和分合」的論述及處理，就是確定甲骨文字字際關係的一次很好的實踐。[1]

　　比較流行的各類古文字工具書和一些研究文章，在確定古文字字際關係時，基本上以《說文》和後世定型文字為參照。這種參照有其合理性，但也有其局限性。我們感到對這個問題應引起重視。這不僅關係到古文字整理水準的提高，對漢字發展演變史研究和一些古文字的考釋也是很有意義的。

　　我們以「顧」及相關字字際關係的確定，為進一步討論這個問題提供一個實例。

　　《金文編》卷九「顧」（1476號）下收中山王器𩿨字。就辭例而言，此字確實可讀「顧」，但是，從字形看，字從鳥，寡省聲，與「顧」形體大異，故有人或據文義釋此字為「辨」。

---

* 　原載《中國文字研究》（南寧市：廣西教育出版社，2003年），第4輯。
1 　姚孝遂主編：《殷墟甲骨刻辭類纂・序》（北京市：中華書局，1989年）。

　　郭店楚簡《緇衣》第三十四號：「古（故）君子顧言而行，以成其信。」「顧」作𧡿。這個字《郭店楚墓竹簡》釋文注釋裘錫圭按語：「此字今本作『寡』，但鄭注認為『寡當為顧，聲之誤也』。簡文此字從『見』（亦可謂從『視』，偏旁二字一般不別），當釋為『顧』，可證鄭注之確。」上海博物館藏《戰國楚竹書》（一）之《緇衣》篇，此字作𧡒，該書注：「募，即『寡』字，與『顧』通。」

　　上述關於「顧」字異文材料的處理，即涉及字際關係。今本鄭玄注認為「寡」是「顧」之聲誤，也即音同（二字均為見紐魚部字）而誤用，上博簡注文謂「寡」與「顧」通是沿用此說；裘注則將郭店楚簡此字直接釋為「顧」，把這個從「見」（或「視」）、「寡」省聲的字確定為「顧」的異體字。目前能看到的真正與《說文》「顧」相同的字形，見於《睡虎地秦簡・法律答問》。這樣，「顧」就有了三個異體：𧡿（郭店）、𩔨（中山王壺）和顧（法律答問），新出《戰國文字編》正是將三形列於「顧」下作為異體的。

　　戰國文字「顧」以「募」為聲符，有可能透露出「顧」與「寡」的某種深層關係。根據研究，在古文字通假中，同聲符字相通相當普遍。[2]許多同聲相通的字是孳乳分化過程中字形分工尚未定型的反映。當一個字分化出另一個字的時候，分化字往往是在原字上加附形符而構成的一個形聲字。在分化字處於未定型階段，它既可以與同聲符字互通，也可以只用聲符代表這個字，這類現象有大量的例子。由此看來，「顧」之異文從「寡」省，或以「寡」（或其省形）通「顧」，可能是「顧」與「寡」構形和分化關係的一種表現。

　　「寡」，《金文編》卷七收錄六例，據華東師範大學漢字研究中心編《金文引得・商周金文斷代字頻表》統計，「寡」西周金文四見，

2　參見本書所收〈同聲通假：漢字構形與運用的矛盾統一〉一文。

皆從宀從頁。春秋一見，從宀，從頁，頁訛為貝重疊繁化，並加八為飾。戰國金文十見，皆出自中山王器，字省宀，從頁，增𠂣作𦋹。楚簡「寡」字也多作𦋹（見郭店、上海簡）。可見「寡」省「宀」之形流行於戰國。根據我們對省形的研究，一般情況下，形聲結構類型的字多可省形符而以聲符充當這個字。這樣看來，「寡」當是一個以𦋹為聲符的形聲字。考西周金文，此字作：

| 父辛卣 | 寡子卣 | 毛公鼎 |

　　《說文》分析「寡」字字形謂「從宀從頒。頒，分賦也，故為少。」（七下・宀部）顯然許慎是以小篆「𡤾」的字形為據立說的，故十分牽強。小篆所謂從「頒」，當是戰國文字「𦋹」之形訛。我們懷疑「寡」所從這個聲符，可能是「顧」的象形原字。

　　時代偏早的父辛卣和寡子卣銘文，這個偏旁都比較突出頭部和眼睛。「顧」，《說文》：「還視也，從頁雇聲。」段注：「還視者，返而視也。《檜風》箋云：迴首曰顧。」父辛卣「寡」字所從作𦊫，正像回首顧視之狀。其字突出眼目，人身直立，與「望」「視」構形之理相近。其它「寡」字雖不作回首狀，但突出眼目和直體，與「頁」之形有微別，如毛公鼎之「寡」，所從作𦊫，同器「顯」從「頁」作𦊫，人體部分之曲直對比尚可分辨，同器其它帶「人」體的字，如「配」所從作𠂤，「命」所從作𠂤，「邵」所從作𠂤等，則與「顯」所從一致，與「寡」所從有別。只是這種細微區別，極易忽視。如此，我們懷疑「寡」字所從正是「顧」的本字，這個字也就可以分析為「從宀，頁（顧）聲」。「寡」「顧」古音聲韻相同，「寡」以「顧」（本字）為聲

符，因此可以互相通用。「寡」為形聲字，故可省形用聲。因「寡」之聲符「顧」，與「頁」形近，西周晚期之後又加兩撇（西周晚期）或四撇（戰國時期）為飾，並起區分作用。「寡」在父辛卣、毛公鼎銘文中都用作「鰥寡」，《尚書》《詩》中此為常語。《鴻雁》「哀此鰥寡」，毛傳：「老而無妻曰鰥，偏喪曰寡。」《釋名・釋親屬》釋「孤」曰：「孤，顧也。顧望無所瞻見也。」這個解釋也許可以幫助我們理解「寡」何以從「顧」。參照《釋名》對「孤」的訓釋，「寡」可分析為以「顧」為聲兼表意，是後者的分化字。

對「寡」的構形分析如果成立，郭店楚簡和中山王器中的兩個「顧」字則可作如下分析：鷬，從鳥，寡省聲，也可以說是「顧」字本字增加形符「鳥」；覹，從見（或視），寡省聲，也可以說「顧」字本字，增加義符見（或視）。這樣看來郭店楚簡「顧」可能是戰國時期產生的一個專用字，因為「募」已用作「寡」，並不能體現「顧」的構形特徵，遂加義符「見」（或視）以表示其意，分化出一個異體字。而中山王器從「鳥」「募」聲的這個字，可能並不是「顧」的異體，而是另一個從寡省聲（或「顧」聲）的字。

《金文編》卷九「頿」下收以下兩形：

毛公鼎／集成2841　　　　　　　　　沈子它簋／集成4330

此字還見於帥隹鼎（集成2774），作鷛。《金文編》將此字列於「頿」下，而《說文》：「頿，出頟也。從頁隹聲。」清代學者對此字的考釋基本以許說為據。[3]諸家之釋，均不能妥帖讀通金文銘辭，大

3　周法高等編：《金文詁林》（香港，香港中文大學，1975年），十一冊卷九「頿」下。

都在從「隹」聲求通假上繞彎子。而沈子它簋是西周早期器，其字所從當是「鳥」而非「隹」，同器「烏虖」之「烏」與此形相近，而「唯」所從之「隹」則判然有別。西周早期何尊「烏」字上部與此完全相同，是「鳥」「烏」字形尚未完全區別的例證。因此，這個字從「鳥」或從「隹」乃是意符，而「頁」或是義符，或是聲符。由上文對中山王器之「顧」和「寡」的分析，我們認為沈子它簋這個字就是中山王器「鸝」的早期形態，是一個從「隹」或「鳥」，「顧」聲的形聲字。作「顧」聲的這個字與「寡」所從一致，突出頭部和眼目，直體，毛公鼎這個字與「寡」所從幾乎同形。沈子它簋之「顥」所從與同銘「顯」從「頁」上部雖相同，身體部分則分別明顯。這篇銘文中帶人體的「稽、顯、邵、令、見、饗」等，無一例外都作♭，唯獨「顥」所從作↑。這種相對區別，與「見」和「視」，「望」和「監」是同理的。依中山王器之例，則金文此字，我們可以認為是從「隹」（或「鳥」），「顧」（本字）聲。在這些銘文中將該字讀作「顧」，都文通字順，而且其辭例於文獻可證。如沈子它簋銘文：「乃沈子其顧懷多公能福。」《詩·那》鄭箋：「顧猶念也。」《詩·小明》：「念彼共人，睠睠懷顧。豈不懷歸，畏此譴怒。」「懷顧」即「顧懷」，同義復詞，詞序倒正無別。帥佳鼎銘文：「乃頔子帥佳王母」，讀「頔」為「顧」，大意是「唯王母乃顧子帥。」《詩·蓼莪》：「父兮生我，母兮鞠我，拊我畜我，長我育我，顧我復我，出入腹我。」詩意與銘文相近，皆為表達對養育之恩的顧念和感激。這篇銘文第一句是「帥唯戀覭念王母勤陶」，最後一句說：「唯用自念於周公孫子，曰余必無庸又忘。」讀此字為「顧」，與《詩》「顧我復我」之「顧」作相同的理解是頗為允當的。毛公鼎銘文：「命女極一方，宏我幫我家，毋頔於政。」「頔」這個字歷來解釋分歧很大。此乃周王申命毛公的訓誡之辭，這種訓誡在《尚書》中有類似的例子。〈康王之誥〉說：「今予一

二伯父，尚胥暨顧，綏爾先公之臣服於先王，雖爾身在外，乃心罔不在王室。」這段文字中的「顧」，與毛公鼎「頤」可能相近。「毋頤於政」讀作「顧」，典籍中也有類似的辭例，如《左傳・哀公十四年》：「齊簡公之在魯也，闞止有寵焉。及即位，使為政，陳成子憚之，驟顧諸朝。」杜注：「成子陳常心不安，故數顧之。」「頤於政」「顧諸朝」，實際指顧念朝政，心有所繫。這樣理解來讀毛公鼎似亦通暢無礙。就以上辭例的釋讀，可見金文「頤」或「顥」讀「顧」可通，這進一步說明將這個字分析為從「隹」（鳥），「顧」聲（本字）是可能的。諸家將它釋作《說文》「頤」，當是因同形而誤。

「頤」可讀為「顧」，是否就是「顧」的古字，似乎還可以討論。按漢字結構的一般規則，這個字應與「鳥」類有關。《說文》謂「顧」從「雇」聲。「雇」，《說文》：「九雇，農桑候鳥。扈民不淫者。從隹，戶聲。」籀文從「鳥」作。甲骨文有 字，諸家皆釋「雇」字，或讀「扈」，或讀「顧」，用作方國或地名。[4]「雇」作為「農桑候鳥」之說當有悠久歷史，甲骨文已借作地名。而金文「頤」從「顧」之本字為聲，從隹（鳥），是「雇」之異體，抑或「顧」的古字，尚有待進一步研究。「顧」之來源無非兩種可能，一是在「頤」上增加「戶」聲，二是取「雇」為聲符。比較而言，前一種可能性更大。無論哪種情況，都可能是「顧」的本字因形體演變，「 」類化為從「頁」之後發生的，目前出土資料只有秦簡中才有「顧」字，大概就是這個原因。

通過對「顧」及相關的一組字的討論，古代漢字字際關係確定的複雜性顯而易見。第一，漢字早期構形與定型字形之間差距較大，古今關係的確立有時比較困難。我們認為「顧」本來是一個象形字，直

4　于省吾主編：《甲骨文字詁林》，頁1774-1718。

接描摹人「還視」的形態,主要立足於對戰國「顧」從「寡」省聲,或與「寡」通,進而提出較早的「寡」字所從偏旁就是「顧」的古字,其字形或作「還視」狀,以直體並突出眼目為基本特徵,與「視」「望」等構形之理相似。從這個線索出發,不僅可以正確分析「寡」之形體結構,而且也能較好解釋「寡」為什麼可省作「募」,以及增加符號「公」可能的含義,對小篆「寡」的形體訛變也可作出恰當解釋。瞭解了「顧」的古字,對西周金文、戰國文字中「顧」的發展和構形的解釋就有了一個新的視角。漢字經過三千餘年的發展,古今形體變化甚劇,將一個字的古今形體繫連起來,並正確分析各個變化環節,則是我們確定有關漢字字際關係的一個重要步驟。

第二,古代漢字正處於一個發展演變過程之中,許多字因孳乳繁衍而構成分化派生關係,這種關係在運用過程中又不斷地調整變動,最後才能形成功能定型,這就要求我們在確立字際關係時必須堅持從歷時的動態的角度來綜合考察。就「顧」字而言,我們認為它可能經歷了由早期象形,到西周金文通假(以「頜」為「顧」),再到戰國時期分化造專用字(顧),然後才定型為「顧」這樣一個歷時發展;同時,它又與「寡」曾經發生過密不可分的聯繫,這不僅表現在形與音兩個方面,在通用和字義相承上也有關係,二者可能是一種同源分化關係。

第三,古代漢字的構形分析與實際應用往往並不是密合的,對字形結構的分析雖然可以為我們確定字際關係奠定基礎,但是還必須同時考察其實際使用狀態。西周金文中的「頜」,從字形結構分析確實可以與《說文》「從頁,隹聲」的同形字相對照,因而誘導許多學者沿著一個錯誤方向考釋此字。當全面分析辭例,辨析該字的使用情況後,結合戰國中山王器之讀作「顧」的「顧」,我們才將它讀作「顧」。此前已有人在個別銘文中將這個字直接隸作「顧」,但並未有

論述。[5]只有將與它相關的辭例分析透徹，並以傳世文獻和古代訓釋資料予以印證，才能真正確定這個字與「顧」是通用關係，並重新理解其構形原理。

第四，古代漢字某些形體因時代、地域或其它原因，往往多種異體並存，某些形體也可能與後起字完全同形。我們在確立字際關係時，應盡可能地避免以定型的漢字與古代漢字作簡單地對照比附，以後人的用字習慣和規則來確定古代漢字。如「雇」與「頋」是否可能為異體關係？「顧」是由「頋」加「戶」聲而構成，還是如《說文》所分析的「從頁，雇聲」等，都不能作出一個簡單的結論。

第五，古代漢字字際關係的確定，應從系統的觀點出發，將各種形體和用字現象放在漢字系統中仔細比較觀察，特別是將相關字聯繫起來比較分析，這樣才可能得出較為正確的看法。我們認為「寡」字所從為「顧」的象形本字，除其自身形體特點外，與其相關的「視」「望」等字以及同篇銘文有關字的形體特徵對比，也堅定了我們這個看法。而古代漢字形體的歷史發展，漢字形體的符號化程度逐步增強，使這個字形原來賴以區別的特徵逐漸消失，並與「頁」同化，西周晚期之後「寡」之省形從「八」，正是在這個過程中新增的區別要素，郭店楚簡《老子》甲「寡」作𩑋，釋文認為是「誤寫」，有可能是一種「誤判」。[6]雖然其形與「須」相同，但更有可能是省寫。本文對「顧」及相關字字際關係的討論，也許未必都正確，但一些看法的提出則是從整個漢字系統著眼的。

5　中國社會科學院考古研究所編：《殷周金文集成釋文・沈子它簋》（香港：香港中文大學中國文化研究所，2001年）。

6　荊門市博物館編：《郭店楚墓竹簡》（北京市：文物出版社，1998年），頁114。

中華文化思想叢書 A0100014

開啟中華文明的管鑰——漢字的釋讀與探索　上冊

作　　　者	黃德寬
責任編輯	蔡雅如
發 行 人	陳滿銘
總 經 理	梁錦興
總 編 輯	陳滿銘
副總編輯	張晏瑞
編 輯 所	萬卷樓圖書股份有限公司
排　　　版	林曉敏
印　　　刷	百通科技股份有限公司
封面設計	斐類設計工作室

出　　　版　昌明文化有限公司

桃園市龜山區中原街 32 號

電話 (02)23216565

發　　　行　萬卷樓圖書股份有限公司

臺北市羅斯福路二段 41 號 6 樓之 3

電話 (02)23216565

傳真 (02)23218698

電郵 SERVICE@WANJUAN.COM.TW

大陸經銷

廈門外圖臺灣書店有限公司

電郵 JKB188@188.COM

ISBN 978-986-92898-0-1

2016 年 4 月初版

定價：新臺幣 360 元

如何購買本書：

1. 劃撥購書，請透過以下郵政劃撥帳號：

   帳號：15624015

   戶名：萬卷樓圖書股份有限公司

2. 轉帳購書，請透過以下帳戶

   合作金庫銀行 古亭分行

   戶名：萬卷樓圖書股份有限公司

   帳號：0877717092596

3. 網路購書，請透過萬卷樓網站

   網址 WWW.WANJUAN.COM.TW

大量購書，請直接聯繫我們，將有專人為您

服務。客服：(02)23216565 分機 10

如有缺頁、破損或裝訂錯誤，請寄回更換

國家圖書館出版品預行編目資料

開啟中華文明的管鑰——漢字的釋讀與探索
/ 黃德寬著. -- 初版. -- 桃園市 ： 昌明文化出
版 ；臺北市 ： 萬卷樓發行, 2016.04

　冊 ；　公分. -- (中華文化思想叢書)

ISBN 978-986-92898-0-1(上冊 ： 平裝) --

1.漢字

802.2　　　　　　　　　　105003041

本著作物經廈門墨客知識產權代理有限公司代理，由北京師範大學出版社（集團）有限公司授權萬卷樓圖書股份有限公司出版、發行中文繁體字版版權。